云是天空的一封信

邱华栋 著

邱华栋 郝建国 主编

Yun Shi
Tiankong de
Yifeng Xin

Qiu Huadong

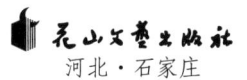

花山文艺出版社
河北·石家庄

图书在版编目（CIP）数据

云是天空的一封信 / 邱华栋著. -- 石家庄：花山文艺出版社，2023.8
（拇指丛书 / 邱华栋，郝建国主编）
ISBN 978-7-5511-6487-0

Ⅰ. ①云… Ⅱ. ①邱… Ⅲ. ①散文集－中国－当代 Ⅳ. ①I267

中国国家版本馆CIP数据核字(2023)第017554号

丛 书 名：	拇指丛书
主　　编：	邱华栋　郝建国
书　　名：	云是天空的一封信 Yun Shi Tiankong de Yi feng xin
著　　者：	邱华栋
策　　划：	丁　伟
统　　筹：	李　爽　王冷阳
责任编辑：	董　舸
责任校对：	杨丽英
装帧设计：	书心瞬意
美术编辑：	陈　淼
出版发行：	花山文艺出版社（邮政编码：050061） （河北省石家庄市友谊北大街330号）
销售热线：	0311-88643299/96/17
印　　刷：	河北新华第一印刷有限责任公司
经　　销：	新华书店
开　　本：	880毫米×1230毫米 1/32
印　　张：	10.5
字　　数：	280千字
版　　次：	2023年8月第1版 2023年8月第1次印刷
书　　号：	ISBN 978-7-5511-6487-0
定　　价：	65.00元

（版权所有　翻印必究·印装有误　负责调换）

目录
CONTENTS

◎ 第一辑　我们时代的阅读

未曾谋面又必须怀念的人　　　　　　/ 003
"诗辩"或我们时代的文学　　　　　　/ 010
酒之散记　　　　　　　　　　　　　/ 024
当代小说的创新空间还有多大　　　　/ 028
没有"故乡"的人　　　　　　　　　/ 038
生态美学与作家"向外寻找"　　　　/ 054
《小说家说小说家》后记　　　　　　/ 059
文学能够给心灵带来慰藉
　　——答意大利《国家报》　　　　/ 061
《十侠》后记　　　　　　　　　　　/ 063
记忆里的陶然先生　　　　　　　　　/ 068
凝重的张方白　　　　　　　　　　　/ 073

格非对我的影响
　　——在格非担任北师大驻校作家
　　仪式上的发言　　　　　　/ 079
小说的世界地理：一种文学新景观　/ 082
为自己的文集做广告
　　——《邱华栋文集》（38种）
　　内容简介　　　　　　　　/ 117

◎ 第二辑　写作者的文体意识

为美和纯粹而抗争
　　——伊凡·克里玛小说一瞥　/ 141
莉迪亚·戴维斯：关于现世的寓言　/ 143
博胡米尔·赫拉巴尔：带泪的笑　/ 146
加拿大文学女王　　　　　　　/ 154
拉丁美洲文学概况与古巴和巴西
　　文学简介　　　　　　　　/ 178
马洛伊·山多尔：迟来的匈牙利
　　文学巨匠　　　　　　　　/ 183
截句集《闪电》后记　　　　　/ 189

《山花》的灿烂 / 192
《中华工商时报》的点滴记忆 / 196
文学也应有谦虚朴素的科学精神 / 201
四百年来笑笑生
　　——《〈金瓶梅〉版本图鉴》
　　出版闲话 / 205
文学面向的是何种未来？ / 210
写作者的文体意识 / 214
鲁院记忆的五光十色
　　——《鲁院启思录》代序 / 228

◎ 第三辑　文学窄门与宽阔人生

文学窄门与宽阔人生 / 237
一百年与二十年 / 242
废墟之上的想象 / 246
构建东亚文学地理学的新景观
　　——第四届中日韩三国文学论坛
　　的发言 / 251
晴天霹雳，雷达远去…… / 261

长白山的精灵	/ 266
丰子恺和我	/ 276
以维克拉姆·赛思为例	/ 279
贴近生活与挤进生活	/ 286
禅诗集《碰到茶喝茶 遇到饭吃饭》	
后记	/ 299
境况与呈现：一种新历史小说的想法	/ 300
如何面对和翻译当代中国小说	/ 318
诗歌是语言中的黄金	/ 322

"给点颜色看看"：描绘内心和世界的万象
——鲁28高研班学员书画摄影
  作品展序言　　　　　　/ 325

第一辑

我们时代的阅读

未曾谋面又必须怀念的人

我这篇文章题目中所说的这个人，叫王吉亭。

我从十四五岁开始写作，几年后，王吉亭先生帮助我出版了第一本书。当时，他是四川少年儿童出版社的编辑，策划了一套"小作家丛书"，收录了我的小说集《别了，十七岁》。那是在1987年，现在，我记不清是如何与王吉亭先生取得的联系。可能是《儿童文学》杂志社的一位编辑老师推荐的，他知道王吉亭老师正在编辑"小作家丛书"，于是推荐了我，还在新疆昌吉州二中读高中的我就给王吉亭先生写信，并寄去了我发表的作品样刊。

很快，我就收到了王吉亭老师的回信，他对我的小说很赞赏，决定把我的小说集纳入"小作家丛书"出版。

这对我来说是天大的好事，毕竟，我当时才十八岁。人的一生有时候会很幸运，会遇到成长关键时期帮助你的人。王吉亭先生对于我就是这样一位慧眼识才的人。后来，在他编辑我的小说集的过程中，我们通过一些信函，这些信函现在都找不到了。不过，王吉亭老师鼓励的话语、编辑文字时认真的态度、确定书名时和我来来回回地商议，都给我留下了难以磨灭的印象。

1988年7月，我被武汉大学中文系免试破格录取，这其中，肯定有"小作家丛书"收录我的小说集《别了，十七岁》的作用。我记得我也请王吉亭老师给武汉大学招生办写信确认我这本书的出版情况。毕竟，在当时，中学生出书很不容易。

我上大学后第一个学期结束，收到他编辑运作两年之久的"小作家丛书"第一辑十本，其中就有我那本小说集。拿到样书是在这年的3月初，我怀揣我的第一本书在武汉大学的樱花大道上狂奔，任由樱花朵朵，飘洒在我的身上，非常兴奋，可谁都不知道我为什么如此高兴，以为我就是喜欢樱花盛开的原因呢。

一个作家，起步阶段有一个重要的阶梯，那就是第一本书的出版。我的第一本书，就是由王吉亭先生这么编辑出版的。很可惜，我现在找不到王吉亭老师给我的信件。我希望有一天，那些信件还会出现在我家里的某个文件资料袋子里。

上大学之后，我也曾给王吉亭老师写过一些信，保持着信件的往来。"小作家丛书"后来又出版了盒装二十册纪念版，里面的很多作者后来我也见到过，比如在新华社工作的胡晓梦。

1992年大学毕业之后我去北京工作，之后和王吉亭老师的联系就变少了，也从未和王吉亭老师见过面，但我心里常惦念着王吉亭老师。十年前,我有一次去成都出差,还问起四川出版界的朋友,他们说,这个人好像退休了,去世了。我十分伤感,总觉得哪怕见过王吉亭老师一面也好啊!

2018年,我去苏州参加一个文学活动,在现场碰到了一位了解王吉亭先生的人,他叫韩树俊,告诉了我更多关于王吉亭先生的情况。他还写了一篇文章,是这么描述的:

> 古色古香的苏州古旧书店,邱华栋的文学讲座在热烈的掌声中结束,随即进入提问对话环节。我把机会让给年轻人。主持人说:"最后一位提问。"我还是让出了机会,不待邱华栋答复的话音落地,我边举手边起身发声:"邱老师,我想说一下四川少儿社当年编辑'小作家丛书'的王吉亭先生……"
>
> 邱华栋一听到"王吉亭"三个字,眼睛顿时放射出光芒。
>
> "这是我的第一本书,《别了,十七岁》,四川少儿社'小作家丛书'中的一本。我一直记得王吉亭老师,"邱华栋沉浸在回忆之中,"我们算是当年的韩寒。"
>
> "小作家丛书"第一辑十本,1989年2月第1版。绿色的扉页上是几片一律向上的花叶,"四川少年儿童出版社·一九八九年·成都"的字样记录了简单的出版信息,那时韩寒六岁半。首批入选的

有胡晓梦、孙梅、梁芒、刘梦琳等少年作家。第二批出版时,又加入了邱华栋、周劲松、闫妮、马璇等实力派少年作家,共二十本二十二位小作者。

……

记得那年王吉亭来苏州,一见面就是一句"我发现新疆一个非常好的小作者——邱华栋",喜悦之情溢于言表。

行走在拙政园的亭台楼阁间,一路上的话题尽是邱华栋,吉亭的双眸像发现宝似的散发着光芒。邱华栋,当年新疆昌吉州二中的高中生,祖籍河南西峡县,被武汉大学中文系破格录取。中学毕业之际,他的第一部小说集《别了,十七岁》被王吉亭相中,很快编辑出版,从真正意义上显示了西部文学少年的实力,显示了"小作家丛书"作者群遍及东西南北中,遍地开花,具有无比强大的生命力。

值得一提的是,"小作家丛书"充分显示了西部文学少年的实力,他们之中除了有来自新疆昌吉的小作家邱华栋、来自青海高原的小诗人刘梦琳,还有来自四川的小诗人梁芒(诗人梁上泉之子)、来自云南昆明的童话作者马璇。

现在,邱华栋早已从一名"小作家"成了"大作家"。再次与邱华栋联系时,他正忙于为新出版的《北京传》做宣传。自从写了《别了,十七岁》,

邱华栋没有片刻停止对文学的追求以及对文学的引领，从《青年文学》杂志主编到《人民文学》杂志副主编，从鲁迅文学院常务副院长到中国作家协会书记处书记，他一直像他的第一本书的责任编辑、从未谋面的四川少年儿童出版社原总编辑王吉亭一样，以无比的热忱，全身心地投入他所热爱的文学事业。

得知王吉亭先生已去逝，在苏州古旧书店讲座现场，邱华栋与我商议适当的时候，组织当年的小作家到成都拜谒王吉亭在都江堰的墓地。

一套丛书在全国精选出二十余位"当年的韩寒"，三十年以后的他们，有的担任了新华社的领导，有的成了中国作协书记处的书记，有的成了各大媒体的骨干，而依然不忘对文学的追求并硕果累累，这，绝非偶然。

以上是韩树俊先生这篇文章里涉及我的一些文字，可以帮助我和大家了解当时这套书出版的情况。

韩树俊先生是一位热心人，也是一位投身语文教学的作家、教育工作者。他热心提供的信息，使得王吉亭老师的形象，再度在我的心里形成了鲜明的轮廓。特别是在王吉亭先生去世十五周年之际，他在张罗出版一本纪念文集，嘱我写下这篇文字，我欣然同意。下笔的时候，我感到虽有千言万语，却无法一一说出遗憾。

《别了，十七岁》收录了我在十六岁到十八岁写的一部中篇小说和多篇短篇小说。就在今天上午，我还在校对曾收入其中的四篇短篇小说——一家出版社要把这四篇小说做成四本图文少儿图书。

时隔三十多年了，我的第一本书中的小说，还有着生命力，这不禁让我想到了王吉亭老师的慧眼，他当时就赞赏我这几篇以雪豹、汗血马、火狐狸、银雕为主角的小说，探讨了人、动物和大自然之间的关系。如今，生态文学和动物保护方兴未艾，我在十六七岁时书写了这个主题，现在并不过时。

在写这篇文章的时候，韩树俊先生又发来了短信，让我进一步了解了王吉亭先生的情况：

吉亭是个工作狂，原在中学教授语文、美术。其父在中华人民共和国成立前是重庆《中报》主笔，抗战期间，胡风等名教授都住在他们的王家花园。其母是小学音乐老师，生养多个女儿，就王吉亭一个儿子。吉亭画油画、当中学美术老师，有其母的遗传因子。王师母（王素蓉）是王吉亭南充师范学院中文系同班同学，担任团支部书记，吉亭担任班长。师母在大学教授岗上退下，现身体硬朗，思维活跃。吉亭大儿子川大德语系毕业，现办企业；小儿子在四川人民出版社当编辑。吉亭调入"川少"后全身心投入编辑工作，原任《中学生读写》主编，后担任总编辑。他说有生之年要编一百本好书。待人热情、诚恳、周到。年轻时得过肝硬化，坚持在成都青年足球队踢足球，硬是战胜了病魔。

以上简洁但极其丰富的王吉亭先生家世情况介绍，让我们看到一位投身编辑事业的前辈那平凡却杰出的一生。我永远怀念王吉亭先生。

"诗辩"或我们时代的文学

一

一个显而易见的事实是，现在越来越多的人都在通过微信、微博、抖音、电影电视剧网络剧等电子传播类型和不断滋生的延展载体，获取信息和一定含量的知识。我承认这个渠道的快捷和便利，以及它在瞬时引爆的快感冲击。如果我们再悲观一些，就无法忽视这种可能的即将演化出来的趋势：伴随着科技和媒介的发展，我们正在经历一个相较于纸质媒介兴盛时期文学阅读狂潮之后的文学衰退期。然而，我不愿意将其视为危机。所谓文学的危机或者阅读的危机，往往被解读为人文精神的危机，而人文精神的危机，从三十年前开始讨论至今也没有可信的结论。

随着人类逐一发现莎草纸、羊皮卷、竹简和锦帛等可以作为书写工具，阅读者经历的任何一个时代，都是他所经历的最好时代。那么，对上一代的阅读传播载体而言，新的媒介也就不可避免让旧媒介经历着衰微的命运。因为不断更新的书写和传播工具，不仅抛弃了上一种阅读习惯，还必然在一定程度上改变文学的生产方式。远的例子，古代帝王出行时携带的文牍有多重，我们能想象得出来吗？因此，越古老的文学越是佶屈聱牙、古奥难懂、缩略微言，那样的文学形态和书写的不便利有莫大的关系。在造纸术和印刷术发明后，书写和阅读的形态变得平稳多了。

此后，汉字排版的最大变化，是由《科学》杂志首创的，他们为了更好地传播数学公式或者外文，将竖排版变成了横排版，从左往右书写。这极大提升了中国人的阅读速度和书籍的内容含量。近些年来的电子阅读，只是一种对纸质书阅读形态的模拟，它的创新之处在于数字化的容量几乎可以无限大。

这种变化的弊端是存在的，因为容易获取，人们没那么珍惜阅读机会了。阅读注意力和时间都变得碎片化，很难集中深挖文字核心的意义。这是让很多人将其列为阅读危机的原因之一。但我想，获取路径的极大拓宽，令今天有心的读者可以轻易获得阅读的各种形态：纸质书籍、随携电子书、有声书……哪怕仅仅是将全套的《四部丛刊》电子版找到，让它在电脑里沉睡，也肯定比以前进步了。阅读的成本降低，使得文学或知识增加了其民主特性，而且靠垄断出版来垄断思想的年代也真的过去了。虽然不能叫作形势大好，但也没必要渲染所谓阅读危机，因为这无法澄清今天读者真正面临的问题。

况且，每个读者阅读本就抱着不同目的。众所周知，读图和娱乐时代让读者养成了思想惰性。就本质而言，高质量的阅读当然是聚精会神的艰苦劳动，科技的便捷与阅读的辛苦之间，大多数读者选择便利和简约。但阅读要有多深的层次，才能算作合格的文学阅读？这都很难量化。

当然，也不是说今天任何有价值的可供阅读的信息都是俯拾即是的状态。首先，文学书的市场，的确需要一个称职的推荐者、引领者；其次，有些书无法真正进行大众传播。不过，我们的时代毕竟早已不复以往，玄奘要历经八十一难才能求取真经，而埃科的长篇小说《玫瑰的名字》里，那些中世纪在图书馆里抄书，并因为执念造成对书籍的恐惧和狂热的残杀故事，带给了我们永远的隐喻。

从锡德尼到雪莱，都曾为诗辩护。这里的诗，应被理解为具有诗性的文学。我们时代的悖论在于，文学一直都是伴随我们的文化精神物品，但我们投身其中的人，却要不断为它辩护、发声。最常见的辩护，不仅仅文学，还有哲学、神学等较为抽象的学科，都宣称自己的"无用之用"。

我想，这恰好是今天时代话语中最无用的自我阐释了吧。因为它再一次落入了科技世界工具理性的陷阱，无用归根究底还是要强调自己之"用"，但这绝不是我们自我辩称的理由。因为，文学和我们受伤时双臂寻找拥抱、亢奋时嗓子寻找旋律、迷茫时思绪飘飞到星辰大海一样，是生命的本能。但你会界定拥抱和音乐的有用与否吗？

春节期间，在书店看到罗伯特·伊戈尔斯通的《文学为什么重要》，我就如获珍宝地将其带回家细细揣摩了起来。总体而言，它依然延续了那种已成主流的观点，即文学是一种多因素、多主体的交互关系。文学的阅读乃至写作，都解释为一种对话，这在批评史上并不新鲜，俄国学者巴赫金的"对话理论"是最重要的前例，姚斯等人视作者写作为寻找恰当的接受视域，召唤隐藏读者。我们今天的文学多么需要理想的读者啊！现在，伊戈尔斯通所说的"鲜活的交谈"则带有更多的市井烟火气，像是一个开放社会的生活方式。正如但汉松教授在序言里阐释的那样，伟大的文学是所谓"行动中的知识"，其意义永远处于一个社会化的生成中。它并不谋求共识，而是基于异识，寻求持续性的差异。与一个不会期待你的阿谀奉承，不会期待你的吹捧夸赞，而只是希望你的理解的作者进行交谈，可能才是最有效能的自我成长之路。在这个充满偏见、怀疑、怨恨的话语建构时代，或许没有什么行动比通过文学重建我们的日常生活更有意义的了。

不断为文学辩护，伸张文学的正义，只是一个时代文学阅读热闹的退去、一个时代文学力量疲软的缩影的反驳，但同时也反映出我们读书人一直以来的理想和执着。

二

在进行完上面不算完善的交代后，我想要真正进入主题，解释一下像我这样的人，为什么更愿意或正襟危坐或惬意倚靠，手里卷着一本书，与书里面那些低像素的字和词做心智的博弈呢？我将梳理自己如何理解这种对于文学阅读的渴求。

我们的孩子在经历小学、中学的读书时期，多少次听到过老师家长"不要看闲书"的告诫，大家都清楚，所谓的"闲书"，指的其实正是所有有着天马行空的想象性的书籍，以文学作品为主。而数学习题集、英语词汇手册、化学分子式、法律条文、会议记录、成功学口号簿等内容则不仅不"闲"，还相当重要和紧迫，必须争分夺秒地反复领会。但文学书籍，它讲述的故事让孩子的思绪飞到天外，无限的阈值显然耽误了他们将有限的精力、记忆力集中于应付考试的局促课桌上。反过来，我们可以想象这些孩子是如何渴望，在做习题之外，那些带有故事和感情，哪怕只是微弱的想象，能够给他们带来什么样的解放、什么样的心智和什么样的创造性可能。

从某方面来看，世界似乎是一本"封闭的"书籍，只允许一种固定的解读方式。科学结论和定律或许某一天会被推翻，但是在推翻之前，它的范式研究，一定要遵循某种共识，说得更刻意一点儿，也就是一些公式和模型。与此相比，书本的天地在我们眼里却是个"开放的"宇宙。如果我们愿意敞开心扉，去想象不同的历史结局，文学会允许我们在这方小天地里随时准备修正自己的信念。

文学并不是实用性质的文本，它们不具有实质的立竿见影的帮助，所以它的吸引力首先在于自我存在意义的满足、为人类的愉悦而创作出来的文本。众所周知，被广泛接受的文学起源，一个是劳动来源，我暂且撇开这个不谈，专注于另一个席勒所说的"游戏说"。大家阅读文学文本的目的在于享受，在于启迪灵性，在于扩充知识，但也许只求消磨时间。

总之，没有任何人强迫，也不为具体有时间阶段和进阶要求的目的而服务。当然，像这种关于文学乐趣的笼统观点会冒一个风险，把文学的品位弱化成一种趣味，而趣味总是和时尚有着相当的关系。但追求趣味也是人类的本能，这一点不可以因为不够宏伟堂皇而遭受否定。

如果将时间放长一点儿，文学阅读的重要能量在于，它是以一种审美的语言保持个体的语言活力和思考能力。乍一看，这可能有一点儿夸张。因为谁不是活在普通语言的世界里呢？难道只要活在这个语言的世界里，就不会与其他人同步更新其言语的能力吗？

近年来，网络语言不断增殖，它的迅速传播和简便沟通，甚至是快速的爆炸发展，都能够让懂得那些暗语的人迅速地会心一笑，当然有其存在的理由。但这些语言也是被快速抛弃的一次性物品，类似于纸水杯、宾馆的塑料小梳子等廉价的便宜货。我这么说可能有些绝对，但这也是我们正在经历的经验：最后会怎么样呢？时过境迁，当你发现某个电子文档上过时的（即便才过去两三年）"双击666""扎心了""我伙呆"等奇怪的语言时，你还能够领悟当时的情境和含义吗？那些"火星文"，你现在还有莫大的兴趣和识别能力吗？恐怕以上的本属于这两年的几个简单句子，已经在你的记忆里黯淡了。

那么，上述网络语言，究竟是一种语言的"遗产"，还是语言的垃圾呢？我想，我们应该明确，在它诞生的时刻它就注定了速朽的命运，因为能够保有真实活力的只可能是文学的语言。

维特根斯坦说过，一个人语言的界限就是其世界的界限。在特德·姜的短篇小说《你一生的故事》里，外星生物的语言法则与地球人类的不同，它们的语言表达不分先后与因果，而是直接呈现出书写结构。这使他们以这种思维方式，同时看得到过去、现在与未来。我们管这叫作"预知"，其实这是语言的能力。当然，科幻电影里的情况较为极端。更多时候，文学语言代表一种更多维度的思维方式。起码，能够在一个较为复杂的故事中，得到更多的有益价值。懂得文学阅读的人，他也许不太容易被淘汰或者埋没。反之，被排除在这个文学世界之外的人，他们将无法得到其中的价值。我们可以知道，多少女性，被"我是我自己的"这声蕴含丰富的呐喊所唤醒，开始思索家门外的世界，这心潮澎湃的启蒙时刻往往只能发生在情绪充沛的文学召唤下，而历史上诸多革命当然亦有同样的特点。

再上一层，我想从文明空间的角度来讨论问题。虽然在《论俗语》中，但丁阐释了自己对于俗语的优越性和形成标准意大利语之必要性的理解，但真正使其成为"意大利民族语言之父"的，是用佛罗伦萨话写作的《神曲》。当时，他的书写只是认为俗语应得到其价值的肯定，而并不知道他的文学作品将垂范后世，为意大利民族文学的发展奠定了基础，并为意大利的民主主义浪潮吹起有力的东风。

文学所具有的这种超强自我进化和选择的功能，可能让所有人始料未及。文学协助建构语言，而它自己也创造了认同感以及社群意识。假如没有创世史诗，印度文明能够延续至今依然代表古代世界文化的完整和恢宏吗？没有荷马的吟唱，希腊文明会是什么局面？没有普希金，俄文会走向何方，伟大的俄罗斯精神还有现在这种厚重坚韧的质地吗？

在马克思看来，"世界文学"关联于"世界市场"的形成，它指向文学未来的一种发展形态。1827年，歌德最早提出后来通行的"世界文学"概念，他在《谈话录》中说："我相信，一种世界文学正在形成，所有的民族都对此表示欢迎，并且都迈出令人高兴的步子。在这里德国可以而且应该大有作为，它将在这伟大的聚会中扮演美好的角色。"所谓的"伟大的聚会"，即世界文明的交汇，这种未来文学的发展形态，寄寓着一种超越了地域、族群和语言的普遍性交往的可能，文学是交往中坚实的桥梁，而不像政治、经济利益那样具有灵敏的风向性。

最后，我想回到人类一直在追问的难题上：我是谁？我从哪里来？我到哪里去？终极三问，这无疑是几百年来科学家大显身手的舞台，他们提供的答案，从物种起源到宇宙理论不一而足。尤其是对于"我是谁"这个千古难题。文学给出的回答，不一定正确，但迷人。关于人性的斯芬克斯之谜，千百年来烛照我们的生命。中国人对人性的追问始于几千年前，"人之初，性本善"更是黄口小儿都能够挂在嘴边的训谕。在最早的史书《尚书》中就有这样的记载："惟皇上帝，降衷于下民。若有恒性……""衷"即为"善"，上天把善良的秉性赋予人，这成为他们永恒的人性。这代表着古代中国文明对于"人"之本性的理解。

科幻史上最有名的一段话，是电影《银翼杀手》里复制人叛军首领对追杀他的人类警察所言："我所见过的事物，你们人类绝对无法置信，我目睹战舰在猎户星座的端沿起火燃烧，我看见C射线在唐怀瑟之门附近的黑暗中闪耀，所有这些时刻终将消逝在时光中，一如眼泪消失在雨中……"

这种生命（哪怕是人造的）惨剧最初的根源正在于，人类认为外表无论多么相似，只要是无法通过"人性测验"的仿生人，都不拥有存活的权利。人性内核这个神秘的东西，幻化成无数个动人或骇人的故事，它可以是真理，也可能是如《银翼杀手》中的误会，在不同的场景里，它都被设置成我们之所以为人的分水岭，它时时跳出来，拷问人类，让人羞愧，让人泪下，这是科学无论如何也不能解释的东西。

三

美国学者哈罗德·布鲁姆曾说过，阅读在其深层意义上不是一种视觉经验，而是一种建立在内在听觉和活力充沛的心灵之上的认知和审美的经验。那么，这样复杂的认知与审美过程所带给我们源源不断的惊异感，大概就是今天还需要继续阅读文学作品的重要理由。

席勒在《谈美书简》里很郑重地许诺："只有当人在游戏时，他才是完整的人。"人的休憩、愉悦行为将"支撑起审美艺术和更为艰难的生活艺术的整个大厦"。当然，我们所知道的是，欧洲工人素质的提升乃至工人运动和他们开始在业余时间识字、阅读与朗诵有莫大的关联。中国20世纪历史上的平民教育运动和农民识字运动，也进一步刷新了现代中国文化的面貌。从此，因为阅读和赏析，这些人开始分享一个过去对他们关闭大门的世界。因此可以说，通过文学语言的审美实践，有助于激发人的很多生活动能。

当然，另一个疑问也随之产生：审美判断是不是属于文化高阶呢？审美的能量正面来源是否只是一种幻觉？因为不是所有人都可能有幸掌握这种技能或天赋。也就是说，日常生活中的文学艺术及包括游戏在内的变体，起到的不一定是陶冶情操、提升我们价值判断力的作用，反而是固化我们对于某一种先行秩序的认同和向往。不过，无论是哪一种，激进和变革的动力或是日常生活中的自我压抑及沉溺，我想都是一种审美过程中可能产生的情境，这反倒符合科学界提出的混沌理论。审美经验从来都是重要的、不可摆脱的人类体验。

回眸历史，自文字诞生始，文学就是言志、抒情的凝结物。无论是文艺复兴、启蒙运动，还是共产主义运动，都毫不犹豫地借助了文学的力量。我们书写什么样的文学，就是在创造什么样的文化基因；阅读什么样的文学，就是召唤什么样的心灵。

当世界进入"现代"时刻，无数的知识分子就投入了改造人心、重建人文精神的事业中。所谓"现代"，除了先进的强大的科技、经济、制度等因素的支撑之外，它的核心之义，其实是降生作为现代主体的人。

我们在"现代人"的构造中可以提取诸多关键词，比如理性、欲望，比如想象、审美，而这些关键词都可以以文学的方式展开，抑或说文学推动了这些关键词的发展，参与了现代观念、现代意识的生成过程，并促使现代人觉醒。我无意夸大文学的作用，但文学潜移默化"蛊惑人心"的力量无疑是十分特殊且有效的。对于正在进行中的中国当代文学而言，好的文学应该包含着"人"的丰富、复杂，甚至是矛盾的情感结构。它既能展示对新世界的乌托邦热情，也不回避沮丧和质疑，不掩盖人的现代困境。文学永远是，如鲁迅所说的"撄人心"的事业。说得再直白一点儿，新文学史简直是一段导流，后面轰轰烈烈涌来的，几乎是整部中国现代历史、民族史、政党史。

中国文学是无数个中国人个体经验的表述，也承载着几千年中国的集体记忆。作为"中国问题"的一部分，中国文学始终在与历史、国家，乃至廓大的世界进行对话。它为中国人想象共同体提供参照，正如保罗·德曼指出的，作为语言艺术的文学的多义性和不确定性其实是多元现代性的表征。我们今天仍然需要文学，既是为了克服历史健忘症，也是在重新体会作为现代民族国家的中国，更是要把个体的精气神汇入源源不断的民族文化传统中。

我们阅读当下的文学作品，试图把这个时代纳入历史的洪流，也是一次承袭文学经典的实践。在隐喻的历史想象和绵密的文化传统中体会现代中国之所以如此或不得不如此以及未必如此的可能性，将是我们寻找自己和共同体的来龙去脉的有趣路径。所谓的"中国性"同所谓的"文学性"一样，不是恒久不变的。但是中国的历史意识和民族传统一直沉潜在文学之中，我们拥抱文学就是在打捞鲜活的当下中国。

一旦我们尝到借助文学重返历史的趣味，我们也会找到通过文学想象未来的钥匙。我们信《史记》多过假设未来，我们往往看重历史的经验，却忽略未来伸向我们的危险信号。

20世纪初，发动新文化运动的中国知识分子们大多怀着"中国人"要被"世界人"挤出去的"大恐惧"。这样的恐惧与其说是指向当时中国在资本、技术、制度上的种种危机，不如说是直面国人意识空间的局限和人文精神的茫然。故而鲁迅那一代的文学家对"中国人"的改造亦是对"世界人"的召唤。于是，中国的新文学自诞生之初就力图打破强权对"中国"与"世界"的想象分野，试图创造一个可以包容故乡与异地、我们与他们、内与外、东与西的"世界"。在今天，当外在的世界也已经不局限于七大洲、四大洋，我们还要等待吗？科学家荣耀的徽章上绝不能少了文学想象的光泽。

从这个意义上说，文学应该是"越界"之旅。它可能超越个体，也可能超越国家。再进一步，正如无数想象未来的文学作品里所设想的，我们的生存地点也许在月球，也许在木卫二，也许仅仅在一艘太空奥德赛舰船上。要知道，在绝境中，一截名为格鲁特的枯枝，也可能是人类忠实的朋友。

尽管今天的全球化已经使地球变成一个"村"，时间和空间被双重压缩，但是文学的奇妙之处恰恰在于：让我们在去往世界的瞬间又不会错过只有长途跋涉才能欣赏到的风景。想象多元的普遍性和不同的世界人，应该成为未来文学的更高追求。人、文学、世界互相打开和馈赠，是我们阅读和写作的意义所在。在离散和统一之间，文学可以铭刻族群变迁，跳脱地理空间的限制。我们要在这样的文学视野下，聆听现代性的众声喧哗，想象未来的繁复多姿。

最后，当谈论文学的现状时，作为一个作家，我深刻地感到，语言的审美、形式的创新固然重要，而更重要的是，赞赏符号、能指的变换和漂移时要警惕双重危险：一是文学的虚构性和不确定性可能会引向虚无主义的歧途；二是对所谓的静止的、凝固的、本质主义的"文学性"怀有绝对主义的偏执。

文学本来就是一种危险的诗意平衡。创造和阅读文学，是我们不断失去又找回平衡的过程。近些年，我越来越倾向于充满想象力的写作，比如对于逻辑内核这种坚实的事物，比如对于城墙、河流这些历史支撑，这大概是我在平衡木上的一次惊险转身，我可能又会不断做出调整，让自己的写作更加宽阔。因此我们要时常提醒自己，不要给文学自造樊篱。

在劳拉·米勒主编的《伟大的虚构》一书中，我看到了人类文学经典作品的最新排列，在此分享给那些同样在心中有一篇《诗辩》的朋友们：

《奥德赛》《一千零一夜》《西游记》《太阳城》《海底两万里》《时间机器》《一九八四》《虚构集》《城堡》《魔戒》《百年孤独》《神经漫游者》《无尽的玩笑》《云图》……跨越三千年的九十六部作品，随着时间轴延伸开来，却并置在一个空间里。我们看到了神话、史诗、传说、神魔小说、传奇、科幻小说、童话、乌托邦、寓言小说、实验小说的线性阵列，看到了融合上述文学的胸怀，自然也昭示着文学的无限广阔的未来。

酒 之 散 记

丁帆老师发来短信约稿，让我写一篇文章，谈谈喝酒或者文人与酒。艾青有一首诗写到酒，说酒"有水的外形，火的性格"，这个比喻的确很精妙。喝酒的风格和方法南方人与北方人不同，民族和民族相异，每个人的喝酒记忆也不尽相同，甚至有的人干脆就滴酒不沾。喝酒，从味道上来说也是白酒、啤酒、葡萄酒、威士忌、黄酒、米酒、干邑各不相同，千般滋味在舌尖，也在内心荡漾。

在新疆，有一次我在餐馆里吃饭，正吃着，看见从外面进来一个山地牧人打扮的壮汉。只见他要了两瓶白酒，将一整瓶酒倒进一只大碗里，然后要了一个馕，把馕掰碎了，放在酒碗里搅和一下，再配点儿羊肉串，拿筷子吃酒泡馕，只花了十分钟就吃完了，还把另外一瓶白酒往口袋里一装，毫无醉意，就出门走了。

喝酒的方法很多，我听说在山东喝酒，形式非常多样。有一种喝法是"喝七杯"：第一次一杯，第二次两杯，第三次三杯……第七次七杯，一共要喝二十八杯酒。还有一种"潜水艇"的喝法，就是把斟满的一杯白酒放入一大杯啤酒当中，看着白酒杯在啤酒杯中缓缓降落，就像是潜水艇一样，啤酒、白酒混起来喝，不胜酒力的一下就倒了。

说到文人与酒，我想起二十多年前，我曾经去杨宪益先生家拜访他，找他约稿，看到他喝酒的风格。杨先生喝酒很有名，他曾收到剧作家吴祖光先生给他的一副赠联："毕竟百年都是梦，何如一醉便成仙。"

杨先生喜欢喝洋酒，他的夫人是英国人戴乃迭女士。1934年，杨宪益在牛津大学读书，开始尝试把《楚辞》《聊斋志异》《儒林外史》翻译成英文。戴乃迭生在北京，长于北京，上大学回到了英国，然后他们就认识了，喜结连理。他们两位合译英文版《红楼梦》三卷，是一桩盛事，我估计在艰难的翻译过程中，喝酒助力是少不了的。

去他家里采访或约稿，我也给他带去一瓶酒，发现戴乃迭女士也能喝一点儿酒。他们俩在工作之余，常常把盏共饮，只是大多数时候戴乃迭不胜酒力，几杯过后就不再喝了。杨先生却喝得兴起，边喝边聊，左手拿杯右手拿着酒瓶，不多时间，一瓶酒就下去一半。而且，我发现他喝酒并不吃菜，是干喝，这一点是很多人不能及的。很多人喝酒，起码也得有点儿拍黄瓜或油炸花生米当下酒菜。所以，杨先生是一个喝酒的奇人。

杨先生除了喝酒还喜欢抽烟，做到了烟酒不分家，喝酒他还比较讲究牌子，可抽烟他就无所谓了，什么牌子的烟都抽，非常洒脱随意。有的人抽烟喝酒会把身体搞坏，可是杨先生喝酒抽烟，神清气爽，谈笑风生，2009年11月去世时是九十五岁。他是1915年1月生，可见除了达观，喝酒也是他的长寿秘诀之一。

20世纪90年代，北京出现了一些喝酒的新去处，让年轻人很喜欢。比如，在粤海皇都酒店边上，有一家墨西哥风格的阿尔弗雷德酒吧。你走进去来上一盎司龙舌兰烈酒，左手指间再夹上一片柠檬，右手心放一点儿盐，将柠檬咬一点儿，再舔一下手心里的盐，把龙舌兰酒一饮而尽，喊一声"体K拉"，然后把宽口酒杯往吧台上一蹾，酒杯发出欢快的一声"嘣"。这种拉美的酒风相当豪放。而在凯宾斯基饭店后面的亮马河边上，普拉那啤酒坊自酿的德国黑啤酒、黄啤酒和德国香肠、面包或土豆泥配起来，是消夏的美好回忆。这里的扎啤不仅有浑扎——全酵母未经全过滤的混浊鲜啤酒，还有苦扎——苦麦芽鲜扎啤，更有黑扎——焦麦芽鲜黑啤酒等不同风格的德国啤酒，让你难以忘怀，非常带劲儿。另外，在北京吃涮羊肉，黄铜火锅涮肉，配上二锅头，是最佳搭档。

作家从维熙称自己"嗜酒如命"，他写过一本长篇小说《酒魂西行》。他曾告诉我，20世纪50年代，他和作家刘绍棠经常一见面就吃饭，很快就能把一瓶酒分着喝完。并且，他喝酒之后文思如泉涌，下笔如有神。1957年他被打成右派后有二十多年时间都在大墙之内劳动改造，偶尔有机会走出大墙，他都要偷偷买几瓶烧酒揣在怀里，以酒浇愁、以酒解闷、以酒壮志。正是酒给了他在困难岁月里的安慰和生命的动能。

我知道作家汪曾祺也是一个酒中大仙,我对他唯一一次造访,他对我的建议是,可以去蒲黄榆一家兔头店吃辣兔头,倒没有怎么和我谈到喝酒。但我知道,他参加一些文学活动,常常是在酒兴正浓的时候被拉去写字,结果谁问他要字他都写,包括宾馆、餐馆服务员,他在那里写啊写啊,大家一片欢呼,因为他的字拿去很好变现,汪老就这样满足了每个人的愿望,现场人人都得到了他的字、他的画。想必就是酒意让他如此开怀和平易。

从维熙和汪曾祺两位肯定在一起喝过很多次酒。后来,从维熙曾在一篇文章中说:"前有'宁舍命、不舍酒'的汪曾祺,后有来者从维熙,怕是板上钉钉的事儿了。"

从维熙老师近年喜欢喝山东德州出产的一种白酒,酱香型"古贝春"。我们曾经去那个酒厂采风,他很爱喝那种酒。后来,每年我去看他几次,都要带上这种酒。有时候,他还给我他老家的"玉田老酒"作为交换。2019年春节我去看他,带的还是这种酒。没想到,在这年10月底,他就因病去世了。我去医院探望他,在病床上的他已经处于昏迷状态。我轻轻摸了摸他有些浮肿的胳膊和腿部,感觉到他身体在发着高烧,但四肢末端却冰凉冰凉的,不禁流下泪来。

酒魂西行,文人与酒的故事却能在千百年来不断留下来,成为文学中最为芬芳的一部分。

当代小说的创新空间还有多大

（《时代文学》锐话题第一期）

主持人：徐晨亮

嘉　宾：邱华栋、李浩、房伟

徐晨亮：华栋老师、李浩兄、房伟兄，感谢三位接受邀约，一起聊聊当代小说创新的问题。三位都是成就卓然的小说家、批评家，也是阅读量惊人的专业读者，对于今天的话题相信也有长时间的思考。不过在讨论之前，还需要先做一点儿必要的厘清："当代小说的创新空间还有多大？"这个问题的提法本身就预设了创新自身的必要性或者合法性。然而这种必要性或者合法性，并非没有争议。在当代文学或者延伸至当代艺术领域，一直都存在着某种形式的"终结论"，艺术哲学家鲍里斯·格罗伊斯《论新》一书的导言便这样开篇："在我们这个被称为后现代的时代里，没有什么能比'新'这个话题更不合时宜的了。"因为很多人认为，艺术领域不可能再有带来根本性改变的新事物，"人们所做的，不过是想象如何对已有的事物进行无穷尽的变异"。不知道各位怎么看这种"讨论创新已不合时宜"的说法。

李浩：有些知识分子，愿意把一切问题看作"伪问题"，却并不能提供令人信服的证伪方式；有些知识分子，愿意把简单问题复杂化，然后以这个问题太过复杂而放弃穷尽性的追问。哪来那么多的伪问题啊？哪来那么多的不合时宜？

如果讨论创新已不合时宜，那讨论守旧呢，僵化和呆板呢？米兰·昆德拉曾向我们提出，文学的死亡并不像巨物的倒塌那样清晰可见，而是渐渐地真实发生：它还在进行，还在大量地出现，但它们已经不再提供新质，不再追问和富有启示。同时他认为小说的精神是种复杂性精神，它要告知我们"事情远不像我们想象得那么简单""发现是小说的唯一道德"——我想我们在时下的日常所见，那种不提供新质和可能的小说一直大量出现，它们就像二百年前就被人嚼透了的口香糖，那么，在这种境遇下我们为什么不谈论创新？

如果它真的不合时宜，那说明这个时宜，是需要重新审视、抵抗的。

邱华栋：我同意李浩的观点。我觉得，只要我们人类还在使用语言进行交流，即使全媒体的冲击很大，但文学作为一种语言的艺术，它的可能性、它的创新、未来的发展就会有很大的空间。时代的变化必然引来文学的变化。不过，文学的创造性变化，可能对作家提出了更高的要求，比如说，现在是信息量巨大的时代，如何在信息爆炸的时代，使文学依然保持语言的美和想象力的呈现空间，以及确保读者对文学的兴趣和吸引力，这对我们提出了更高的要求。像我现在阅读文学作品，我对作品的题材就很看重，一般的题材我就没有什么兴趣。只有那种我感兴趣的题材，我才会去阅读，这是作为读者来说的。作家的想象力，作家本人的综合素养和天才的直觉，运用语言的能力，都比过去的要求要高了。

徐晨亮：回到当代中国文学的现场中，我们当然还是能感受到讨论创新问题的必要性。不管是作家、批评家还是读者，很多人都质疑过，当下的小说创作已经丧失了探索与创新的雄心，陷入平庸的同质性写作。但是经常被拿来做对比的20世纪80年代的先锋文学，也是有其特殊背景的，或者说得到了时代氛围和社会思潮的"助推"。今天讨论小说创新问题，是不是与先锋文学面对着截然不同的语境？

李浩：事实上，我是把它们看作一体的，是一种应有的内在延续。语境的不同自然存在，这个不同也是合力的结果，但我觉得"先锋文学"和之前一些文学（自鲁迅以降）所提供的和保有的因质应当得到继承，那种创新意识当然更应得到继承。我们现在的语境是，多数的人经历严酷的、呆板的、肢解的中学语文阶段之后了无阅读兴趣，而中年人深陷欲望和疲惫之中对阅读了无兴趣，我们的作家和批评家在忙碌和趋光之中对阅读也了无兴趣，尤其是具体的文本，哪怕它确实具有经典性。于是，我们的写作普遍呈现一种低智化趋向，你略在文本中有一两处埋伏，时下的读者就读不出来，作家们不得不偶然站出来呼喊：这里，我埋藏了这样的道理，你要注意到……当然这个道理还不能太深刻挑战到阅读者的极限。时下，我们评出了许多不好读和不愿读的书，许多都是具有经典性的：出现这样的问题其实更应当追问自己、鄙视自己，而不是相反。你说呢？

有时候，我觉得我们似乎是假装在爱文学、假装在谈文学、假装在阅读，挺悲哀的。

现象在什么时候都是多的，回到文学本身吧。创新是每个时代的共同要求，我还是愿意重审"所谓文学史本质上是文学的可能史"，它要依赖强势作家为文学开辟新的发现和新的可能。有时，新发现新可能与技艺演进有关，有时也并不作用于此，而是在内容上、在思想上。

邱华栋：我现在比较喜欢有阅读难度的，能带给我独特审美经验、独特领域知识的那种小说家的作品。体量大的作家我比较喜欢，我觉得他们体现了文学本身能达到的最远的疆界。要是说起来，比如托马斯·品钦、唐·德里罗、卡洛斯·富恩特斯、波拉尼奥、大卫·福斯特、华莱士，他们书写了人类经验宏阔的部分。比方说，现在我对谁得诺贝尔文学奖没有什么兴趣，得奖的也是不大不小的作家，并不令人惊喜。因为我喜欢的20世纪的大作家，比如翁贝托·埃科、卡洛斯·富恩特斯等都去世了。

徐晨亮：李浩兄，今年一直在《长城》杂志拜读你关于《小说可能性》专栏，《"现实"的可能性》《"魔幻"的可能性》

《"荒诞"的可能性》《"时间"的可能性》《"复调"的可能性》，这一系列还将写到哪些"可能性"？"所谓文学史就是文学的可能史，所谓小说史就应当是小说的可能史。"你在这个专栏中对于"可能性"的梳理，我感觉是贯穿着这样一个理念，就是纳博科夫所形容的，"一个作家应集讲故事的人、教育家和魔法师于一身，而魔法师是最重要的因素"。如果说小说需要面对现实，那么同时也需要面对"更为开阔和陌生的区域"，除了可以用直接的、经验的方式写现实之外，也可借用各种"魔法"的方式"曲折地完成对现实的认知和阐释"，其中蕴含的可能性远远没有被耗尽，也永远不会被耗尽。这也近乎是对你多年来小说创作轨迹的一种注解了。能不能结合你自己的经验，谈谈后来者如何从伟大的小说"魔法师"们那里获取创新的灵感？

李浩：感谢你的阅读和看重。我的这一专栏，原本还有"思辨"的可能性、"寓言"的可能性、"意识流"的可能性、"色彩"的可能性、"幽默"的可能性、"碎片"的可能性等，这个梳理既是为了教学也是为了自我，我希望透过这些梳理让自己更为明晰。我想我们知道，技艺其实与人类看世界、看生活的眼光有关，与我们的认识有关——没有一种技艺只能作为技艺存在而不服务、服从于内容。因此，我愿意看到它们的可能性，看到它们随着时间、时代和认识的变化而所做的适度调整。

哈罗德·布鲁姆强调过，没有任何一个作家希望自己在别人的阴影下完成写作,没有谁希望自己是"渺小的后来者",因此,这种影响的焦虑也就成了横亘的、无法绕过的话题。影响当然存在,因此,影响的焦虑也就当然存在。我不知道你听没听过"先锋已死"的谈论,听没听过把先锋文学看作"舶来的花样"、看作本质上匮乏,创新只是从别人那里拿来的说法——他们其实无视舶来的意识和中国经验的内在对接,无视作家们在吸纳他者经验的过程中的暗暗调整……"现实主义"不是舶来的吗?中国的文化一向重写意,写实从来是俗品,等而下之的,可以说基本上匮乏现实主义土壤,我们不也嫁接成功了吗?不也开出了绚丽之花吗?为什么别的就不能?有时候,我们把自我局限看成是民族局限,把自我局限拓展成人类局限,真是……好了,我还是审慎地用词吧。

没有任何一个作家希望自己是在别人的阴影下完成写作的,就我个人而言,我从唐纳德·巴塞尔姆的"碎片化"小说中获得灵感,写下了诸多有意打碎的、以碎片来结构的小说,但它言说的是我对世界和人的认知,而我也有意地为这些碎片强化了内在连线,让它更为故事些,或者把"碎片"方式塞入一部长篇的结构中——它或多或少会"面目全非",但我必须承认它是汲取而来的;我在君特·格拉斯的《铁皮鼓》、萨尔曼·鲁西迪的《午夜的孩子》的影响下写出了《镜子里的父亲》——但它是不同的文本,它有自我的改变和创造。

没有人会因为吃了羊奶而变成羊。至于能不能长成你的肉,很大程度上取决于你是否有一个良好的胃。我的"小说可能性"系列,愿为和我一样的、比我年轻的写作者"敞开",让他们意识到小说的设计和种种设计的益与损。

邱华栋:李浩是一位拥有无限可能性的当代小说家,我一直很喜欢他的作品。我觉得最重要的就是激发我们自己的潜能,最大可能地写出经得起时间检验的作品。

徐晨亮:之前聊到华栋老师的讲稿《小说的创新性:异态小说》,有一段我印象特别深:"我当了那么多年编辑,经常看到形式上非常老旧的、让人受不了的,编起来没情绪、读起来更无趣的东西,太多了。所以,首先能不能让自己写的东西变得有趣呢?你要有趣的话,读者也爱看,编辑也容易发。正因为这样,我才想讲一些这种有形式感的东西,激发一下大家无穷的创造力。"很多时候,我们谈到小说会无限拔高到云层之上,抑或降落到尘土之中,而总是忽略了"有趣"这个要素。李浩兄的《小说可能性》专栏中其实也谈到了这个话题,他提到我们在写作和阅读中,其实也满足了从"智力游戏和智力博弈"中获得快感的需要。"有趣""游戏""快感",是不是也是驱动小说创新的重要动力?

李浩:是的,你说得对。它们是小说创新的重要动力。其中还可加一条:陌生。第一篇所谓现实主义的小说出现的时候,它也是陌生的,它是新经验和新创造,甚至多少会引发当时的人们的某种不适——因为它和旧有的审美体系很不相同,多少也有些不合时宜。但它最终发展强劲,也恰说明它的存在理由还是极充分的。现实主义小说在如今其实难度更大,它的对手更多，它甚至要和自己的源流对抗。

邱华栋：我专门搜集了一些高度形式化的小说作品。这些作品，在小说的形式上走得比较远，但有时候并不是最好的、最成功的作品。为什么？可能形式有时候被创新的狗追得太紧，显得慌里慌张的，忘记了文学本真的、本质的东西，就是文学终归是与人心、人性相关度最高的艺术形式。打动人、让人思考的空间，让人震动的东西，有时候可能恰恰又很朴素，所以，谈到形式的创新，我有时候很矛盾。我既喜欢那些别出心裁的作家，比如法国作家乔治·佩雷克的每一部小说我都喜欢，又觉得他有点儿偏，不够严整，不够大。但他又是非常好的作家。所以，这个问题我是有矛盾心态的。

徐晨亮：谈了那么多创新的问题，我发现其实还没来得及对"新"本身的不同层级和含义做明确的界定。作为文学编辑或者说专业读者，常会有这样的感慨：也许文学今天已经不再是全社会注意力的焦点，但月复一月、年复一年，仍会有那么多的"新小说"被生产、发表出来，一个编辑穷尽精力也只能读完其中的百分之一、千分之一，单就读过的这百分之一、千分之一而言，里面绝大多数也是在复制既有的套路，而我们读者真的需要那么多流水线生产出来的"新小说"吗？也许在文化消费的层面，流水线式作品也能满足一部分实际需求，比如观众喜欢《复仇者联盟1》，就会有一连串《复仇者联盟2》《复仇者联盟3》投喂给他们。但针对我们今天讨论的话题，这种"新"只是代表生产日期比较"新"而已，大体上并不具有创新性。还有一类作品，在题材、人物、叙事手法等方面有局部创新的情况，就像手机、冰箱、洗衣机的最新型号，生产工艺有所改进，使用了新的技术或者材料，或增加了新的功能和配件。但这些"新型号"仍是在既有的操作原理和使用逻辑内部略有改进。还有一类创新超出了这些原理和逻辑之外，具有颠覆性的、革命性的变化，能够改变我们对小说的既有理解，甚至重新界定小说与读者之间的关系。在各位阅读视野之内，这些年国内原创小说中，有哪些具有"原理"和"逻辑"上创新的色彩？

李浩：最近一段时间读得较少，因为备课，我的阅读集中于对一些旧经典的阅读，回答这个议题多少有些……羞愧。我觉得李亚的小说具有可贵的品质，当然不是每一篇都上佳，但一旦上佳就会让人叹服；赵松，他的小说写作非凡品，尽管有时我会对部分的微瑕小有不满；渡澜的小说，我惊艳于她的语言设置，她从一开始就呈现了卓越的天才性，希望她能走得更远。

邱华栋：我最近搜集了一些年轻作家的小说集在看，有几十种，包括"后浪"策划出版的一些带有边缘色彩和前卫色彩的作家作品，海峡两岸的都有，有的作品很有意思。就是从小说的题目来讲，已经具有了隔代的新鲜感。比如文珍的小说集《夜的女采摘员》，比如大头马的《九故事》（实际上只有六个故事），比如张羞的《鹅》，还有王苏辛的《象人渡》、刘天昭的《出神》以及班宇的小说，还有《青年文学》《西湖》《花城》《十月》杂志上为新座驾开设的栏目中,以集束方式推介的、现在冒出来很多有才华的二三十岁的作家新作,我看到了巨大的希望。创新和文学的未来可能性,就在他们身上。

没有"故乡"的人

一

前段时间,中央电视台播放了系列纪录片《文学的故乡》,莫言、贾平凹、刘震云、迟子建、阿来、毕飞宇出镜,非常生动,让我们看到了他们所创造的文学世界和他们的真实故乡之间的血肉联系。

我很羡慕这些作家,他们都有一个真实的故乡,能和自己建立的文学故乡联系起来。我在少年时期就开始阅读这些作家的作品,那是在 20 世纪 80 年代中后期。我羡慕他们的同时,也意识到,我不可能和他们一样,拥有一个取之不尽的写作资源——故乡。他们只要拿着铁锨回老家一挖,文学的萝卜就出来了。

在文学的意义上,我是一个没有"故乡"的人。我不可能建立一个地域文化意义上的小说世界,就像莫言的"高密东北乡"、贾平凹的"商州"和"秦岭"那样的地域文学世界。

为什么呢？因为，我的父亲、母亲是20世纪50年代的支边青年，我出生在新疆，从小就是迁徙移民的后代。我的老家在河南省南阳市西峡县，一两岁时我在西峡山沟里住过两年，十岁的时候，又回到西峡住过一年，在老家河南一共居住过三年，形不成书写河南故乡的记忆资源。再说，周大新老师已经建立了他的南阳伏牛山的地域文学书写宝库了。

那么，我出生在新疆，我能不能将新疆作为我的构建文学世界的"故乡"呢？我想了想，也不行，因为我十八岁就离开了新疆去内地求学，大学毕业后又到北京工作和生活，至今有二十八年的时间了。我变成了一个新北京人，我对当代新疆也不是很熟悉，只有一些少年的成长记忆，新疆生活构不成我的文学"故乡"的书写资源。

那么，像我这样一个没有文学意义上的"故乡"的人，注定就不能成为沈从文、贾平凹、莫言、刘震云、阿来这样的作家了。这是我很早就意识到的。我一开始以为这是我的短处，我没有故乡可以写，很悲惨，而那些拥有故乡的作家，他们太幸福了，我太羡慕他们了。中国现当代文学史上的很多杰出作家，大都拥有一个文学的"故乡"，然后他们通过对故乡的大力书写，取得了傲人的文学成就。

可我和他们不一样。我很悲哀，也许吧，但也不一定。后来我发现，这也可能是我的长处，可以变成我的优势。我的"故乡"在跟着我走，我走到哪里，哪里就是我的文学的"故乡"。我的文学"故乡"，就是我此刻所在之处。

于是，在20世纪90年代，我写了一些关于城市变化的小说，成为那个时期"新生代"作家群中的一位。在那个时候，作家刘心武对我启发很大。他给我的一本小说集写序言，题目是《与生命共时空的文字》，这一下就点破了我的方向在哪里。他说，你就写与你共时空的文字就好了，这就是你的长处。而且，你写的是城市文学，而无论是沈从文，还是那些拥有故乡的作家，他们大都是乡土文学的写作者，他们很难去书写城市，这是你们的根本区别。

我恍然大悟，刘心武老师点醒了我，我必须，也只能书写当下生活、城市生活、内心生活了，我能迅速将正在发生的城市生活故事和意象、人物和场景都转化成具有审美形式的小说作品。从此，"与生命共时空的文字"就是我的书写方式。多年来，我写下了两百多部中短篇小说，还写了长篇小说《夜晚的诺言》《白昼的喘息》《正午的供词》《花儿与黎明》《教授的黄昏》等，这些都是"与生命共时空"的小说作品。

可光是"与生命共时空的文字"，有时候很容易缺乏厚度和深度。我不喜欢重复自己，喜欢那些有几套笔墨的作家。三十岁之后，我看了大量的文史书籍，在"与生命共时空的文字"之外，又开辟了"对历史展开想象"的写作。对历史展开想象，能够带我离开当下现实过于具体的限制，使我进入时间和空间的长时段中，去构建文学世界。在"对历史展开想象"的规划下，我写了中短篇小说集《利玛窦的一封信》和长篇小说"中国屏风"系列之《贾奈达之城》《骑飞鱼的人》《单筒望远镜》《时间的囚徒》《长生》。

现在,"与生命共时空"和"对历史展开想象"的写作,仍旧在我的写作中继续进行,我的左右手就这么交替着,有两套笔墨自由地转换。我现在比较安然了,虽然我没有一个文学的"故乡",可此地是故乡,我依旧能插上想象的翅膀,在时间和空间中来回奔走。

2018年以来,我的文学创作也是按照这一思路进行的。三年来,我完成了武侠小说集《十侠》和当代题材的小说集《望云而行》,还写了一部非虚构文学作品《北京传》。下面,我谈一谈这三部作品的写作情况。

二

"对历史展开想象"的最新尝试,是我的武侠小说集《十侠》的写作,它源于我小时候练过几年武术的体验。从初一到高三,我在业余体校武术队参加训练。每天早晚三四个小时的高强度训练,是很艰苦的,从蹲马步开始练基本功,到练组合拳,再到学习长拳、南拳等传统套路,最后是刀、枪、棍、剑、绳镖等。我还学习了拳击和散打,上大学练了一阵子,后来,就荒废了。

因为练武术,我很喜欢看武侠小说。十五岁的时候,我写过一部武侠小长篇,有十多万字,没有发表。当时看了很多金庸、梁羽生和古龙的小说,手很痒,模仿着写了一部,很不成功。上大学后，我读了《燕丹子》、汉魏笔记、唐传奇、宋代笔记、明清侠义小说、民国武侠小说等，脑子里有一个中国武侠小说的源流线索。

有一次碰到毕飞宇，他说，华栋，你要是写武侠小说，估计会写得很好。这让我受到了很大的鼓舞。于是，2020年1月春节期间，我完成了《十侠》。这部小说集一共收录了十篇小说，篇幅都在一万字到两万字之间，小说的题目都是两个字：《击衣》《龟息》《易容》《刀铭》《琴断》《听功》《画隐》《辩道》《绳技》《剑笈》，2020年11月由人民文学出版社出版。

我写这些武侠小说，把小说的背景放到从春秋时期，历经秦汉、魏晋、唐宋，一直到明清，似乎有一个隐隐的侠义精神的流变。有的是实有其人的侠客或者刺客，有的则是我虚构的。

《击衣》写的是春秋晚期的刺客豫让的故事。《龟息》是以秦始皇去蓬莱一带寻访仙人为背景，描绘了"龟息功"的神奇。《易容》是以王莽新朝覆灭为背景，写了易容术。但古代侠客如何易容，确实是一个很复杂的问题，这一篇我并没有很好地解决历史真实和虚构的隐逸侠客之间的关系。《刀铭》写的是东汉末年，外戚擅权的背景下，一个刀客如何在政治搏杀中获得生命的意义，取材于《后汉书》。《琴断》取材于耳熟能详的魏晋名士嵇康的故事。《听功》的时代背景是唐代，以唐太宗李世民换立太子事件为小说叙述的线索，取材自《旧唐书》。

《画隐》的故事背景，就到了宋徽宗时期。我非常喜欢宋徽宗的书法和绘画，钦佩宋徽宗的审美眼光，这篇小说纯粹就是为他量身定做的。《辩道》的故事背景，是元朝忽必烈召开的一次佛、道两家之争的殿前大辩论会，故事取材自宋代笔记。《绳技》写的是绳技作为一种绝技，如何在建文帝和燕王朱棣之战中起到关键作用的想象。《剑笈》的背景是乾隆皇帝让纪晓岚编修《四库全书》，一群剑客围绕一册剑术秘籍产生的恩怨纠纷，部分情节取材自笔记《古今怪异集成》。

以上十篇小说的历史背景跨度很大，上下两千年。我把一个个刺客和侠客放在某个著名的历史事件中，对历史情景进行想象和重构。

我写短篇小说有个习惯，喜欢一组组地写，有一种图谱式的组合。我这么干，是为了强调小说题材的特异性，类似音乐的不断回旋和某种意象、颜色的不断强调，来提高题材的丰富性和宽广度。那么，《十侠》也是如此。可能每一篇的完成度并不一致，有好的，也有硬写出来的，这也是没办法的事情。

我写作时喜欢听音乐，只是听单纯的音乐，不能有歌词，不然歌词会把我写作的思绪带走。二十多岁的时候，我喜欢一边听摇滚乐、爵士乐一边写作，为我的小说语言找到音乐的调性和年轻人的节奏；三十岁后，我喜欢听欧洲古典音乐，在抽象的音乐世界里寻找想象历史的可能；四十岁之后，我听得更多的则是古筝和古琴曲，这与我现在的中年生命状态和宽和的心境有关。

音乐虽然大多数很抽象，却能给我带来写作灵感。比如，有段时间我常听古琴曲《广陵散》，听多了，就想到了嵇康。不知怎的，眼前就浮现出嵇康打铁的样子，以及钟会前来拜会他的情形，然后，就出现了一个少年侠客——无名，他在嵇康被杀后来到四川，用古琴的琴弦杀了钟会——我就这么在古琴乐曲中浮想联翩起来。这就是小说《琴断》的由来。

三

与此同时，"与生命共时空的文字"也在继续。我的小说集《望云而行》书写了当下全球化时代的景观，主人公在地球上到处出现，演绎着他们的精彩人生。

我喜欢看地图，各种地图。每到一处，一定要找到当地的地图，按图索骥，找到我所在的位置，以及要去的地方。这些年，我搜集了不少有关地图之书，比如《泰晤士世界历史地图集》《古代世界历史地图集》《改变世界历史的一百幅地图》《地图之王——追溯世界的原貌》《谁在地球的另一面：从古代海图看世界》《中外古地图中的东海和南海》《失落的疆域——清代边界变迁条约地图》等。这些地图能够把我带到很远的地方，带到时间和历史的深处，让我想象到一般人很难体会的关于历史、地理、时空交错的有趣生动的场景。

我还喜欢摆弄地球仪。几个地球仪，有大的，也有小的，有三维的，还有通电后通体发亮的。把玩地球仪，有一种"小小寰球，尽在手中"的感觉。写《望云而行》这部小说集时，我就常常转动地球仪，心里想着在地球表面生活的当代人，如何拥有我能够书写的精彩人生。

我现在把地球当作我的故乡进行文学书写。现代世界交通工具的发达，能够让人到达想去的任何地方，包括人迹罕至的生物圈边缘——大洋之下、冰原之上、沼泽之中、大河之里、江湖之内、雪峰之顶……人都能够抵达。只要你想去，物质条件具备，各类交通手段都能帮助你到达那里。

我的《望云而行》系列小说一共有九篇，篇幅为一万字到三万字。其中，《唯有大海不悲伤》《鳄鱼猎人》《鹰的阴影》分别发表在《人民文学》《十月》《长江文艺》上，2019年4月由北京十月文艺出版社以《唯有大海不悲伤》为书名，结集出版。另三篇，《望云而行》《冰岛的尽头》《河马按摩师》，分别发表在《十月》《作家》《作品》上，读者有兴趣的话，可以找一下。发表在《芳草》2020年第6期上的有三篇，《普罗旺斯晚霞》《圣保罗在下雨》《哈瓦那波浪》是这个系列新写的部分。

小说《唯有大海不悲伤》的写作，有触发我的动因。近些年，我听到有些朋友的生活突然遇到了变故。比如，有一个朋友的独子留学归来正待结婚，却因病忽然去世，黑发人送黑发人，何其悲伤。还有一个朋友的孩子，年仅十岁，不慎溺水身亡。痛失孩子后，夫妻俩陷入困顿和悲伤，婚姻关系岌岌可危。突发的生活变故给他们个人和家庭都造成了巨大痛苦。那么，他们如何承担这悲伤、重新获得生活的勇气呢？化解痛苦，不能靠豪言壮语，只能靠个体生命去承受。

我就去想象他们面对的境遇，内心里要承受的压力。在《唯有大海不悲伤》中，小说的主人公遭遇了丧子之痛，最后，他通过在太平洋夏季的潜水运动，逐渐获得了救赎和生活下去的力量。

小说发表之后，有朋友问我，你啥时候学会了自由潜水？其实，我顶多会简单地浮潜。但我爱看关于海洋的纪录片。中央电视台第九频道播放了多部关于海洋的纪录片，如《海洋》《蓝色星球》《加拉帕戈斯群岛》等，我都看了好几遍，对海洋里的各种生物了解很多。此外，《美国国家地理》《中国国家地理》等杂志也有很多关于海洋的文章，都是我写作这篇小说的材料支撑。

我觉得，作为一个小说家，要对读者尊重和友好。人家花自己宝贵的时间来阅读你的小说，你能给他们带来什么？我就在小说里增加知识含量，比如潜水的知识、海洋动物的知识。这就使小说有更多的内容，小说也就变得有趣和好看起来——毕竟，大部分人都生活在陆地上，很难去太平洋自由潜水。

《鳄鱼猎人》的写作念头，我在很多年以前就萌发了。我曾去过几次澳大利亚，也接触了一些在澳大利亚生活的华人。他们各有各的精彩故事。华人在澳大利亚的历史和现实处境，一百多年来有很大的变化，比如，淘金的近代华人、改革开放后去澳大利亚的华人和21世纪澳洲的新华人，他们的生存景象都不一样，一代代华人演绎出了精彩的故事，促使我写成了这篇抓鳄鱼的小说。但对如何在小说里描述抓捕鳄鱼，我自己也颇费踌躇。好在小说家都有想象力，抓捕一条白化鳄鱼，和这篇小说的主人公帮助警方抓获一个白人罪犯——他强奸并杀害了一个中国姑娘，有着象征和同构的关系。小说中，两个夏天里，进行两条时间线索的并置，取得了对照的效果。

《鹰的阴影》这篇小说，讲述了两个登山爱好者在中亚雪峰上攀登的故事。我出生在天山脚下，小时候一出家门，往远处一望，就能看见海拔5445米高的天山山脉的主峰博格达峰，它被冰雪覆盖，十分巍峨，令人向往。登山运动是一种极限运动。现在，顶级的登山家，具有"14+7+2"的履历才是完美的。什么是"14+7+2"？那就是，登顶地球上一共十四座海拔8000米以上的高峰，然后再登顶地球上七大洲的最高峰，最后，抵达南极和北极两个地球上的极点。这就是"14+7+2"的意思。深圳有一位叫张梁的普通人，就完成了这一壮举。关于他的情况，《中国国家地理》2018年第八期有专门的报道。全世界完成"14+7+2"的人只有几十个，可见这一极限运动的伟大与艰难。写这篇小说，灵感和材料纷至沓来，包括我见到的人和事、看到的一则新闻报道。几年前，有登山家在新疆西南部登山过程中被武装分子绑架袭击。这些构成了我这篇小说壮丽的色彩。

我写小说，往往由一个很小的灵感或细节延展开来。《普罗旺斯晚霞》这篇小说，缘起于多年前我在法国南部的一次旅行。我记得，有一天我从一个法国画家画展上出来，正巧看到了普罗旺斯的晚霞，非常灿烂夺目。这个景象一直在我的脑海里萦绕，并最终变成了我这篇小说的题目。

《哈瓦那波浪》的写作缘起，是某年我出访古巴的时候，不经意间在酒店大堂咖啡厅里，看见一个表情忧郁的华裔少年，一个人坐在那里的样子。他的孤单和忧郁让我记忆深刻。我不知道他从哪里来、要到哪里去。

后来，我在面对古巴一片风平浪静、碧空如洗的海湾白沙滩的时候，想象着这里应该有一场冲浪比赛。实际上，那个海湾并没有适合冲浪的条件，我在小说里完成了它。这篇小说我本来还想写得更充分一些，比如，我专门了解了翼装飞行这项运动的细节，一开始，我想把这篇小说写成男女主人公分别进行冲浪和翼装飞行，同时与对方进行心理对话和交流的结构。最终，我只写了男主人公冲浪这一条线，不知道充分不充分。

《圣保罗在下雨》的缘起，是有一年在圣保罗上空，我乘坐的飞机即将降落的时候，看到的一场细雨。这场细雨让圣保罗这座城市在雨幕中变形，成为我记忆中的雨之城。巴西是一个充满希望也充满矛盾的国家，在圣保罗、里约热内卢和巴西利亚的旅行，让我深深感受到了这一点。对我来说，每一篇小说的触发点，都是由一个很小的感觉、印象，逐渐被我的经验和想象扩展、填充起来，成为一篇篇小说的。小说最大的魅力，就在于它的完成，是灵感和构思的一次次嬗变。它常常会变成与我最开始的构思完全不一样的结果。

上述九篇小说的地理背景十分广大。如果《十侠》是我在两千年的时间长河中打捞出来的东西，那么《望云而行》则是我在空间中构造出来的世界。

这九篇小说的主人公，他们都有自己生活中的缺失和困难，也有强大的生存希望和勇气。他们活动在地球上的各个地方。如果转动地球仪，去寻找我的小说主人公所活动的场所，会有很有趣的发现。

要简约讲明白《望云而行》这部小说集里写的是什么，那么题目可以变成："如何在太平洋潜水、去澳大利亚抓鳄鱼、攀登喀喇昆仑山的雪峰、到古巴冲浪、在圣保罗解救被绑架者、穿越欧亚大陆的自驾看云旅行、品赏法国红酒的绝望之旅、直到冰岛尽头的徒步旅行和最终前往肯尼亚山国家公园去寻找一个按摩河马的男人。"

这也正是我写这一组小说要形成的一个效果，那就是在全球化的时代，中国人或华人的故事，本来就非常精彩。

我不喜欢被看作一成不变的作家，不断寻找新的写作资源，这对我很重要。写小说得非常具有创造性，我不喜欢重复，就经常换换写作的题材，左手写了当代的，右手就写历史的，也许，以后还会写写科幻小说和寓言小说、乌托邦小说、奇幻小说……这能让我一直保持写作的兴致，读者也会感到新鲜。

四

再来说说我的非虚构文学作品《北京传》的写作情况。

2017年夏末的一天,我碰到了北京十月文艺出版社的总编辑韩敬群。他问我在读什么书,我说我在读《伦敦传》,这是一本英国作家兼记者彼得·阿克罗伊德写的,很厚,规模约在八十万字。关键是我后面还来了一句:"读了这本《伦敦传》,我觉得我也能写一本《北京传》。"

言者无意,听者有心。韩敬群是著名编辑,他听进去了。没多久,他就打电话来说,要跟我签一个约稿合同,先把选题定下来,然后请我写一本《北京传》。我有点儿犹豫,后来觉得这是一个很有意思的挑战,就答应了。

实际上,多年以来,我不断地积累着关于北京的资料,已经有两三百种。得闲的时候就翻阅,一直在做准备。我是1992年夏天大学毕业后就来到北京工作的,到今年已经二十八年了。二十八年生活在北京,不算短了。作为一个新北京人,我对北京一直充满了好奇和热爱,能给这座伟大的城市写一本"传记",也是我自己的小心愿。

2017年10月,在"十月文学月"的一次活动中,韩敬群请我和阿来、刘庆邦、李洱、宁肯、徐则臣等几位作家,一起签约给北京十月文艺出版社写新作。签约之后,等于是给套上马嚼子了,我不写也得写了。两年多来,工作很繁忙,我总是想着这本书，就利用节假日和晚上的空闲时间写。2020年4月完成了全书。

我对城市建筑文化感兴趣，是受到刘心武老师的很大影响。二十多年前，我在报社当编辑，曾向刘心武老师约稿。那段时间，他给我的报纸写了一系列解读长安街建筑的文章，叫作"通读长安街"，后来结集为《我眼中的建筑与环境》出版。他还出版过一本有关建筑材料的随笔集《材质之美》。一个当代小说家对建筑这么感兴趣又很懂行，我很好奇，平时和他交往聊天，也常常聊到城市建筑与规划，这就影响了我。刘心武老师有一个观点对我很有启发：我们可能最注意建筑的外观，但我们更应该走进建筑物，获得身在建筑之内的体验才是重要的，才能更好地理解建筑。所以，我常常把自己置身于某栋建筑之内，来感受建筑的空间和我的生命体验交汇的感觉。

对一座城市也是如此，要身在城市的各个空间中，就能感受到城市的空间与时间交汇时的丰富意味。我是一个建筑文化爱好者，家里有很多建筑书籍，有空儿就会翻一翻。20世纪90年代，我就曾和冯骥才、张抗抗、韩小蕙、叶廷芳、刘元举等作家，参加过两次作家和建筑学家的对话论坛。这一交流平台，在文学和建筑文化之间搭建了桥梁，我也认识了很多建筑学家。

我读了不少关于城市的传记书，像《伦敦传》《罗马》《巴黎》《柏林》《威尼斯》《伊斯坦布尔》《纽约史》《阿姆斯特丹》《耶路撒冷三千年》《南京传》等，也有很多启发。特别是叶兆言老师的《南京传》出版之后，使我有了加快写作的动力，促使我完成了《北京传》。

我心目中的《北京传》，还有一个副题"时空中的人与万物"，最开始是想写一本规模更大、更具个人化体验的作品。但因工作繁忙，两年的时间我才写出了这本《北京传》，已经有点儿疲倦了。要知道，一座伟大的城市，的确是万花筒般千变万化，很难在二十万字的篇幅里写出一部全息式的传记。那么，我的这本《北京传》，等于是纲举目张中的"纲举"，是一个骨架，是一座城市发展的历史传承、空间变化、功能演进的大致脉络。这本书的"目张"却远未达到，以后有时间，我再努力增写。

北京三千余年的城邑史（从公元前1046年算起），八百多年的首都史（从建立金中都的1153年算起），如今是一座世所瞩目的全球城市了，在世界城市评价体系中占据着举足轻重的地位。这和中国在当代世界的发展和地位是相关的。对北京这座城市的来路和未来发展，很多人可能有兴趣去了解。那么，我的这本书，就是一个纲要性的简约版，邀请你来阅读。北京城市空间生长变化的历史过程，时间跨度有三千年。北京城市空间格局演进的变化，是我一直关心的。这和从历史事件和人物的角度去写一本城市的传记不一样。

《北京传》这本非虚构文学作品，是城市人文历史，是建筑文化史，也是散文随笔、纪实文学。我在结构上分了主章和副章，主体章节是城市演进过程中的重点叙述，是对朝代更替过程中城市状态的描述。副章选取了一些代表性的人物、事件和建筑、规划等,作为一种补充性叙述。这样主、副搭配,主干清晰可辨,副线点缀强调,能让读者迅速认识北京这座城市是如何随着时间演进,在空间结构上发生变化的。

在我看来,城市本身就是一个生命体,人创造了城市,但城市的生命比一个人的生命长很多,人是城市的过客,但人可以改变城市的空间,构成新的关于城市的记忆。建筑是历史和文化的载体,人又创造了历史和文化,人与城市建筑是共生的关系。但我还是把城市看作一个生命体。北京已经存在了三千余年,如果三十年算一代人,那么都过去一百代了。一代人接着一代人,努力地创造着属于自己的城市文化和记忆。

因此,我们必须谦逊地对待城市。无论是作为城市的主人还是过客,我们必将和城市一起生长。每个生活在北京的人都有自己的北京经历与记忆,希望你也来写一本属于你自己的《北京传》。

生态美学与作家"向外寻找"

建立在生态学与美学基础上的生态美学研究,旨在促进人和自然形成和谐的审美关系。这一点正如程相占教授所言:"生态美学展开了对于审美价值的生态重估,探讨审美价值与生态价值的辩证关系。"许多作家在进行文学作品创作时,以追求生态审美价值升值为目标,而最终所创作作品层次的高低往往取决于作家对于生态美的寻找、观察所投入的精力和思考的深度。

法国获诺贝尔文学奖作家让-马里·古斯塔夫·勒·克莱齐奥是一位在自身行为方面"向外寻找"、在思想性方面"向内求索"的文学大师。他的许多作品都是从旅行中汲取营养创作的,具有非常鲜明的生态、环境印痕。勒·克莱齐奥旅行的足迹从欧洲、美洲到亚洲遍及世界各地,还曾多次来到中国。不久前在"中国文学对话诺贝尔文学奖——首届观音山国际文学与生态文化座谈会"上,勒·克莱齐奥先生针对民族文化与生态文学、自然与文学审美之间的关系进行了深度解读。

他在讲话中说:"黄淦波先生和北京大学董强教授,邀请我到广东观音山这样美丽的地方来研讨生态文化与文学发展,这本身就体现了对民族文化的尊重和对自然的尊重。"

勒·克莱齐奥先生早在20世纪70年代就倡导生态文学,关注人类生存环境的变化。具有很大影响力的《金银岛》《看不见的大路》《沙漠的女儿》等小说都是以生态环境特色为背景创作的作品。勒·克莱齐奥认为,法国生态文学启蒙中作用最突出的应属卢梭的《论科学与艺术》。书中最早提出了人类"回归自然"的观念,主张以自然生态的美代替文明所派生的美。把视域放大后进行分析,卢梭所倡导的"回归自然"就是让人们学会与自然和谐相处、互为一体。卢梭的这种思想与中国传统文化中强调的"天人合一"一脉相通。《老子》"人法地,地法天,天法道,道法自然",讲的也是天地万物都遵循自然规则运行,承认自然对人类的生存与发展拥有至高无上的地位。由此可见,中国的生态文学与欧洲的生态文学有着共同的思想基础和审美架构。

近几年来,学术界广受关注的生态美学研究,以生态学、生存学为基础,以人的审美知觉为通道,展开自然与意识共生共建的美学价值探索。这方面的研究成果引导进行生态文学创作的作家走出书斋,开启"向外寻找"之旅。勒·克莱齐奥先生说,他来中国后一直思考这个问题:自然当中充满了美,而且动物和植物都在教我们一种新的生活方式。中国最著名的诗人李白,对大自然有非常深的领悟。"桃花流水窅然去,别有天地非人间"两句诗，表明李白面对桃花随流水消逝时，看到了人世之外更美好的一番天地。使"桃花流水窅然去"突破了通常意义上的美学限定。

勒·克莱齐奥先生"向外寻找"的敏锐触角和探研的深入程度，给作家对自然、环境的认知方式带来了启示。他在首届观音山国际文学与生态文化座谈会上讲述的亲身经历，给在座的所有作家留下了深刻印象。

勒·克莱齐奥先生在阅读法文版的杜甫诗《见萤火》时，深受这位中国古代诗人的生活情趣和诗意的感染，带着对"萤火虫""井檐"与环境关系的探寻之意来到成都杜甫草堂。勒·克莱齐奥对原诗"巫山秋夜萤火飞，帘疏巧入坐人衣。忽惊屋里琴书冷，复乱檐边星宿稀。却绕井阑添个个，偶经花蕊弄辉辉。沧江白发愁看汝，来岁如今归未归"，作了这样的简要解读："一天晚上杜甫发现有萤火虫落在衣服上，抬起头来又看到了天边的点点闪亮的星星，他就把萤火虫和天上的星星联想在一起。杜甫顺着萤火虫来到井边，看到许多萤火虫围绕井沿跳舞，这时候杜甫就感叹，我这样一个老人，明年是否还能在这儿见到萤火虫？"勒·克莱齐奥先生以法译本来解读杜甫的这首诗，虽然与汉语原意有一定的差别，但他还是从中深切地感受到了中国古典诗歌的审美追求与生存环境十分密切的关系。勒·克莱齐奥先生在杜甫草堂特意问博物馆馆长诗中的"井"是否还在，当得知古井还在时，他让馆长专门带他去观看了这口诗意千年的古井。他兴冲冲来到井边后，热切地希望这里夜晚仍然有萤火虫在飞舞，可是馆长遗憾地告诉他，萤火虫现在已经没有了。非常失望的勒·克莱齐奥先生感叹地说："就是因为现在的生态环境差了，所以再也没有萤火虫围绕井沿，这是一个需要深思的问题。"在座谈会上，勒·克莱齐奥先生激动地说，"我想邀请在座的各位，每个人都来思考这个问题，也希望大家像黄淴波先生这样热心生态保护，人人捍卫我们的生态，总有一天萤火虫会再次飞到杜甫草堂的井沿边。"

勒·克莱齐奥的这段话，从另一个角度映衬出生态美学以"诗意的栖居"为旨归，突显了生态文明建设的美学意义。热衷于生态文学创作的作家，有必要从社会主义生态文明建设与文学作品美学价值两个方面，对创作意识和创作方法做出改变。"当代生态文化属于社会主义先进文化范围，是整个生态文明建设的组成部分与理论思想保证。生态美学就是应该按照当代社会主义生态文化建设的方向来要求与规范自己。"（曾繁仁《当代社会主义生态文明建设与生态美学理论发展》）作为思想意识超前的生态文学作家，对这一点要有足够充分的认知并付诸行动。

我的小说集《唯有大海不悲伤》出版后，有媒体记者在谈及创作风格时间，缘何由"向内转"到"向外走"？其实很简单，全球化已经让时空感发生巨大变化。我们现在的文学作品不可能还给人"老牛拉破车"的感觉,作家融入"高铁时代",要加快探寻生态美的脚步。走出书斋,往阳光风雨处走,往高山大海走,要让中国味道浓重的乡土文学、森林文学体现越来越高的生态美学价值,就要实现创作意识和创作方法的转向与透切。

《小说家说小说家》后记

可能是和我从事的职业有关，回头看我写下的文字，有不少都是评论同时代作家的。

我当过多年的报社副刊编辑，工作就是向作家约稿，接触了很多作家。后来我担任《青年文学》主编和《人民文学》副主编，在鲁迅文学院担任常务副院长，也是整天面对作家和他们的稿子。我还在一些报刊上开设专栏，撰写书评，写了很多作家们的新书评论。

为了编辑这本书，我翻检这些文章，发现我写的各种评论长长短短的有几百篇，涉及三四百位作家、诗人的作品。连我自己都感到吃惊。我并没想过要当一个评论家，大部分书评、读后感都是作为一个同时代的读者和编辑写下的文字，作为文学同道，敲敲边鼓而已。

从这些文章中，我选出了有关三十个当代小说家的篇章，编辑成这本书。这些文章有的是散文随笔，有的是印象记，有的是分析评论性质的文章。

这本书的主体部分，是我在2014年写的关于拉丁美洲作家和中国作家的创作比较研究的系列文章。你会看到，我考察了二十位当代作家的小说作品，把他们和拉丁美洲的作家进行了仔细比较。这一组文章我都收到这本书里了。这也是我们理解这些作家的一个入口。

小说家是创造一个虚构世界的人，小说家做的是无中生有的事。这很有趣，也很不容易，我向这些用想象力和语言作为工具的辛勤劳动者，表达我作为一个同道的致意。

文学能够给心灵带来慰藉
——答意大利《国家报》

4月份,因为一次出差,我从北京到了外省,等我再回到北京,按照规定需要在我的住所单独隔离十四天。这是北京为了防止疫情扩散而做的规定。在单独隔离期间,阅读是能够给我带来心灵慰藉的唯一活动。但似乎很多书都读不下去,翻来找去,我能够读下去的,刚好是几位意大利作家的作品。

在这十四天里,我非常关注全世界各个国家的新冠感染情况,特别是意大利的情况。我读了意大利作家伊塔罗·卡尔维诺的两部短篇小说集《马可瓦尔多》和《困难的爱》。在卡尔维诺的笔下,马可瓦尔多的故事让我看到了意大利人的达观和幽默,让我带泪而笑。而《困难的爱》里,卡尔维诺对爱的困难的书写,也让我看到了爱的可能性,即使在十分困难的处境里。"带泪的笑"和"困难的爱"疏解了我在隔离期间压抑而孤独的情绪,这要感谢卡尔维诺。

我还读了翁贝托·埃科的长篇小说《波德里诺》,这部描绘意大利中世纪的小说,把我带向了时间深处的一次旅行,使我看到，作为大地上的短暂停留者的人类，应该以更长的时间尺度，来看待自己的处境，并由此守护住内心希望的火苗。

我还翻阅了曼佐尼的《约婚夫妇》，这部作品中有一段描绘了1630年米兰暴发瘟疫的情况，小说主人公伦佐和露琪亚的命运打动了隔离中的我，让我看到尽管我们的生活会历尽波折，但我们也会如伦佐和露琪亚那样最终生活美满。

我想，宇宙浩瀚，病毒的历史至少已有三十五亿年。相比而言，人类历史太短暂了，这是从我们诞生起就必然面对的境遇。但人类的文明建起高塔，必须相信存在某种能将彼此维系的东西，这就是希望、良知、信心和勇气。这些古老的伦理，能够帮助我们战胜病毒，获得呼吸，并与大自然中的万物一起生存与生长。

（意大利《国家报》2020年5月专版，世界作家对疫情的感受）

《十侠》后记

我小时候练过几年武术,那是从初一到高三那段时间,我在新疆昌吉州二中读书的时候,在州业余体校武术队参加武术训练。

当时,是我们的语文老师黄加震担任武术队总教练,他是文武双全。虽然是课余训练,但是每天我们早晚两个时段的高强度训练加起来有三四个小时,现在想想也是很艰苦的。我们都是从蹲马步开始练习基本功的,再到练组合拳,再到学习长拳、南拳、通背拳等套路,器械里面,刀、枪、剑、绳镖我也都练过。上了高中,又练了练拳击和散打。武术队很多师兄弟、姐妹,多次参加全国武术比赛,拿到各项比赛金银牌的有不少。在他们中间,我是比较一般的运动员。我上了大学后就停止训练了,因为我学的是中文专业,同学都不怎么爱动,我也就改踢球了。

黄加震老师是上海人,早年毕业于扬州师院中文系,后来来到新疆昌吉州二中任教。20世纪90年代初期,他调回上海,继续在嘉定区和普陀区的中学任教，直到退休。

2016年夏天，我在参加上海书展期间去探望了黄加震老师。我是带着上海小说家陈仓一起去看黄老师的。黄老师见到我这个徒弟很高兴，他早就穿好了对襟练功服，将他珍藏多年的武术器械全部拿出来，摆满了一屋子，长兵器、短兵器、暗器，加起来上百件，令我目不暇接，令陈仓也兴奋不已。后来，我们师徒二人来到他家楼下花园，他一个弓步，将关羽当年耍的那种青龙偃月刀一横，单手将大刀举在头顶呈45度——这是很难的，大刀非常重，接下来让我练，我一个弓步，将青龙偃月刀一举，几秒钟后那大刀就咔嚓落了下来，砸到地上了——我这四十多岁的徒弟和八十岁的师父比，还是差了很远。

当时我就想，到2019年，黄老师就八十大寿了，我的人生中难得有这么一位文武双全的老师辅导我成长，我也应该写一本武侠小说，献给黄老师祝寿才好。

我十五岁的时候就写过一部武侠小说，是个小长篇。当时是因为看了金庸、梁羽生和古龙的小说，来了劲头，结果却没有写成功。这两年，我在繁忙的工作之余，常常把偶然浮现在脑子里的灵感，记在一个笔记本里，慢慢酝酿。成熟了就写出来，这像某个作家说的那样：写作就像是挤脓包，疖子熟了，那就赶快挤出来。

多年来，我也读了《燕丹子》、汉魏笔记、唐传奇、宋代笔记、明清侠义小说、民国武侠小说等。我的这个短篇小说集，可能也有我阅读经验的影响和呈现，读者自己去体会吧。

现在小说集篇目的排列顺序，并不是按照我创作的时间排序，而是按照小说所涉及的年代排序的。比如，《击衣》写的是春秋晚期的刺客豫让的故事，按照年代顺序就放在了最前面。《龟息》是以秦代为背景，《易容》是以王莽新朝覆灭为背景。《刀铭》写的是东汉，取材于《后汉书》。《琴断》取材于大家耳熟能详的魏晋名士嵇康的故事。

《听功》的时代背景是唐代，以唐太宗李世民废立太子事件作为小说叙述的线索，取材自《旧唐书》。《画隐》就到了宋徽宗时期，我非常喜欢宋徽宗的书法和绘画。《辩道》和元朝忽必烈召开的一次佛、道两家辩论大会有关。《绳技》写的是建文帝和燕王朱棣之战后的下落问题。《剑笈》的背景则是乾隆皇帝让纪晓岚编修《四库全书》，部分情节取材自《古今怪异集成》。

我这一组十篇小说，就这么梳理出一条从春秋战国，一直到清代的两千多年中国古代刺客、侠客和侠义精神的脉络。我把一个个的刺客和侠客放在某个著名的历史事件中，对历史情景进行重新想象和结构。因此，这一组小说都应该算是历史武侠小说。至于是不是十个侠客，我觉得只多不少。

我写短篇小说的时候，喜欢一组组地写，有一种图谱式的组合。其实，我是为了强调小说题材的特异性，类似音乐的不断回旋，写一篇是肯定不行的。一组组的小说，用多个拼图的侧面来提高题材的丰富性和深度。

我写作的时候喜欢听音乐，这音乐只是单纯的音乐，不能有歌词，不然那歌词就把我写作的思绪带飞了。二十多岁的时候，我是一边听摇滚乐、爵士乐写作，为了我的小说语言也能找到音乐的调性和年轻人的感觉；三十岁之后，我听的都是欧洲古典音乐，作为我写作的声音背景；四十岁之后，我听的更多的是古筝和古琴。这与成长中变化的生命状态和心境有关。

常有人问我，你是怎么转换大脑的？你那么忙，怎么就能很快转换到写作频道的？是的，平时我的工作很忙，对于我来说，工作又是第一位的，总要首先干好。而写作是业余的。那么，从工作状态转换到写作状态，音乐起了很大作用。背景音乐一响起来，我就入定了，进入写作的澄明状态。

音乐虽然抽象，也能带来写作灵感。比如，有段时间我常听古琴曲《广陵散》，听多了，就想到了嵇康。不知怎么回事，眼前就浮现出嵇康打铁的样子，以及钟会前来拜会他的情形，然后，就出现了一个少年侠客——无名。他在嵇康被杀后来到四川，用古琴琴弦杀了钟会。我的想象就在古琴乐曲中浮想联翩起来。这就是《琴断》的由来。

我不喜欢被读者看成是一成不变的作家。更何况，中国作家的写作资源是那么丰富，对自己拥有的财富怎能浑然不觉？所以要有文化自信，要能讲好我们的故事。

我写小说有三十五年了。不断寻找新的写作资源，对于我是很重要的。写小说非常具有创造性，所以我写起来总是很快乐。但我不喜欢重复，就经常换换手，换换写作的题材，左手写了当代的，右手就写历史的，也许以后还会写写科幻，这能让我保持写作的兴致，也能让读者感到新鲜。

记忆里的陶然先生

那天我回家比较晚,一直没有看手机,等到我浏览朋友圈的时候,看到有人发消息,说是陶然先生突然去世了。

我心一沉,实在是惊愕万分。想到去年11月初,我随以铁凝主席为团长的中国作家协会代表团,前往香港参加庆祝香港作联成立三十周年纪念会的系列活动,还见到过陶然先生,几天里我们都在一起参会、对谈、吃饭、聊天,陶然先生就像他的名字一样,一副乐陶陶、欣欣然的样子,哪里像是一个会得急病的人?即使是得病了,我知道他一向身体很好,怎么会这么快就去世了?哎呀,想到人生之无常,想到生死之由天命,不禁悲从心生。

我还想到去年,内地、香港和海外华人世界接连去世了多位文学大家,如刘以鬯、金庸、洛夫、雷达、张胜友、二月河等十多位,感觉是一代大家凋零去。这种感觉,实在是有些沉重了。尤其是去年刘以鬯先生去世,他是《香港文学》任职多年的主编,我最喜欢的香港作家之一。今年,陶然先生又去世,这是香港文学界又一大损失。

我和陶然先生交集不多,不过,我们很早就见过面,应该是20世纪90年代在北京的某个文学活动的场合,不过,那时只是由朋友简单介绍了一下,没有怎么说话。后来,是2004年的4月,刚好我在北京张罗了一次聚餐,中午十二点,作家徐坤过来的时候,陶然先生一起来了。他们是在一个研讨会上,开完会就一起过来聚聚,见见一桌子的旧友新朋。

我当然很高兴。我记得,那天的陶然先生戴着一顶鸭舌帽,身材瘦削,笑盈盈地和我握手。徐坤说:"这就是《香港文学》的主编、作家陶然先生。他说曾经见过你。"

陶然先生真的如他的名字那样,乐陶陶的,笑起来温和、谦让,彬彬有礼,让人如沐春风。

我说:"前几年我读过您1974年发表的一篇有关香港之夜里几个小人物的故事的小说,名字我忘记了。"

他说:"那一篇叫《冬夜》。"

我说:"对对,就是这个名字,写的是几个香港小人物在冬夜里,发生在一家餐厅里的故事,很有意思,对我写京漂很有启发。"

那天我们喝了很多酒,陶然先生不胜酒力,谈笑却很轻松惬意。

后来,隔几年,总会在一些场合见到他,简单交流几句。我得知他竟然毕业于北京师范大学,南下去的香港,在香港打拼多年,一直笔耕不辍,出版了四十多部小说、散文、随笔、评论集单行本，总字数有七八百万之多。这在香港这个高度商业化的社会里，是十分罕见的。因此，陶然以四十多年的文学创作生涯，在小说、散文、评论创作上的斐然成就而彪炳港岛文学史。同时，他在文学活动的组织上，也花费了很多心血，是香港文学界一位文学活动家。他自2000年之后就主编《香港文学》杂志，参与香港作家联会的组织活动。我是干过很多年的文学编辑，我知道，当编辑所花费的心血，那都是在一个个文字上体现的，编辑事业的成就体现在一页页杂志的内容上。那么陶然先生在文学创作、文学活动和文学编辑几个方面都做出了成绩，给我们留下了丰厚的文学财富和遗产，是香港文学天空浓墨重彩的一笔。

　　回想起来，我最开始阅读陶然，读的不是他的小说，而是他的散文。我记得在很早的时候，我就读过中国友谊出版社出版的一本散文集《回音壁》，那还是在我上高二，十六岁的年纪，这是我现在写这篇文章的时候，从记忆里浮现出来的。我印象里，他的散文，自然、清新，信息量很大，总是他在各处游历的见闻，是他内心世界的坦露，是他阅读的札记，也是他读人的印象、看风景的观感。他的散文属于发散性的，题材多样，笔调自然，有着明代文人小品的灵性和五四时期的散文家的自然生动。所以，我一向是喜欢他的散文的。

　　后来，我才读到了他的一些小说，如长篇小说《与你同行》《一样的天空》，在内地的上海文艺出版社和作家出版社出版过，从人物的塑造、小说的结构到语言的呈现，都体现了陶然鲜明的风格。他的小说秉承了"五四"以来的现实主义风格，写现实人生、写社会万象、写内心世界、写小人物的悲喜剧，白描手法，时间顺序的结构，注重细节，突出人物性格和命运曲线的联系。

他的这种现实主义写作手法，在香港是特立独行的。不同于刘以鬯先生的意识流和超现实、形式的新异和独特，陶然似乎是在顽强地、执拗地以文学关注现实社会和人生，这是他的写作圭臬，并在写作过程中持续地深化，还加上了香港地域文化色彩。他的中短篇小说、微型小说、"闪小说"也都很有特色。而且，这些小说的发表和出版，从长到短，再到微型和"闪"小说，可以看到香港刊载小说的媒体的萎缩——报纸副刊不断减少版面，连载小说由长到短，逐渐到"闪"，文学生态在恶化，文学的园地在缩小，文学读者也在减少。但一种文学的精神，却还在香港不少作家的内心和头顶闪耀，因此，才造就了陶然先生的持续不懈的写作。

陶然的所有作品，应该说，都是纯文学的写作，不像香港一些通俗文学家，是通过在报纸、杂志连载武侠、言情、科幻、侦探长篇小说来谋生的。因此，他的小说和散文，都是纯粹的文学作品，这一点十分明显。这和刘以鬯先生的创作姿态也是一样的。可能他们都有别的谋生本领，并不完全把写作当成谋生的工具，因此，在文学的品质上，自然就更加艺术，更加纯粹，因此也便具有了和时间抗衡的长久价值。

前两年，我还读到了他在江苏文艺出版社出版的散文集

《风中下午茶》,这是他后来的散文风格的变化之作,更加平和、达观,流露着对人生境界已达化境的坦然。

我们知道陶然还是《香港文学》持续多年的主编。主编一份纯文学刊物,在当今世界几乎是一个愚人的事业了。但这个活儿,他一干就是十八年。十八年的时间里,在《香港文学》这份杂志上发表作品的也有几千人、五六千篇、四千万字了吧?这是我粗粗一算的结果。不过,大抵上是差不离儿的。一本纯文学杂志也是需要生存下去的,可以想见陶然先生在这本杂志上花费的心血。办刊物,需要人力、物力、财力,一个都不能缺。陶然先生一直很瘦削、健朗,七十多岁了,感觉总比实际年龄小十岁的样子,这和他的达观、勤奋和良好心态都有关系。因此,忽然听到他去世的消息,我实在太吃惊了。

这几年,我熟悉的作家周洁茹接任了《香港文学》的编辑事务,杂志继续生机勃勃,面目更加新颖,作者的队伍也是来自五湖四海,每期的专题别开生面,十分有意思,能够看到很多作家的风采,成为我们了解香港文学乃至海外华人文学的一个十分重要的窗口。这次,也是她打电话给我,证实了陶然先生去世的消息。

我下笔匆匆,但我对陶然先生的缅怀和悼念之情、同道的感佩和喜爱之情,都是深藏于心,也流于笔端的。

谨以此文缅怀陶然先生!

凝重的张方白

2018 年在德国路德维希美术馆和上海华东师大美术馆前后脚举办的张方白大型画展"凝固",集中展现了他在二十多年时间里孜孜以求的美学追求成果,显示了他独特的、强烈的绘画语言,对现时代的凝视和总结。因此,在《中国美术报》等机构举行的评选 2018 年十二位最具影响力的艺术家活动中,张方白赫然名列其中,他的重要性凸显在这一时刻。

我是一个关注中国当代艺术的文学人,1992 年我大学毕业之后在北京一家报社工作过十多年,对 20 世纪 90 年代以来的当代艺术做过一些报道,对那些风头正劲的艺术家的作品十分熟悉。改革开放以来一浪接一浪的当代中国艺术浪潮涌动了四十年,这其中,张方白却一直处于一种在中心浪潮的边缘状态里。他没有失语,但一直在寻找自己的独特语言,一直到如今 21 世纪的第二个十年里,他才显现出他强烈而独特的艺术史意义和美学风格。

我过去就听说过张方白这个艺术家,他是中央美院 87 级学生，我是武大中文系88级学生，基本上是一代人。作为一个作家，我的写作有一部分是"与生命共时空的文字"，因此，当代艺术与当代文学的共时空，就特别能引起我的兴趣。上大学的时候，我碰巧选修了艺术家任戬（他后来和艺术家王广义据说是挑担——娶了一对姐妹）的后现代艺术课程，对我有着现代艺术启蒙的意义。

我在20世纪80年代末期就很关注现代艺术发展，对不少当代艺术家都很有兴趣，也有些接触。在20世纪80年代里，文化艺术上是一种启蒙的氛围，而到了20世纪90年代，像政治波普和玩世现实主义的流行，这样外在辨识度很高的符号所裹挟的流行画风，张方白和他们都没有关系。他还在寻找着自己的画风。到了21世纪，中国当代艺术的流变更加复杂，多媒体、多材质的艺术四面开花，更加让人觉得眼花缭乱。而张方白似乎更加淡定从容，他几乎没有跟过风，依旧按照自己的路子在不紧不慢地画着，非常有定力。这一点十分难得。从中央美院毕业之后，他在国内外多地都生活过，后来到上海的华东师大任教，一直到这次"凝固"画展的举办，才第一次让我们感受到了他的绘画的巨大的凝与固的力量感。

和张方白聊天是非常愉快的。在鲁迅文学院的一间书屋里，我们回顾了他的艺术经历。他不是很善言辞，但表达十分准确。湖南人张方白这二十多年的艺术发展，我觉得经历过一个正、反、合的过程。那些20世纪80年代的文化启蒙思潮的余绪，在他的作品里有些印记和影响，但已趋于淡然。

后来，在整个 20 世纪 90 年代中国进入商业社会和市场经济环境这一过程中，张方白在艺术上只是暗中摸索着自己独特的语言。而到了 2018 年，他"凝固"画展的举办，有石破天惊之感，让我们惊艳于他不断超越自我，却在一种孤独寂寞中，完成了自身塑造的巨大努力。从视觉效果看，张方白带给了我们巨大的色块，不管是水墨还是颜料，黑白分明。他绘画的具象采取了对鹰、塔、人体的持续关注。这些符号化的鹰——巨大的鹰，简直比山体还要冷峻和高大，而塔和石头——内部是棉絮状氤氲的流体，外部是黑色凝固的形状，还有人体隐约的造型，都带给了我们巨大的美学震撼。初次面对张方白的绘画，我首先感受到的就是他绘画中的力量感。凝练、重力、固执、阔大，还有沉沉的思索。从思想的深广度上来说，他的作品所呈现的，我觉得，在 2018 年这一时间节点上，恰恰是关于百年中国现代性的一次正、反、合的综合思考。为什么这么说？是因为，在面对他的画作的时候，我感受到的是百年来从中国现代新文化运动开始的，现代性的一个总过程的思考，是对 20 世纪经历了巨大灾难的人类命运的思考，是对 21 世纪这一时刻的总结性的打量。

是的，我感觉到了百年现代性的艰苦努力，人类总命运的某种呈现。他的画风的那种悲剧感，"黑云压城城欲摧"，大团的黑色色块，是时间深处的块垒，是世纪风云的残酷堆积而成的历史硬结，而这一硬结，必须在今天给予呈现和消化。

张方白在德国路德维希美术馆的展览之所以引起了重视，是因为我觉得德国人对他的画作有着更深的体会。某种程度上，他的绘画是中国对黑白色的领悟，对德国20世纪历史的回应，比如，德国重要艺术家基弗的艺术作品是一种对张方白的回应。德国人应该很懂得张方白的画作——对历史的批判、沉思、呈现和反讽。凝固在那里的色块，一团漆黑的东西在流动，就像是德国纳粹带给德国人的创伤，就像是第二次世界大战带给欧洲人的创伤，这种震撼力，让看到他画作的人更加懂得，张方白的绘画是有力量的。他那巨大的鹰，凌空如怪石嶙峋，又如同一团黑云。他那塔的形状耸立，但是中空的内部是有着一个空间的结构。还有人体的形状，都是有力量的，在变动中凝固，在凝聚中变形，又有着创造性的动感，似乎要发生一些新的变化。

在2018年，他独特的绘画语言带给了我们新鲜和生动、力量和重量。他的绘画既是对20世纪80年代文化启蒙话语的超越，也是对20世纪90年代以来中国商业社会和市场经济的批判和疏离，更是对20世纪人类苦难历史的一次重点凝视，最后抵达21世纪的和解和停顿。这一点，就是我所说的张方白的正、反、合。那么，我们现在看，与时俱进不是张方白采取的路线图，他不跟进、反转、停顿、暂停，最后站在一个更高的地方俯瞰世界。我觉得，张方白采取的就是一种固守，在艺术材质上的固守——不搞视像艺术，不搞装置和材料艺术，他搞的，是一种新的架上绘画，甚至是水墨的现代再生。反其道而行之，如正面的强攻。一个独特的艺术家，必须走自己独特的道路。

张方白不随波逐流，否则早就是政治波普的跟班、玩世现实主义的马仔、俗艳艺术的招贴和大众艺术的傀儡了。他不会为时代表层的肤浅符号所裹挟，也不是某种狭隘的民族地域性文化符号的代言人。他的鹰，不是中国画里的鹰，却又是中国的鹰、世界的鹰；他的塔，是中国的塔，也是东方的塔，又是世界的塔。凝固在德语里有衰败的意思，可是在汉语里，有不变的意思，最终形成的意思，完成的意思。完成态就是凝固。张方白渴望着完成，不完成就是废品。完成就是成品。成品的感觉就是张方白对世界的留言，凝固了，不会变动不居了。世界，你看我现在的样子，我和你对视——以凝固的姿态。张方白因此找到了一种反观的方法——正、反、合，你、我、他，他找到了沟通当下世界乱象纷纭的后全球化时代的壁垒丛生的社会里人内心的稳定与凝固感。人类必须找到稳定感，不能失重。

于是，张方白才在 2018 年作为年度十二位最具影响力的当代中国艺术家之一，显示了他独特的时间价值和艺术意义。为什么在 2018 年，他和刘文西、许江、李象群、方力钧、顾黎明等共同成为最具影响力的年度艺术家。因为在这一年，他潜伏三十年，终于凸显出他的艺术风格的意义，他的独特的绘画语言，使他成为能与当代世界形成对话关系的艺术家。

所以，张方白在今天的再度出现和强烈的凸显，是因为我们需要他那巨大的黑白色块形成的鹰的力量,乱云飞渡仍从容,必须有定力。而一种在时间里获取的凝固的定力,是三十年来张方白最重要的艺术力量。张方白因此完成了自己的正、反、合。

格非对我的影响

——在格非担任北师大驻校作家仪式上的发言

非常高兴格非先生能成为北京师范大学的驻校作家，我特别感慨就在于：首先，格非是一个长跑型的作家，三十多年来，他持续写作，在文学创作和文学评论以及文学研究方面，都取得了巨大成绩。因此，他进入北京师范大学担当驻校作家，会提升北京师范大学的文学氛围，也会树立新的标杆。

其次，我想讲讲格非对我的影响。诸位在发言的时候，我就在想：三十年前，我在哪里？我在读什么书？三十年前，也就是1985年、1986年，我那时刚好读的，就是包括格非在内的、在座的几位作家的作品。我记得特别清楚，1985年，我读到莫言的《透明的红萝卜》，那个感觉，不光是眼前亮了，而且是激动无比。此前没有读到过这样的中国小说，这给了我当代文学的启蒙。

在1987年《收获》的第2期或第5期读到格非的《迷舟》，我更加兴奋了，作为一个十五六岁的文学少年，我那时候刚刚开始喜欢当代文学，读到莫言、格非、苏童、马原等作家的作品，觉得他们是横空出世。此前，我受到的文学教育，都是中国的传统小说和外国小说的影响，还有评书等中国古典文学、唐诗宋词的影响，但那些离我还是很远的。但是，读到包括格非在内的在座几位作家的小说，真的是对我影响特别大。我想起了四个字，叫"群星灿烂"，在座的诸位真的是群星灿烂，我们现在就处在群星灿烂的时代。

昨天我找到一本书，是我1991年自费出版的小说集，叫《不要惊醒死者》。我发现，里面很多短篇小说都有在座的几位作家和诗人的影子，比如，有一个短篇叫作《塔》，就是模仿格非老师的小说写的，营造出一种非常神秘的气氛，里面有神秘的死亡，后来，塔着火了，诗人被烧死了。我还写过一篇《疯狂的月光》，描绘了月光吱吱响，月光下群狗在交配，就来自苏童对我的影响。还有《雪灾之年》，讲了一群少年在打架，突然来了个飞碟，爆炸了，所有的孩子化作青烟，来自莫言老师书写的童年对我的影响。我还会背诵欧阳江河的《玻璃工厂》："从看见到看不见，劳动是其中最黑的部分。"这首诗我一直会背诵一部分。还有翟永明的《黑夜的素歌》《女人》《静安庄》等。我有一个短篇小说是写海子之死的，写于1990年，里面引用了西川的一首《挽歌》长诗片段。第一句我还记得很清楚，叫作"死亡封住了我们的嘴"，这句话不断回旋在这首诗里面。

因此，我个人的文学营养，我十五六岁对文学的真正兴趣的来源，就是在座的诸位，构成了我写作的一个基础，你们的写作，一下让我觉得文学和我的个体生命离得这么近。此前，《三国演义》《红楼梦》离我都很远，但是，诸位作家、诗人离我很近，于是，我觉得我的体内有格非、有莫言、有翟永明和西川。

三十年前，我怎么出发的？我就是这么出发的，一路这么走过来的，走到了今天。我觉得这就是群星灿烂的时代。当我们喋喋不休谈论外国文学的时候，中国当代文学已经非常了不起了。尤其是我跟晓明老师通过一个电话，曹文轩老师那天刚好获奖。晓明老师说，曹老师又获了一个奖，谁再说中国文学不行，就是胡说八道了。

最后，我想说的是，格非老师是作家学者化的典范。假如真的有作家学者化这回事，那么，格非就是最佳的典范和例证。北京师范大学把这么多作家、诗人都弄过来做驻校作家和诗人，这些作家会形成一种新的文学教育、创意写作的氛围，文学教育培训就形成了一种新的趋向。

有格非老师这样真正学者化的作家作为领军人物，北京师范大学的文学教育一定会再上台阶。中国大学校园里，也会出现新的学者化的作家，这都是可以预见的。

小说的世界地理：一种文学新景观

一、20世纪20年代以来的欧洲现代主义小说家

1

地理学上有一个很有名的假说：大陆漂移学说。这个学说是由德国科学家魏格纳提出来的。魏格纳是一位德国气象学家，1911年秋天的某一天，他在查看世界地图的时候，忽然发现地图上各大洲的海岸线似乎有某种吻合的迹象。魏格纳被自己的发现深深吸引了。于是，他产生了大陆不是固定的，而是漂移的猜测。他开始认真搜寻证据，进行深入研究。他发现，最初地球表面的大陆集中在一个不大的区域，就是当时地球上最寒冷的极地。后来，完整的大陆逐渐地分离开。此外，魏格纳还在地质学资料中找到了大量支持大陆漂移学说的重要证据。他根据地球表面的大陆板块的活跃和互相的碰撞，研究得出了地球表面的大陆在互相撞击，并且在大洋之上漂移

的学说理论。

在我看来，魏格纳的这个大陆漂移学说，带有浓厚的文学想象之美和诗意，是那么激动人心。你想想看，地球表面的大陆板块，在持续互相碰撞和挤压，由此诞生了高耸的喜马拉雅山脉，这就是南亚大陆板块和欧亚大陆板块互相撞击导致的结果。地球上最高的、有着连绵崛起的山峰所形成的屏障，成为人类不断去攀登和征服的高度。于是，在地球表面，那些因为大洋的淹没而显得互相隔离的大陆，欧亚大陆、非洲大陆、美洲大陆和孤独的澳大利亚，还有南极和北极，原来彼此之间有着那么紧密的联系。现在，有的大陆板块在加速碰撞，比如喜马拉雅山脉因为两个大陆板块的撞击而继续升高；有的则在加速分离，比如美洲大陆在继续远离其他大陆。

大陆漂移学说以大时空的尺度和维度，在我的脑海里形成了一幅地球表面巨大变化的图景。如今，在全球化的时代里，经济贸易的加速联合和互相渗透，互联网的出现和各类新技术的革新，使人类社会进入一个全新的阶段，也就是全球化的时代。在这个时代里，文学的发生和发展、传播和消费，都发生了深刻的变化。但是，文学也有着恒定的特性，是不会随着传播媒介的变化而发生剧变的，人类的语言文字和文学的历史，已经造就了各个民族和国家的文学大师所组成的山峰，这些山峰，就是人类文学的标高，就如同大陆板块漂移过程中因碰撞而形成的喜马拉雅山脉一样。

最近两百年，也就是19世纪和20世纪，人类文学的山峰高高耸立，形成了蔚为壮观的画面。这是小说的黄金时代。而这个大师云集、小说繁盛的景象，不知道今后还会不会有。而小说大家之间的互相影响，他们造就的文学大潮，就像那不断波动的大海，在一直运动着，从一个大陆到另外一个大陆，借助各类媒介迅速发展变化，从而形成了"小说的大陆漂移"的人类文学新景观。本书所描绘的，基本就基于这样一种情况。

　　根据我的观察，一战结束以来，小说的发展也有一个地理学上的变化。小说创新的浪潮，从欧洲席卷至北美洲，再扩展到南美洲，最后延伸至亚洲和全世界范围内，其间经历了地理学意义上的空间的变化，我称之为"小说的大陆漂移"。因此，将时间坐标设立在考察20世纪以来的小说走向，我的脑海里就形成了这样一幅在空间和时间上连续的图像：20世纪的小说家不断创新，形成了一股互相有联系的创新浪潮，在时间上从一战结束一直到21世纪的第一个十年，跨度近百年；空间上则形成了从欧洲到北美洲，又从北美洲扩展至拉丁美洲，再从拉丁美洲到非洲和亚洲的"大陆漂移"，比如，从威廉·福克纳到加西亚·马尔克斯，又到中国的莫言，他们之间就有着跨越时间和大陆空间的联系。

　　我就这样借助地理学上的"大陆漂移"理论，建立了我的世界文学的全景观。各个大陆的作家之间有着继承和彼此影响的关系，他们互相学习和借鉴，创造性地形成了新的人类文学史。因为，在某种程度上，所有的优秀作家都在写着一本巨大的人类文学之书，而每一个作家则在完成着这部巨著的一个章节。20世纪以来的小说，是非常丰富和复杂的，令人眼花缭乱，五彩纷呈，构成了20世纪人类小说发展和创新的连续性的、波澜壮阔的画面。我这篇文章，重点考察的就是小说的创新浪潮从欧洲到北美，再转移到拉丁美洲并形成了"拉美文学爆炸"的景象之后，是如何在20世纪80年代后影响了中国当代文学的勃兴的。研究探讨其间的空间和时间的关系，正是我这篇文章的着力点所在。

2

在这一节中，我先谈谈欧洲现代主义小说大师的情况。对欧洲小说，捷克裔法国作家米兰·昆德拉在他的著作《被背叛的遗嘱》中有一段是这么说的：

> 在小说的不同发展阶段，不同的民族像接力赛跑那样轮流做出壮举：先是从伟大先驱意大利的薄伽丘的《十日谈》开始，然后是法国拉伯雷的《巨人传》，接着是西班牙流浪汉小说《小癞子》和塞万提斯的《堂吉诃德》，然后是18世纪的英国批判现实主义小说家如狄更斯的作品，接着，小说创新的接力棒，交到了18世纪末期的德国，歌德带来了德意志的贡献。而进入19世纪之后，欧洲小说的接力棒首先到

了法国作家那里，雨果、巴尔扎克、左拉、福楼拜等，然后是1870年以来的俄国小说，列夫·托尔斯泰、契诃夫、屠格涅夫、陀思妥耶夫斯基等形成了人类文学新的高原。进入20世纪，首先是斯堪的纳维亚半岛上诞生的作家群，挪威、瑞典和芬兰以及丹麦的作家们继续引领人类文学新发展，然后，欧洲小说的主流，转移到了欧洲中部，也就是中欧小说家的手里，诞生了弗兰茨·卡夫卡、罗伯特·穆齐尔、布洛赫、贡布罗维奇……（见《被背叛的遗嘱》第29、30页，上海译文出版社2003年2月版。）

米兰·昆德拉的这段对"欧洲小说"源流的分析，是相当清晰的，当然，他在这段描述中也表达了个人情绪：先是对过去称作"东欧文学"的厌恶和反驳，他特地以"中欧文学"取代了"东欧文学"，借以修改冷战时期的东欧文学受到的苏联文学的影响；然后，向欧洲的核心也就是西欧文学靠近，使他的写作摆脱东欧文学的"阴影"，从而成为无论是文化精神还是小说形式创新上的欧洲作家。他自认为是上述他所描述的一个伟大的欧洲小说的主线中最后的、最新的也是很重要的一个环节。

翻译家、学者高兴曾经说过：

说到了东欧文学，一般人都会觉得，东欧文学就是指东欧国家的文学。但严格说来,"东欧"是个政治概念,也是个历史概念。在相当长的一段时间里,它特指波兰、捷克斯洛伐克、匈牙利、罗马尼亚、保加利亚、南斯拉夫、阿尔巴尼亚七个国家,因此,"东欧文学"也就是上述七个国家的文学。(见高兴著"蓝色东欧"文学丛书的总序《另一种色彩的东欧文学》,花城出版社2012年1月版。)

因此,不管是西欧文学、北欧文学、中欧文学、东欧文学还是俄罗斯文学,都是欧洲文学的组成部分,他们彼此之间的影响是非常巨大而深远的,由此,在1920年到1945年,合力形成了一股在欧洲诞生、发展,并开始向全球扩散的现代主义浪潮。

米兰·昆德拉描述的是现代主义小说在欧洲的兴起。那么,什么是现代主义小说?现代主义小说的起源从什么时候开始?关于这两个问题,文学史家一向众说纷纭、莫衷一是。有的学者认为,现代主义小说肇始于19世纪欧洲一些作家,有德国浪漫派的作家,比如霍夫曼、施笃姆以及俄罗斯作家陀思妥耶夫斯基等。他们较早地对人类的精神进行分析和书写,去把握人的意识的流动。而真正集现代主义小说之大成,或者说,现代主义小说的牌子可以堂皇地挂出来,一般认为由四个作家完成,分别是:马塞尔·普鲁斯特、弗兰茨·卡夫卡、詹姆斯·乔伊斯、弗吉尼亚·伍尔夫。这四个人开启了20世纪到21世纪文学流变的浪潮。

我们知道，文学是人的精神状况的全面反映，20世纪初的亚洲，比如中国，1911年在孙中山领导下推翻了帝制，建立了中华民国。而南亚的印度此时还处于英国殖民地的状态，很难成为文学发展的活跃之地。人民还没有吃饱饭，国家还没有独立自主，这就必然导致文学的贫乏。而非洲国家大部分是欧洲的殖民地，难以出现具有创新精神的、引领性的文学。20世纪初期人类文学最活跃的地方是欧洲大陆。一战之后，在欧洲就出现了上述几位小说大师。

法国作家马塞尔·普鲁斯特可以说是现代小说的集大成者。不少法国人认为，马塞尔·普鲁斯特是最能代表20世纪法国文学的作家。他患有先天性哮喘，病恹恹的，成天在家写作，从1913年前后开始把人生剩下的时间，用来写一本大书——《追忆逝水年华》。这部书翻译成中文有二百五十万字。它也是小说史上重要的一本小说，是现代主义小说的一部巅峰之作，所谓意识流的集大成者。法国作家莫里亚克曾经描述道：

马塞尔·普鲁斯特的童年期比一般的孩子要长得多。这是一个感情极为脆弱的小男孩，如果临睡前没有妈妈的吻，他连觉都睡不着。临睡前妈妈的吻，以及它给小普鲁斯特带来的苦恼与欣喜，都成为普鲁斯特后来著作中的主题。例如，他早期的一部未完成的小说《让·桑德伊》和后来的鸿篇巨制《追忆逝水年华》都是紧紧围绕着这类难忘的回忆展开的。尽管多少做了些渲染与夸张，但无论在普鲁斯特早期的幼稚习作，还是成年之后的鸿篇巨制中，这些回忆都是可信的。在马塞尔·普鲁斯特的著作中，凡是有关普鲁斯特本人或者以普鲁斯特为原型的小说主人公的情节，都是有根有据的，绝无虚构成分。（见《普鲁斯特》第17页，莫里亚克著，商务印书馆1989年5月版。）

莫里亚克的这段话是引领我们进入马塞尔·普鲁斯特的文学世界里最好的路标。可能对很多读者来说，马塞尔·普鲁斯特都是一个阅读的难题。因为他写了一部长度令人畏惧、很难耐心读下去的小说。当然，大家都知道他，也大都阅读过这部小说的至少一部分内容。可见，《追忆逝水年华》的长度就像是难以逾越的鸿沟，阻挡了心态浮躁的人去跨越，同时，也使这部小说继续保持着一种神话般的神秘力量。

马塞尔·普鲁斯特是20世纪法国贡献给人类的伟大小说家。他的《追忆逝水年华》改变了小说的历史。如果说小说的发展是不断地由一些拐点改变的，那么，马塞尔·普鲁斯特就是一个站在小说史拐点上的作家。那么，《追忆逝水年华》是一部什么小说，是一部长河式的意识流小说，是一部心理现实主义小说，是一部自传体小说，是一部教育和成长小说，是通过内心体验所描绘的社会小说，还是一部带有象征色彩的现代主义小说？我觉得，在这部小说中，上述判断都可以用来形容它的某种特征。马塞尔·普鲁斯特把这些标签化的特征统合在一起，创造出一部无论深度和广度都令人惊异的巨作，一部和他所在的时代紧密地相联系的伟大作品。

《追忆逝水年华》改变了小说历史，马塞尔·普鲁斯特因此成了20世纪现代主义小说的先驱之一。它如同一条巨大的河流，将一个时代的全部印象都化作了个人的、绵密的、厚实的、雕琢的、绵延的、细腻的、忧伤而平静的回忆。这部小说还像一幅无比巨大的花毯，编织了马塞尔·普鲁斯特关于他所存在着的某个特殊的历史时期的全部信息图像。记忆混合着嗅觉、味觉、触觉、听觉、视觉，将那些微不足道和微妙复杂的心理与外部的景象，熔于一炉，造就出一本书，一本连绵下去的书。在书里，时间和回忆似乎永远像河水那样流动着，永不停息，记忆因此得以永恒。

一个有雄心的作家，总是想写出一部伟大之书。一部杰作，它在那里等待作家去完成。这样的作品获得了上天的青睐，在机缘巧合、天赋和勤奋的共同作用下，一旦它被完成，它就离开了作者，它巨大而耀眼，成了永恒的造物，成了大家共同欣赏的名著。

法国作家安德烈·莫洛亚写道：

对于1900年到1950年这一历史时期而言，没有比《追忆逝水年华》更值得纪念的长篇小说杰作了……马塞尔·普鲁斯特像同时代的几位哲学家一样，实现了一场"逆向式的哥白尼革命"，人的精神又重新被安置在天地的中心，小说的目标变为描写精神所反映和歪曲的世界。（见《追忆逝水年华》第一卷《在斯万家那边》第1页，徐和瑾译，译林出版社2005年4月版。）

安德烈·莫洛亚的评价是相当准确的，说明了这部小说在文学史上的地位和这部小说的贡献：对精神所反映和歪曲的世界的全面呈现。有很多研究者认为，马塞尔·普鲁斯特在写这部小说的时候，受到了当时的心理学、哲学的影响。我还觉得，马塞尔·普鲁斯特个人的某种特质，比如他高度敏感的神经和哮喘病，比如他病态的神经质，喜欢沉溺于想象和回想的生活状态，是他写出这部小说的真正原因。

第二个大作家是爱尔兰小说家詹姆斯·乔伊斯。他的代表作《尤利西斯》，是现代主义成熟的、集大成的作品。此前，《恶之花》的作者波德莱尔，还有法国作家洛特里亚蒙的诗，也是现代主义的先驱性作品，但是他们的作品里有一点现代主义的萌芽，这种萌芽不是很成熟，到了詹姆斯·乔伊斯这里就变成了成熟的东西。《尤利西斯》非常标新立异，结构复杂。刚开始它被认为是淫秽的、大逆不道的，最后一章是小说女主人公莫莉的内心独白，其中有一段是色情片段。20世纪20年代由法国一家出版社"莎士比亚书店"出版，而当时美国还禁止它登岸，英国、爱尔兰都不接受这本书的出版，只有法国是个例外。

《尤利西斯》如何解读，请读者参阅北京外国语大学的陈恕教授写的一本《尤利西斯导读》（译林出版社1994年10月版）。要了解现代主义，了解小说到了一战以后的巨大变化，就必须看这部小说。当然，它有一些章节很晦涩难懂，因为这部小说非常复杂，总体是和神话有关，但每一章节都有设计，比如有的章节是模仿英语的发展史，有的是模仿教会的问答手册，有的章节是对对话和场景的戏仿性写作等。《尤利西斯》也是意识流的代表作。挑战小说的写作难度，似乎是20世纪小说家首要的工作，这一点，在19世纪小说家那里不是最主要的。我们从19世纪的法国、英国、德国的现实主义小说家那里，从俄罗斯几大文学巨匠托尔斯泰、陀思妥耶夫斯基和屠格涅夫等人那里，都看不到挑战小说写作技术难度的努力。在19世纪，讲什么，永远比怎么讲要重要。小说家无非在小说的长度上有所比拼，而这一点也不是他们的有意而为，是有话要说。但是，到了20世纪，怎么写，也就是以什么样的小说形式去装小说的故事这瓶老酒，已经成为小说家迫不及待需要解决的问题了。在对小说形式和难度的追求上，詹姆斯·乔伊斯到现在为止仍旧是一个高峰，同时他也制造了一个个阅读的难题。但是，这并不阻碍《尤利西斯》出版之后的畅销和流布——如今，任何一个学习文学专业的大学生恐怕都听说过这部小说，尽管很多人没有看。那些学习英语文学专业的研究生，都必须面对乔伊斯的两部"天书"作品：《尤利西斯》和《芬尼根守灵夜》。实际上，我觉得有些研究詹姆斯·乔伊斯的学者把他作品的晦涩程度夸大了。经过八十多年的传播，他的作品比较容易理解了，他也成了一个经典作家。

第三个重要的现代主义小说先驱，是奥地利作家弗兰茨·卡夫卡。一战以后，作为一家保险公司职员的卡夫卡，突然觉得，人在一个工业化的社会里生活有了异化的感觉。这是从他那儿开始有的。在此之前，小说涉及当下生活，几乎全是写实的，像镜子一样反映那个时代，妓女就是妓女，城市就是城市，街道就是街道。而卡夫卡很厉害，他的《变形记》开头："有一天，我醒来了，发现我已经变成了一只甲虫。"这样的异化感觉，是很有意思的。卡夫卡的小说一下子改变了人类对小说的固有理解，他用表现主义手法把人类的生活抽象出来，进行了一种变形，让你突然发现，我们的生活被异化了。比如，小说《城堡》中的主人公是一个土地测量员，但是他永远都进入不了一座城堡。那么，这座城堡到底象征什么？谁也说不清楚。卡夫卡的小说就像梦魇一样离奇、荒诞。《变形记》和《城堡》应该是最能够体现卡夫卡特点和文学魅力的小说。一个土地测量员，永远进不去他要进去的城堡，永远在城堡周围打转，他跟城堡门口酒吧的女服务员套关系，跟里面的什么人套关系，但怎么也进入不了那座城堡。后来的评论家对此做了大量的解释，说城堡是一个巨大的象征，象征人类的司法体系和各类制度等。但卡夫卡为什么写这个东西，只有依靠每个生命个体自己去寻找答案。他的小说是过去没有的，卡夫卡似乎永远在特别焦虑的、逻辑紊乱的环境里打转。现在，我们每个人难道不都是他笔下的人物吗？他的小说都是一种介乎似梦非梦的中间地带的东西。未来的小说还会发展，但卡夫卡这个作家是绕不过去的。

第四位小说大师，是英国女作家弗吉尼亚·伍尔夫，她是有史以来最伟大的几个女作家之一。弗吉尼亚·伍尔夫的作品很多，长篇小说有十多部，还有大量的随笔、书简和日记。代表作是长篇小说《达洛维夫人》，这个小说是一部意识流的佳作，讲述了一个叫达洛维的夫人在一个下午的意识流。她要去买花，买的过程使读者忘记了她去买花了，因为一路上她的意识流动已经把整个家族的历史和时代的风貌，全部想了一遍。阅读这部小说，你会发现那个时代英国人的精神状态到底是什么样子。此外，弗吉尼亚·伍尔夫还是早期的一个女权主义作家，写过一本叫《一间自己的屋子》的很有名的随笔集，成为后来女权运动和女性主义思潮的先驱。后来她出过多卷随笔集。她患有精神分裂症，几次自杀未遂，后来还是投河自杀了。

这四个作家开启了欧洲现代主义小说的大门，然后很多作家都跟着出现了。

3

以下是其他欧洲重要小说家的一些基本情况。他们都是在上述四个小说大家身后逐渐涌现的,从各个方向,丰富了欧洲现代主义小说的内涵,创造出一系列重要的作品。

法国作家加缪最好的作品是《鼠疫》。加缪在写这部小说的时候收集了人类历史上的鼠疫灾难的很多材料。二战刚刚结束,引发了欧洲人的深入思考:为什么欧洲人会如此荒诞地热衷于互相毁灭?为什么欧洲会有希特勒,会有纳粹?为什么欧洲文明几乎被摧毁了,人类应该怎么办?鼠疫是一个象征,象征笼罩在我们头顶上的一个可怕的东西。因为,人类总有一个个考验要来检验人类自身。在巨大的考验面前,人,要有自己独立的判断和选择。加缪的作品有着思想和形象结合的完美感,他将哲思形象化为个人的体验,这给未来有思想的小说,指明了一条清晰的道路。

有的欧洲作家特别依赖历史题材的写作,如法国作家玛格丽特·尤瑟纳尔,她是一位历史感很强的作家,几乎所有的小说都是写历史的。她知识非常渊博,在美国生活了很多年,后来死在瑞士的一个小岛上。她家境优渥,所以靠父亲的遗产生活就够了。她从小就学过各国的语言。《哈德良回忆录》写的是古罗马皇帝的事,是通过历史材料来写作的。她从来不触及她个人的生活,比如她的同性恋取向。她刚好和法国女作家玛格丽特·杜拉斯相反，后者的每一部小说都跟自己的生活有关，所写的东西永远都是自我的折射，都是她自己的变形的自传。在玛格丽特·尤瑟纳尔的长篇小说《哈德良回忆录》中，古罗马皇帝哈德良自己出场了。她就用皇帝的第一人称回忆他自己，复活了那个古罗马时期的历史。玛格丽特·尤瑟纳尔后来当选为法兰西科学院的院士。她是20世纪一个非常重要的作家，告诉我们什么是真正的历史小说。描绘历史，要把历史小说写成当代小说，去塑造历史人物的声音肖像。这也将是未来小说的一个向度。

德语小说家中，德布林的《亚历山大广场》是德语现代长篇小说的奠基之作。罗伯特·穆齐尔的《没有个性的人》则是一种精神性小说的集大成，非常独特。托玛斯·曼的《魔山》也是一本极其重要的书，描绘了那个时代欧洲整体的精神，都是不能忽视的。稍后出现的德国作家君特·格拉斯，是二战后十分重要的小说家。他把小说家看成是社会学家加历史学家加公共知识分子和说书人这么一个综合的角色。作家君特·格拉斯的最好的小说是《铁皮鼓》。小说塑造了一个叫奥斯卡的侏儒，三岁的时候他决定自己不要长大了，因为他厌恶成人的世界。三岁的他就不长大了，开始天天敲着爸爸给他买的铁皮鼓，经历成年人荒诞丑陋的世界。纳粹的兴起和覆灭、二战结束、德国被占领等重大历史，都通过这个叫奥斯卡的侏儒来审视。这部小说杰作后来被德国导演施隆多夫拍成了电影，获得了奥斯卡最佳外语片奖。《铁皮鼓》非常好看，贴近德国人的心灵世界和历史。这部小说跟德国的政治和历史密切相关，又复活了流浪汉小说的欧洲传统，还有德国式的说书人的腔调。

法国新小说派是二战之后最重要的文学流派，这个流派有很多作家，阿兰·罗伯-格里耶、克洛德·西蒙、米歇尔·布托尔等，他们的作品都是在法国的子夜出版社出版的。克洛德·西蒙在1985年获得了诺贝尔文学奖。这个作家一直在法国南部生活，他一边种葡萄一边写作，出版了二十多部长篇小说，代表作是《弗兰德公路》《农事诗》《植物园》等。《弗兰德公路》中的那条公路在法国南部，二战的时候，克洛德·西蒙所属的一支法国部队在这条公路上被击溃。克洛德·西蒙的写作技法受绘画的影响特别大，他写作的时候，一般用三四种颜色的铅笔写作，他在写这个人物的时候，用一种颜色；写另外一个人物，用另外一种颜色。然后，全部交织在一起。比如，说一匹马飞过一个战壕，一个伤兵正在回忆自己老婆在巴黎跟他家邻居私通，一个炸弹在眼前爆炸……这一瞬间，他在小说中，几万字写过去了，还是这个事。所以，看他的小说，我们会发现他就像在用文字画画。这是一个非常独特、非常重要的法国小说家。和绘画艺术的联姻，也是小说未来发展的一个途径。

米兰·昆德拉最好的作品是长篇小说《生命中不能承受之轻》。社会主义在20世纪是一个人类理想，很多国家，包括苏联、中国都在探索实践这个理想，有的有所成功，有的在变化和改革，有的遭受了严重的失败。米兰·昆德拉的这部作品是对特定制度和时代中的人的状态的一种描绘。他后来客居巴黎，写下的法语小说并不成功。他的作品最大的特点在于小说和音乐的关系，从小说的内部结构到小说叙述的语调，无一不和音乐有关，这也给小说指明了一条道路。

意大利作家伊塔洛·卡尔维诺则把写作变成一种知识、想象力的趣味游戏。他的代表作《寒冬夜行人》，结构上一共有两条线：两个旅行者是夫妻，出去旅行，两个人不断读一本书，一边是旅行，一边是书的内容。他还有一部小说《命运交叉的城堡》，是根据塔罗牌的打法写的，两个人在森林里见面，可以随意组合。在充满游戏精神的写作过程中，卡尔维诺获得了想象的甜蜜。

意大利作家翁贝托·埃科号称"当代达·芬奇"，是知识最渊博的作家之一，家里藏了六万册书，还是意大利最古老的大学——博洛尼亚大学的教授。他五十岁之前没有写过小说，五十岁的时候突然写了小说《玫瑰的名字》，在全球卖了一千两百万册，还拍成了电影。《玫瑰的名字》把中世纪的文化和宗教派别的斗争通过一个凶杀案件写了出来。一开始，是圣方济各教派的牧师带着自己的徒弟到一个发生了谋杀案的修道院，去调查一个修士的死亡。结果，他到达以后，有更多的人死于非命。这两个人到处找线索，后来发现这个修道院藏了一本淫书，是引发教士死亡的原因。以侦探小说的外壳，包上了欧洲中世纪宗教斗争的历史来写此书。翁贝托·埃科后来的《鲍德里诺》，也是关于中世纪的故事。翁贝托·埃科的长篇小说《傅科摆》也是对人类知识和虚妄的想象的嘲讽。如何将专业知识和通俗小说结合，是翁贝托·埃科的重要写作特点。

帕斯捷尔纳克是苏联在二战后的重要作家。俄罗斯土地广袤，历史命运深沉复杂，似乎每一寸土地都浸透了沉郁的东西。《日瓦戈医生》继承了列夫·托尔斯泰的传统，带有俄罗斯特有的宗教关怀和雄浑大气。这部长篇小说是对一个具体生命——日瓦戈医生的生命历程的记录,包括了苏联的十月革命、卫国战争等的那个年代的艰难困苦。小说以沉郁和舒缓的方式呈现，承载了历史和时代强加给个人的命运，就如同一首没有尽头的长诗。

此外，苏联的巴别尔是一个不能忽视的短篇小说家，他的《骑兵军》是20世纪最好的短篇小说集之一。文体异常独特，对历史加之于个体生命的粗暴践踏和毁灭命运，有着无比生动的描绘。而布尔加科夫的《大师和玛格丽特》、安德烈·别雷的《彼得堡》，也是这一时期俄语文学中的精品。

以上这些二战前后出现的欧洲现代主义作家，涉及现代主义的很多文学流派：荒诞派、象征主义、新小说派、存在主义、意识流等。如前所述，米兰·昆德拉提出过"欧洲小说"的概念，这些作家的创作就体现了这个概念的内涵。

二、二战之后北美文学的繁盛和 20 世纪 60 年代的"拉美文学爆炸"

1

我们再来看看二战之后的北美洲文学。20 世纪初期的美国，还处在迅速发展的阶段，但在文学上，还是粗笨的、不怎么讲究技巧的，还在欧洲文学浓重的阴影之下。从美国小说家亨利·詹姆斯十分心仪欧洲大陆，重新回到了英国，甘愿书写旧大陆的题材故事，就知道美国文学的处境了。整个北美洲文学还处在一种半途的状态，虽然不同意此观点的人认为，19 世纪的美国诗人、作家们，像惠特曼、马克·吐温、梅尔维尔、霍桑，以及 20 世纪初期的德莱塞，都是文学大师。他们是很不错，但是与欧洲作家相比，还是欠火候。

1930 年，美国作家辛克莱·刘易斯获得了诺贝尔文学奖，标志着美国文学真正获得关注。他的《大街》《屠场》《巴比特》等作品证明了北美洲文学在一战结束后所达到的高峰。而此时，欧洲现代主义小说从一战结束后爆发，到二战结束后衰微，在二战之后，文学创新的重点开始转移到美洲大陆。辛克莱·刘易斯获得诺贝尔文学奖就是一个先声。他说："为什么我获得了诺贝尔奖？因为 1930 年的美国已经是世界上最强大的国家了。"他说得很对，2012 年的中国，也是世界上第二大经济体了,莫言就获奖了。

美洲大陆分成两部分:南美和北美。从语言上划分,又分成说英语的北美和说西班牙语、葡萄牙语的拉丁美洲。拉丁美洲是一个语言文化概念,包括了墨西哥、加勒比海国家等北美地域。我们先来看看美国在二战以后,出现了什么样的文学创作力量。就是在那一时期,美国出现了海明威、威廉·福克纳、索尔·贝娄、托马斯·沃尔夫、菲茨杰拉德、纳博科夫等一流小说家。这些作家强有力地将文学的创新点和重心,以及关注文学的视线转移到了美国,因为,二战把欧洲文化摧毁得差不多了,所以文学的重心就转移到了勃勃生机的北美大陆。一时间,美国文学流派纷呈,先后出现了犹太人文学、黑人文学、后现代主义小说、女性主义小说、黑色幽默小说等,异彩纷呈。

可以罗列出这个长长的名单:威廉·福克纳、海明威、托马斯·沃尔夫、菲茨杰拉德、纳博科夫、约翰·巴斯、威廉·加迪斯、唐·德里罗、托马斯·品钦、约瑟夫·海勒、唐纳德·巴塞尔姆、威廉·巴勒斯、冯内古特、索尔·贝娄、杰克·凯鲁亚克、爱丽丝·沃克、雷蒙德·卡佛、杜鲁门·卡波蒂、约翰·契弗、约翰·厄普代克、托尼·莫里森、保罗·奥斯特、爱丽丝·门罗、玛格丽特·阿特伍德等,都是最为重要的北美作家。

威廉·福克纳是这一时期最重要的美国作家。他的长篇小说有十九部,其中有十五部都是关于他虚构的一个叫约克纳帕塔法县的美国南方地区的,所以,可以把他这十五部长篇小说看作一部更大的、有着十五个章节的巨型小说。他是迄今为止美国最伟大的小说家,《喧哗与骚动》《我弥留之际》是他的代表作。《我弥留之际》十多万字,用第一人称叙述,但叙述人有很多个。小说讲述美国南部一个农夫的妻子死掉了,他们一家人要把她的尸体拉到家乡埋葬,这整个过程就是一个巨大的灾难:他们途中遇到了洪水等各类问题,是关于美国南方甚至人类生活的一个寓言。他的小说总是和《圣经》故事、神话、寓言等人类文化原型有关。

海明威的短篇小说是清澈和简约的,是一流的,可以反复阅读。通过学习海明威,可以掌握短篇小说的省略技巧和控制力。但他的大部分长篇小说写得松松垮垮。《太阳照常升起》是他关于自己青年时代在巴黎生活的一部长篇,写了很多艺术家在巴黎的状况,造就了"迷惘的一代"这个说法。中篇小说《老人与海》是他最好的作品。

犹太作家索尔·贝娄的代表作有长篇小说《奥吉·玛奇历险记》,分两卷,是一种新流浪汉小说。奥吉·玛奇是一个犹太小孩,他居住在芝加哥,从十几岁开始一直经历各种事情,爱情、死亡、流浪等,主人公在现代美国社会中到处乱跑,见识各种各样的人。索尔·贝娄的知识极其渊博,把犹太文化、芝加哥的当地文化都写出来,也呈现了美国的复杂特性。他的其他小说还有《赫索格》《哀伤更致命》《院长的十二月》《拉维尔斯坦》等,都是关于美国当代犹太人知识分子处境的,部部佳作。探索知识分子这个人类最为骚动和敏感不安的群体，是小说未来的一个方向。

纳博科夫是俄罗斯裔，后来流亡到了美国，最后死在了瑞士。这是美国二战之后最为重要的作家之一。他一共写了二十多部长篇小说和几十篇短篇小说，早期用俄文写作，后来用英语写作。他生活中最大的爱好，就是跟妻子一起捕捉蝴蝶。他的代表作《洛丽塔》讲述了美国中年男人勾引一个未成年少女的故事。他最好的作品是《微暗的火》，是由一首长诗加复杂的注释构成的。既是一本关于小说的元小说，又是一个虚构的注释读物，因为这个作品，他也算是后现代主义小说流派的一个代表人物。

约瑟夫·海勒的代表作《第二十二条军规》，影响巨大，被称为"黑色幽默小说"的代表作。这部小说描绘二战的荒谬和黑暗，里面有一个定律：你要证明你有病你疯了，你就可以不用继续打仗可以退役。但你能证明你疯了，那就说明你没有疯，你很正常，所以你必须继续服役继续战斗——这是一个悖反的逻辑。这是二战以后美国出现的一部小说杰作。他还写有《上帝知道》《最后一幕》等长篇小说。另外，被称为"黑色幽默小说家"的还有冯内古特，他善于用黑色的轻松幽默来处理科幻故事和当下生活。

托马斯·品钦是美国后现代主义小说的代表人物，代表作是长篇小说《万有引力之虹》。1998年，长篇《梅森和迪克森》再度引起轰动。小说讲述了美国早期的两个测量员，如何测量美国南北分界的一条线——"梅森和迪克森"线的故事。这个作家的主要观点是"熵的世界观",就是按照热力学第二定律来看,人类因为欲望和消费的无止境,正在缓慢走向寂灭。我们身边无穷无尽的电子商品和信息,都在覆盖着人类。"熵的世界观"是值得注意的一种世界观。

一般而论,后现代主义就是用拼贴、用游戏化、解构和取消深度,并且重新结构已有的东西为主要特点。在某种意义上,后现代主义小说既是反现代主义的,也是超越现代主义的,或者说,是现代主义的一个延续。除了托马斯·品钦的作品,还有唐·德里罗的《白噪音》、巴塞尔姆的《白雪公主》、威廉·加迪斯的《识别》《小大亨》,约翰·巴斯的《烟草经纪人》等,都是值得认真拜读和研究的后现代小说。

已经去世的约翰·厄普代克是二战以后美国最主流的、代表了中产阶层和知识分子趣味的小说家,代表作是《兔子》五部曲。从1960年开始,他十年写一本。2000年,他写了以美国人"兔子"为主角的系列小说的最后一部,是一部中篇小说,叫作《兔子死后被他们怀念》,讲的是"兔子"死了以后大家怀念"兔子"的故事。约翰·厄普代克创作了二十七部长篇小说、两百多部短篇小说,大都是对他的家乡宾夕法尼亚州美国中产阶级家庭生活的描绘。此外,他还写了大量的书评和诗歌,是美国最有影响的主流知识分子。不过,他没有激烈的政治态度。有一次,美国作家协会开会,别的作家都在猛烈抨击美国政府，轮到约翰·厄普代克发言，他想了想，说："我觉得美国的联邦快递挺棒的，我想买什么书，他们很快就给我送来了，他们的效率很高。"约翰·厄普代克早年学习过绘画，因此他的文字非常讲究，细致精微。但是，他的不少长篇写得太松弛了，结构有些臃肿，叙述有些过于芜杂。不过，用现实主义的精巧笔法描绘生活的具体细微，还是他的看家本领。

加拿大作家爱丽丝·门罗和玛格丽特·阿特伍德，是加拿大目前最有影响的两位女作家，前者获得了2013年诺贝尔文学奖，出版有十四部小说集，收录了一百四十三篇短篇小说，这些短篇小说叙事精湛，她因此被誉为"当代契诃夫"。玛格丽特·阿特伍德著作多样，长篇、短篇、诗歌、文论样样皆能，代表作是长篇小说《盲刺客》，描绘了加拿大的一个家族史，有很多结构上的变化，有很多拼贴式的写法。她的写作带有后现代主义小说的色彩，视野相当开阔，小说《羚羊和山鸡》是一部关于未来人类生存环境遭到破坏之后的想象。未来小说，必将承载知识分子发出各种警告这一使命。

2

20世纪60年代，拉丁美洲涌现了一批大作家和著名的小说作品，他们形成了一股浪潮，被称为"拉丁美洲文学爆炸"。到底是谁想到了用"爆炸"这个词来称呼当时的拉美小说家的创作的，现在已无从考证，很可能是某个记者。但20世纪60年代，世界的文学热点就是"拉丁美洲文学爆炸"。

一般公认的最杰出的有代表性的拉美小说家，有阿根廷作家博尔赫斯、科塔萨尔，危地马拉的阿斯图里亚斯，古巴的卡彭铁尔，秘鲁的巴尔加斯·略萨，哥伦比亚作家马尔克斯，墨西哥的胡安·鲁尔弗和卡洛斯·富恩特斯等。

博尔赫斯是最杰出的短篇小说作家之一，和卡夫卡一样奇特，属于那种"作家中的作家"。其代表作是一部小说集，叫《小径分岔的花园》，或者叫《交叉小径花园》。他的小说是关于时间的，时间是他小说真正的主人公，而各种人类的知识谱系和智慧的边角料，都是他写作的源泉。他是一个幻想和时间的文学测量员，玄学和知识的古怪联姻者。

加西亚·马尔克斯在《百年孤独》里描绘了两百年拉丁美洲历史的孤独。评论家认为它是魔幻现实主义代表作。但他否认说，我写的东西完全是拉丁美洲本来就有的，所有的东西现实里都有，根本没有什么"魔幻现实主义"，有的只是独特的拉丁美洲的现实。他的小说杰作还有《霍乱时期的爱情》《族长的没落》，以及新近出版的小说《回忆我那悲惨的妓女》，描绘了一个老年诗人对自己一生风流韵事的回忆和一个少女的奇特恋情。这部小说是受川端康成的《睡美人》启发写下的。他患了癌症，一直在美国治疗，同时写一个三卷本的回忆录，已经出版了第一卷。

巴尔加斯·略萨，拉美结构现实主义代表作家，他的长篇小说有近二十部，其中最好的是《酒吧长谈》《城市与狗》《绿房子》等。这位作家关于长篇小说结构的技巧探索让人眼花缭乱。不过，其作品过于清晰和结构的机械性，缺乏深度，但他对现实的无情批判又弥补了他的缺陷。

墨西哥作家卡洛斯·富恩特斯的长篇小说有二十多部，是一位多产作家。他的大部分小说都可以归入《时间的年龄》这样一个总体的题目，是一位雄心勃勃的大师。代表作是长篇小说《阿卡特米奥·克鲁斯之死》。阿卡特米奥·克鲁斯是墨西哥革命之后一个大商人，这部小说用他去世之前的一段段回忆一气呵成，从死之前一直回溯到了产生他生命的精子如何进入他母亲的子宫，是倒叙意识流，又是批判现实主义的变种，是一部不折不扣的杰作。他的另外一部代表作《我们的土地》呈现了墨西哥辉煌的历史和复杂的现实。

当时间的钟摆和文学的潮流从美洲大陆开始向亚洲和非洲大陆摆动、席卷的时候，新的文学现象必然产生。于是，进入20世纪80年代之后，经济全球化带来的世界移民浪潮、国际互联网带来的信息流动以及中国的改革开放和融入世界经济体系，使两种新的文学景观诞生了："无国界作家"和20世纪80年代以来的中国当代文学的兴盛。

三、20世纪80年代以来全球化背景下"无国界作家"和中国20世纪晚期文学的兴盛

1

20世纪80年代以来,人类文学出现了两大新现象和新的写作群体。第一个文学新现象是由来自非洲、亚洲等第三世界国家的作家来到发达国家用西方语言写作的"无国界作家"群,也叫"离散作家群"现象。之所以没有采用"流亡作家群",是因为"无国界作家"和"离散作家"都带有自动选择和自我放逐的意味,而"流亡作家"则是在母国受到了政治排挤和迫害,被迫离开的。前者是20世纪80年代以来全球化加速的产物。第二个文学新现象,就是80年代以来中国当代文学的勃兴。根据我的观察,80年代以来的中国当代文学呈现了爆炸性的发展,其作家群的涌现,规模上略小于"拉丁美洲文学爆炸",但其成就则几乎与之相当,出现了很多好作品、好作家,且还在继续发酵和发展。这是风水轮流转,文学的主潮转到了亚洲大陆的具体体现。而分析其成因,则是这篇文章的重要意义。

先谈"无国界作家"现象。无国界作家的出现,是因为他们一般写的是"世界小说"。而所谓的"世界小说",是指写的作品往往是带有全球景象的。就是作者出生在印度、斯

里兰卡、尼日利亚、阿尔及利亚、中国、加勒比海岛国,但所受的教育则是在美国、英国、法国、德国、意大利、西班牙,后来也生活在那里,写的故事可能是所在国的,但用的都是英语、法语、德语、西班牙语等语言,便于出版和产生影响。他们的书也在西方国家出版,通过全球营销系统销售,这就叫作"世界小说"。现在,这样的作家很多,包括多位诺贝尔文学奖的获得者。这是20世纪80年代以后世界文坛最为喧嚣的景观。而且,似乎这个群体还在进一步地扩大,有更多的优秀作家正在加入这个行列。

出现"世界小说"或"无国界作家"的原因是全球化加速,人们可以在很多国家和地区迁徙了。在这种情况下,一些作家的写作变得越来越全球化,而文化差异和文化比较、文化排斥和文化歧视,是这个作家群最为明显的感受。通过这些作家的作品,我们获得了一种崭新的世界观:一种从第三世界打量第一世界,又从第一世界反观第三世界的奇特体验。"世界小说"就是由这样一批作家写出来的,是最近三十多年很独特的现象。

"无国界作家"群从非洲、亚洲和拉美等落后国家来到发达国家,代表作家有尼日利亚的阿契贝、索因卡与本·奥克利,肯尼亚的拉赫利,南非的(后来去了澳大利亚和美国)库切,英国的奈保尔、石黑一雄,加拿大的迈克尔·翁达杰,加拿大的罗辛顿·米斯特里,日本的村上春树、村上龙,土耳其的帕穆克,阿尔巴尼亚的卡达莱等。

这群作家中最有名的，首推英国印度裔作家萨尔曼·拉什迪。他出生在印度一个大家族。后来在英国受教育，在美国写作、念书。他的作品属于印度湿婆文化和英语文化杂交的魔幻现实主义。已经出版《她脚下的土地》《午夜的孩子》《羞耻》《狂怒》《摩尔人的最后叹息》《小丑撒拉利》等十多部长篇小说。《午夜的孩子》是他的代表作，讲述了1947年8月15日印度独立那一天，印度一共出生了一千个孩子，这些孩子的成长历史。描绘了印度在1947年以后几十年的历史，夹杂了大量印度的神话、传奇，还有英国文化的背景，所以这是一部文化混杂的作品。这位作家极值得关注，据说，因为他没有获得诺贝尔文学奖，有诺奖评委为此辞职不干了。他的小说是把本土记忆和西方文化嫁接出来的一种狂欢化的叙事。

出生于特立尼达和多巴哥的作家奈保尔祖籍印度，但在加勒比海的岛国长大，后来留学英国，然后周游世界，他作品的主人公遍布世界各地。2001年他获得了诺贝尔文学奖。长篇小说《大河湾》讲述的是类似苏丹这样的非洲国家，战乱频仍，一个外人跑到那里，在战乱中怎样求生存。他的作品写的都是在全世界到处流动的移民的处境。他还有一个贡献，就是把游记变成一个特别重要的文体。他跑到印度，写了《印度：受伤的文明》《幽暗的国度》等四本批判印度的书，在游记中，他把政论、历史评论、大文化散文等融合进去，使我们看到了全球化时代文学写作的一个方向：在文化漂泊和差异中寻找一种虚构与记录。

除了奈保尔，还有英籍日裔作家石黑一雄，这也是一位"无国界作家"，他出生在日本，六岁的时候就到了英国，有《苍白的山色》《上海孤儿》等七部小说，在英国很受欢迎。他可以写非常古典的英国小说，代表作是《盛世遗踪》。

印度英语文学非常强势，一位印度裔英国作家维克拉姆·赛斯也很重要，他的长篇小说《如意郎君》被翻译成中文有一百万字，继承了狄更斯的叙述传统，波澜壮阔地描绘了1947年到1951年印度的历史，上百个人物在婚姻和社会关系里彼此联系，非常厚重。

阿尔巴尼亚裔法国作家卡达莱，则是一个把巴尔干半岛上的血泪历史用法语写下来的重要作家；而奥尔罕·帕穆克则是最近十年欧亚大陆交界处的土耳其贡献的最为耀眼的作家，他的长篇小说《白色城堡》《黑色的书》《我的名字是红色》《雪》等都非常有力地描绘了当代土耳其社会的无所适从和徘徊、彷徨。当然，也有国内批评指责他是在为西方读者写作。2006年，他获得了诺贝尔文学奖。

加拿大作家麦克尔·翁达杰也是"无国界作家"的代表人物。其代表作是小说《英国病人》。他出生在斯里兰卡，在英国受教育，后来长期居住在加拿大。因此，他的视野也是一种跨国界的视野，题材涉及加拿大、斯里兰卡和欧洲历史，十分宽泛，在一种文化差异中饱含着永久的乡愁。其他长篇小说《菩提凝视的岛屿》《身着狮皮》《世代相传》等，都很受欢迎。

另外，他是一个典型的后现代派作家，喜欢用片段、拼贴的手法来写作和结构。因为人类的生活越来越快捷、碎片和零散，这样的现实，也使作家写出了一种拼贴化的小说。

尼日利亚出了几个世界级的大作家，像诺贝尔文学奖获得者索因卡，像阿切比，以及年轻的英国作家本·奥克利。索因卡于1986年获得了诺贝尔文学奖。他的主要成就在剧本、诗歌。有一本《痴心与浊水》。近年，湖南文艺出版社出过他的代表作《死亡国王和他的侍从》。从他的小说中，你可以看出第三世界的作家是如何用第一世界的眼光来打量自己民族的文化和处理自己国家的现实题材的。本·奥克利有二十多部著作，前途远大，他1959年在尼日利亚出生，在英国接受高等教育，并用英语写作出版，但他写的大都是尼日利亚的故事。代表作《饥饿的道路》写的是尼日利亚最近几十年的变化，用尼日利亚古老的神话来结构它。这部作品有中文译本，可以看看一个尼日利亚作家是如何处理本民族的神话、现实以及和西方的视线相协调的。

日本作家安部公房，是二战之后日本现代主义作家，也是法国存在主义小说思潮在日本的变种。他的代表作《砂之女》，讲的是有一个人在沙漠上行走，突然掉到一个洞里。原来，砂之女弄了一个陷阱，把他放进去，他就被控制住了。他实际上是在写日本高度发达的资本主义社会中人的异化。描绘人的异化和异变，是小说重要的声音。这是日本20世纪最为重要的现代主义作家之一。

日本另一位大作家大江健三郎，1995年获得了诺贝尔文学奖，有长篇小说三十多部，代表作有《燃烧的绿树》《性的人》《个人的体验》《空翻》等，其大量作品都有中文译本。阅读他的作品，可以看出来，日本作家是如何上接欧洲现代主义思潮源流，下继日本社会的独特现实，分析日本社会中的精神现象的。大江健三郎是一位有强烈社会责任感的作家，日本奥姆真理教事件出现以后，他苦苦思索，用长篇小说《空翻》来进行了探索和解释。可能是文化差异的缘故，他的小说读起来十分枯涩，阅读快感远远比不上日本作家村上春树。大江健三郎还有一个有趣的理论，那就是呼唤一种"亚洲小说"的诞生，某种程度上，他的这个观点和米兰·昆德拉的"欧洲小说"观念有相通的地方，就是呼唤一种表达亚洲人存在方式和世界观的、具有亚洲文学内在形式和外在表现的新小说的诞生，这是他非常有远见的一个呼唤。

美国华裔作家哈金，是近些年在美国文坛上异军突起的小说家，著有长篇小说《等待》《疯狂》《池塘里》《劫灰》《自由的生活》《南京安魂曲》等，还有几部短篇小说集、诗集。他于20世纪50年代出生于中国东北，当过兵，目前也是"无国界作家"的代表人物。哈金的小说题材都和中国有关，长篇和短篇都很出色。长篇小说《等待》讲述的是一个军医用了十八年终于和乡下妻子离婚，后来却发现自己和护士的婚姻更加不如意的故事。这部小说有某种人类的普遍性：你一直向往一个东西，费了很长时间才得到，却发现自己原来得到的并不像当初想的那么好。小说《疯狂》也很有趣,是以20世纪80年代末期中国大学中一个教授中风之后的胡言乱语,来象征那个时代知识分子的精神处境。新作《劫灰》则是关于朝鲜战争时期中国军人的命运。他的短篇小说有着非凡的控制力。哈金也是跨文化实现文学沟通与和解的范例。

2

在20世纪80年代以来的中国当代新时期文学的勃兴浪潮中,一大批作家值得研究、分析。我挑选了二十位中国作家,比如莫言、贾平凹、王安忆、韩少功、余华、残雪、刘震云、格非、阿来、陈忠实等,对他们进行了分析。读者会发现,把他们放到当代世界文学的背景中来观察,是不逊色的。在他们的创作中,体现了"小说的大陆漂移"的特点——继拉丁美洲文学在20世纪60年代"大爆炸"之后,80年代以来,他们也创造了一个汉语"中文写作的大爆炸"。中国出现了各种各样的流派,诸如寻根派、先锋派、新写实、女性主义等流派。他们相当突出地继承了近一百年来世界文学潮流的走向,受到了现代主义的多重影响。他们真正把汉语文学同世界文学潮流联系起来。现在,他们的创作实绩与已经产生的影响,是20世纪80年代以来中国当代文学的主要收获。

莫言是其中的佼佼者。他的小说很多,有长篇小说十一部,是当代作家中最为耀眼和重要的一位。他的代表作是长篇小说《檀香刑》《丰乳肥臀》，前者是以义和团为背景的长篇小说，结构上以中国传统叙事模式为框架，讲述了那个时代中国人的热血和狂乱、悲哀和激越。《丰乳肥臀》是一部关于大地母亲的赞歌、一部关于母亲的史诗，也是一部隐喻20世纪中国历史之作。莫言的小说讲述了人和大地的关系、人和历史的关系，他的作品有传奇的风格和第三世界国家民族神话与史诗的力量。他新近出版的小说《生死疲劳》则以灵魂转世的方式，把中国农村五十年的历史变化写了出来，非常有想象力和结构能力。他是最近三十多年出现的最强有力的汉语小说家。

刘震云的小说也值得重视。他的创作分成前后几个阶段。早期的小说《一地鸡毛》《官场》《官人》，以及长篇小说《故乡天下黄花》，都是对民族文化深层结构的某种新写实主义的观察、讽刺和批判。而他的长达两百万字的小说《故乡面和花朵》，是汉语小说的一个探索和重要收获，是一个想象世界的语言的狂欢，是一部关于故乡和乡愁、关于中国和世界的关系的绝妙讽喻。刘震云的小说展示了汉语小说的一个边界，就是单靠语言和想象，就可以成就一个虚拟的叠加与并置的世界。而他的新作《手机》《我叫刘跃进》《我不是潘金莲》，是在大众娱乐和批判现实之间，在小说的新形式探索与大众传播上，找到了一条前行的道路。他是少数能够不断超越自我的中国作家。

残雪的短篇小说成就很高，她发表了一百四十多篇短篇小说。她的代表作、长篇小说《突围表演》是一部相当不错的作品，这部小说写的是中国女性的真正的处境与心理体验，一个寡妇如何在各种各样的流言蜚语中试图突围出来，突破女人几乎无法生存的想象的环境和现实的环境，用一种对话、意识流构成了这部长篇小说。残雪是和卡夫卡有着继承关系的中国当代作家，她的意义在于，小说家可以非常个人化、内倾化地讲述和时代的关系，"作茧自缚"也是小说家存在的权利，她写的是一种纯精神性小说、纯个人小说。

我之所以详细分析"拉美文学爆炸"前后出现的重要作家，以及当代中国作家的作品，就是为了描述一个大致的轮廓，那就是，人类文学的热潮是从欧洲现代主义到美国后现代主义，再到"拉美文学爆炸"，最后到全球化时代的"无国界作家""世界小说"和中国当代文学的勃兴，在时间和空间上形成了一个有联系的线条。而在小说的内部，有结构、形式、语言、文学观念的很大的变化发展；从外部，也就是地理学的角度观察，依托这个潮流变化的是从欧洲到美洲，最后到亚洲和非洲的小说地理学的发展景象。

这样一个世界文学的全景观。作为作家、评论家、研究者和大学生，我们应该了解这些基本，在传统中接续和发展。说到底，作家是要从一代代的大作家那里获得一种传承的，文学只有一个标准，只有一个伟大的传统，你必须成为这个传统中开新风的人，才能创建新的历史。

为自己的文集做广告
——《邱华栋文集》(38 种)内容简介

一、长篇小说(十一部)

第一组:"北京时间"系列四部

《夜晚的诺言》《白昼的喘息》《正午的供词》《花儿与黎明》这几部小说,分别以电台节目主持人、流浪艺术家、电影导演、媒体记者和大学教授为主人公,他们是新兴的文化中产阶层,正以其趋向于稳定的价值观改变着中国社会。在这些主人公周围延伸开来的,是北京 20 世纪 90 年代以来一直到新千年的前十年,时间跨度超过了二十年的北京城市生活的万花筒。

邱华栋以他的妙笔,将大都市北京丰富的社会变化、符号和景观变化,以及人的内心变化结合了起来,纷繁的城市生活和内心的复杂裂变,成为这个变革时代的注脚。一个人写作本身有时候也是一个生长的过程、一个漫长的追寻过程,是一棵精神之树的长时间的生长。从这四部小说中，我们可以清晰地捕捉到北京都市生活的变迁在作家心灵里的烙印，也给我们提供了一个非常丰富的文学样本。

《夜晚的诺言》内容简介

  这部小说是结构现实主义小说风格，分为两条线进行，分别描绘了小说主人公乔可在大学和毕业之后的经历。十八岁的大学生乔可不甘寂寞，读书之余写小说、听爵士乐、喝酒、开车、当电台主持人，同时在几个女性之间周旋。乔可在酒吧邂逅外校大学生龙米，一夜风流之后，龙米终于离他而去。富商之女梁百黎心高气傲，暗中爱上乔可却不为其所知，失望之余，驾驶汽车自杀，以极端的方式结束了她的青春之恋。经过了一番爱情的磨难，乔可发现他一度迷恋的女艺术家竟是一个精神病患者和杀人犯……

  这是一部青春与成长题材的小说，可以看出作者当时受到了美国作家塞林格和日本作家村上春树的很大影响。他用十分轻松俏皮的笔调，描写了成长的烦恼，堪称年轻人生活的万花筒和纪念册。

《白昼的喘息》内容简介

  这部小说描绘了20世纪90年代初，在北京活跃的一些流浪艺术家的生活状况，是一部艺术家小说。一群有着文学和艺术理想的人，在北京展开了逐梦之旅。他们胸怀远大抱负，带着四溢的才华和鲜明的情感，生活在急剧变化的都市中，经受着时代转型所带来的巨大冲击，展现自己在这个时代所勃发出来的创造性的才能和有趣的生活经历，是一幅极其逼真的当代都市画卷。

邱华栋在这部小说中使用了结构主义的手法：奇数章节都是叙述单个艺术家的情况，而偶数章节，则仍旧按照小说主线发展。邱华栋甚至还尝试了达达主义的自动写作，语言奔放，气势如虹，充满了想象力，信息量巨大，被评论家誉为"可以代表新生代作家群水平的一部独特的长篇小说"。

《正午的供词》内容简介

这部小说是作家邱华栋的代表作之一，描写了一个中国电影导演和一个著名影星长达二十年的爱情之路，通过他们的人生历程，从个体心灵成长的角度，描绘了二十年来中国社会的变化在人内心中的投影，以及人性的复杂性。这部小说塑造的人物有七八十个，建立了一个丰富的文学人物画廊，作品所传达的内容也十分丰富，把开放的中国社会的变化通过小说主人公的生活经历描绘了出来，场面繁复，是关于当下生活的一部不可忽视的作品。

从小说的结构上讲，这部小说又是一部比较成熟的探索小说，是近些年少见的一部结构主义实验小说，作者以采访死者不同时期的见证人的方式，构筑了对一个时代的回忆。小说用了十几种文体，在小说文体上有很大的创新勇气，写作手法机智而富有挑战性。全书用了报告、文件、日记、书信、散文、报道、访谈、小说、诗歌、剧本、回忆录、札记、评论和消息等多重文体,来结构作品,显示了作家邱华栋的探索精神和驾驭长篇小说的能力,获得了很多好评。

《花儿与黎明》内容简介

这部小说描写了新千年里某个特定的年份,发生在北京一对年轻夫妇以及他们周围人的生活故事。

他们大都活动在北京东三环和亮马河一带,是承受今天的都市生活巨变的当事人。情感纠葛是这部小说涉及的主题。花心也有着三重的隐喻,花卉知识是这本书的"插花"部分。一些魔幻的情节是现实派生出来的产物。城市仍旧是小说人物活动的背景,甚至扩大到了京、沪、穗。肉体的狂迷和精神的颤抖,是这部小说的动作与声音。

刚刚辞职去网站工作的马达和妻子周槿经营多年的婚姻生活接近解体,两人分居了。她去深圳出差时和追求者王强见面了,王强对周槿一往情深,周槿在王强的外力作用下,向马达提出了离婚。法院第一次没有判决他们离婚,分居的周槿和王强密集约会。而马达在网站认识了大学刚刚毕业的女孩米雪,两人渐渐走到了一起。但是,马达发现米雪在父母的安排下,选择的道路和周槿一样,于是对米雪也冷淡了。他和老朋友高伟一起寻求生活的刺激,但是都排遣不了内心的焦虑……

这部小说还夹杂着一些魔幻情节和花卉知识,以及那一年重要的社会新闻，既是关于当下城市情感生活的一个逼真的描绘，又是一个时代的备忘录和缩影，引发了我们关于生活和情感的无穷思索。

第二组：历史小说系列五部

《骑飞鱼的人》《单筒望远镜》《贾奈达之城》《时间的囚徒》《长生》五部小说分别取材于中国近代历史上真实的西方人在中国的活动，并演绎成波澜壮阔的历史小说。

涉及的中国历史片段有：太平天国、义和团、民国时期的新疆和中亚、反右和1968年法国巴黎的"红五月"等重大历史和社会事件。

《骑飞鱼的人》内容简介

《骑飞鱼的人》的情节主干，取材于一个真实人物的经历。他叫 A.F.LindLey，可以翻译成林德利，曾服役于英国海军，1859年来到香港，辞掉了海军的职务之后到了上海，后又于1860年进入太平天国控制区。他认识了当时太平军的重要军事领袖忠王李秀成，得到了忠王的委任，并和未婚妻、几个朋友一起参加了忠王组织和领导的多次战斗，后来相继失去了他们。1864年上半年，在太平天国运动即将覆灭的前夕，他离开了中国，回到了英国。回国之后，他写了同情太平天国运动、并介绍太平天国运动的《太平天国革命亲历记》一书，

1866年由伦敦一家出版社出版。这本书于1962年在王维周和王元化父子翻译后由中华书局上海编辑部出版，1997年12月上海人民出版社再版。

根据研究太平天国运动的著名历史学家罗尔纲的考证，该书作者林德利的确是参加了忠王的很多作战行动，因为有忠王颁发的委任状的影印件为证。不过，由于他写作这本亲历记是为了向普通的英国读者介绍太平天国运动，作者在描写自己的经历时，采用了虚构的手法，把一些自己没有经历过的事情进行了惊险小说般的夸大，目的是吸引更多的英国读者，希望英国读者理解太平天国运动。

邱华栋由此展开对历史的想象，演绎出一个历史的悲剧性全景小说，故事场面宏大，跌宕起伏。2011年版的修订版本，全面修订扩充，比2007年版增加四万多字。

《单筒望远镜》内容简介

小说《单筒望远镜》的故事背景是1899年的中国和1900年的北京。众所周知，1900年发生了北京义和团事件，已经成年的主人公阿苏尔再度来到了中国，开始寻找自己儿童时代的玩伴，结果他最终变成了义和团的大师兄。于是，一段跨越了时间、民族和历史的爱情悲剧，由此在大历史背景下演绎了出来。

小说在结构上分为四部分，引子是关于望远镜历史的一段描述，然后进入正文。作者即小说中的主人公，由三种文体构成,分别是书简、话剧剧本和回忆录,使小说本身具有了间隔效果。最后,个体生命仍旧被悲情的历史所吞噬,留给我们的只是时间的灰烬和如同烟云一样的爱情传说。

最新修订本比 2007 年版增加了四万字,并在结构等方面进行了全面调整。

《贾奈达之城》内容简介

1946 年 9 月,英国驻印当局向中国新疆的喀什噶尔派出了新一任总领事、登山家艾瑞克和他的夫人戴安娜。他们从印度出发,历经翻越喀喇昆仑山的千难万险,终于抵达。由于印度此时在甘地领导的独立自治运动下,独立已成必然,新任总领事艾瑞克陷入了焦虑和困顿:他将会是最后一任总领事。为了摆脱糟糕的情绪,艾瑞克和戴安娜开始攀登帕米尔高原的雪峰。在深入高山民族柯尔克孜族人的地区时,他们认识了向导、柯尔克孜族人赛麦台。戴安娜对赛麦台也萌生了情意,但是在道德和私欲之间,受着煎熬和困顿。最后,在一次雪崩中,赛麦台为了搭救夫妇二人而死去……柯尔克孜族人坚信,白云缭绕的慕士塔格峰上,是一座化外之城"贾奈达",那里的人都长生不老,但是凡人却无法靠近。

小说在雄浑壮阔的印度南亚次大陆和中亚新疆展开,描绘了主人公征服中亚帕米尔高原上的雪峰、印度和巴基斯坦独立、英国和俄国在中亚的对峙、克什米尔首府斯里那加和列城的风情、中亚高山民族柯尔克孜族人的草原盛会、英国人在中亚的退却，以及一次攀登"冰山之父"慕士塔格峰的失败。

小说新的修订版特别增加了喀什噶尔的历史，尤其是关于中亚浩罕国占领这一地区的历史，比2007年版增加了四万字。

《时间的囚徒》内容简介

小说分三条线索，描绘了三代法国人和中国的历史渊源。描绘了爷爷、父亲和儿子三代人对中国的回忆，以及特殊年代的经历、争论和理解。关于中国的回忆持续了七十年，全文二十七万字，是作家邱华栋的长篇小说力作。

《长生》内容简介

这是一部历史小说，通过李志常的叙述，详细记载了丘处机不远万里，前往现今阿富汗的兴都库什山下，和成吉思汗见面讲道的过程。丘处机当年走过的地方：山东栖霞、昆仑山、北京白云观、陕西终南山、新疆伊犁、阿尔泰山，以及他当年走过的河北、内蒙古和新疆的其他一些地方，在本书中得到了广阔呈现。

丘处机所处的时代，是中华民族文化大融合的时代。辽、宋、夏、金、元，还有西辽、吐蕃、大理这些地方政权互相更替、融合与交战，形成了一派多民族文化融合交流的局面。那样一个风云际会的时代，自然会有传奇产生。丘处机以七十岁高龄，不远万里前往阿富汗，给新崛起的人间霸主、可汗成吉思汗讲道，这就构成了传奇。从各个方面来说，这一历史事件都是具有积极意义的，也是小说家邱华栋能够展开丰富想象的素材。

第三组：成长小说两部

《夏天的禁忌》内容简介

这是一部成长题材的长篇小说，描绘了一个男孩的成长，从初中到高中，再到进入大学之后的艰难跋涉。小说分成了三个部分，分别涉及 20 世纪 80 年代早期的严打、中期的高考和后期的大学生活。这是一部对 80 年代深情回忆的作品，也是对成长过程精细呈现的作品。青春、叛逆、初恋、死亡、社会、远行，都在这部书中得到了精雕细刻的描绘。

这是一部成长母题之下的小说。作者写这部小说的时候，只有二十岁。

《前面有什么》内容简介

邱华栋的这部早期长篇小说全景式地描绘了 20 世纪 80 年代末期的大学生活。分成秋冬春夏四个部分，刚好和一个学年的时间一样。在一年的时间跨度里，塑造了大学四个年级的学生形象。同时，随着小说按照线性时间的进展，又插入了十几个校园长镜头，来作为对当时学校文化环境的一种描述。此外，还插入了十二篇短篇小说——咏叹插曲故事，作为立体呈现大学生精神状态的补充。

这是一部作者向结构现实主义大师、秘鲁作家胡里奥·巴尔加斯·略萨和美国作家多斯·帕索斯致敬之作。他们在小说结构上的复杂、丰富和大胆的创新实验，以及对社会的全景式的描绘和把握，对作者影响非常大。作者写作这部小说的时候只有二十二岁。

二、中短篇集（十五部）

《手上的星光》内容简介

本集收录了邱华栋的中篇小说四部。大部分写于20世纪90年代，是他对城市变化的紧密追踪和对城市新人的密切观察。城市作为环境，也是一种活体，以动态结构，变幻在人物活动的背景中。

《手上的星光》曾刊发于1995年《上海文学》某期头条，成为作者跃上文坛的标志。此后，他一发不可收，成为书写"与生命共时空，与城市同变化"的小说的主力。

《空心人舞蹈》内容简介

本书收录了邱华栋的中篇小说四部。

在这部小说集中，邱华栋描写的对象主要是城市中的商业中产知识分子。这些人受过高等教育，有些在新闻或文化部门，有些弃文经商，这使他们成为当今中国一个特殊的族群——商业知识分子。这些人吃饱喝足后，开始考虑生活的意义，开始寻求逃离城市束缚的价值取向。就当代文学研究者来说，邱华栋意象纷呈的都市小说世界是他们最关注的研究对象。

《西北偏北》内容简介

在这本短篇小说集中，邱华栋离开了他熟悉的对城市生活的表述，而是进入童年和少年时代的回忆，把笔触深入西北新疆一座小城市的 20 世纪 80 年代的生活，描绘了一条街上的少年和各种小人物的人生断面。

在类似美国小说名著《小城畸人》的结构当中，邱华栋用十八个短篇，描绘了命运的苍茫和青春的荒芜，在那个神奇荒凉的西北偏北的小城市的特定年代里，悲剧般的力量使人的生命无常，使意义匮乏与丧失。邱华栋向我们展示了鲜为人知的成长的秘密、悲剧和烦恼，是一本极具欣赏和阅读价值的文学作品。

《行为艺术家》内容简介

本书收录了邱华栋的中篇小说四部。没有人像邱华栋这样在小说中大量运用城市代码，他高频率地描写城市外表，那些混乱的人流、蛮横的立交桥、庞大的体育场、午夜的街道、囚笼一样的公寓等，这使得作品始终披着一件绚丽的外衣。这并不是简单地对城市外表进行环境描写，这些显著的城市外表本身构成了小说叙事的中心环节，构成了小说审美意趣的主导部分，就像 19 世纪的浪漫派文学对大自然的描写一样，没有这些关于自然景致的描写，浪漫派的作品几乎难以独树一帜。对于邱华栋来说，这些城市外表既是他的那些"平面人"生存的外在的他者，又是此在的精神栖息地。

多年之后，当北京变得更加面目全非，我们也许就要通过邱华栋的小说来回忆那已经消失的城市风景了。

《午夜狂欢》内容简介

这部小说集收录了邱华栋的四部中篇小说。这些作品创作的时间跨度比较大，从20世纪末到21世纪的头十年，可以看出作者在写作技巧上、关注焦点上的诸多变化。既有对当下生活的痛切关注，也有对后现代的批判式迷离。

他在一篇小说开头中说：

> 城市，你观察它一般有几个角度。你可以站在地面上去观察它，你还可以飞到高空中去观察它，这时候它完全是大地之上的地衣，漫无边际地向四周漫延。此外你还可以从地下看它，如果你有一双透视一切的眼睛，你会透过城市的水泥和沥青地表，从而发现它的秘密。向下看去，城市的地下有着数不清的管道和隧道，有着蛛网一样错杂的地下电缆和地铁系统。站在一座城市中，你向上、平视以及向下看去，将看到完全不同的景观。

在城市的镜像之下，变形的人物内心却是坚实有力的。故事带有多方走向，这本小说集因此显得更加斑驳陆离、丰富多姿。

《十一种想象》内容简介

这是邱华栋的一部历史题材的中短篇小说集，收录了他的十一篇中短篇小说。三部中篇小说《长生》《安克赫森阿蒙》《楼兰三叠》，其余八篇是短篇小说。从题材上看，中外都有，不同历史时期都有，都是依据一些史实所展开的想象。《长生》（后扩充为长篇）写的是13世纪初期，丘处机道长受正在成为人间新霸主的成吉思汗的召请，不远万里，前往如今的阿富汗兴都库什山下与成吉思汗面见的故事。

《安克赫森阿蒙》是一篇关于埃及法老图坦卡蒙的小说。图坦卡蒙的死因到现在都没有定论，十分神秘。

《楼兰三叠》是关于楼兰的故事。小说分成三个部分：第一部分是楼兰毁灭的想象；第二部分，是斯文·赫定发现楼兰的情况；第三部分是作者本人在楼兰的所见所闻。这篇小说由历史到现实，由远及近，上下穿越了一千多年。

《一个西班牙水手在新西班牙的纪闻》《李渔与花豹》《鱼玄机》几篇小说的主人公分别是16世纪的西班牙水手、明末清初的大文人李渔、唐代中期的著名女诗人鱼玄机。《瘸子帖木儿死前看到的中国》讲述了瘸子帖木儿险些对明朝发动战争的故事。据历史学家说，假如帖木儿不是碰巧死了的话，明朝将面临最大的一场危机。《玄奘给唐太宗讲的四个故事》取材于《大唐西域记》，作者挑选了几个对唐太宗应该有所触动的故事，由玄奘亲口讲给唐太宗听。

《韩熙载夜宴图》中，作者想象了历史上失传的、关于韩熙载的另外两幅画的情况，以及韩熙载和李煜之间的关系。《色诺芬的动员演说》取材自色诺芬本人的著作《长征记》，色诺芬是古希腊很有名的作家，他的多部作品被翻译成了中文。《利玛窦的一封信》则是作者有一天去北京市委党校，看到利玛窦的墓地之后，产生了写小说的想法，取材于利玛窦的《中国札记》和史景迁的研究著作《利玛窦的记忆之宫》。读了这篇小说，你一定会对利玛窦有一个基本的了解。

一切历史小说也都是当代小说，正如克罗齐所说，"一切历史都是当代史"。作者在写这些小说的时候，有意地尽量去寻找一种历史的声音感和现场感，去绘制一些历史人物的声音和行动的肖像。

《十三种情态》内容简介

《十三种情态》收录了作者的十三篇短篇小说，每一篇的题目都是两个字，是邱华栋在都市小说题材上的深化，写的是当下光怪陆离的都市情感和生活状态，作者鞭辟入里，写的是日常生活中比较私人的隐秘生活，大部分和情感有关，影响着人自身的精神。

这样的短篇小说比较丰盈精妙，没有简约派的骨感，却具有质感和氤氲气息，是这个时代的放大镜和精神生活的展览馆。

《时装人》内容简介

这是邱华栋的一部短篇小说集。在结构上，由系列小说构成一个整体。这样的小说，过去有乔伊斯的《都柏林人》、舍伍德·安德森的《小城畸人》、奈保尔的《米格尔大街》和巴别尔的《骑兵军》。这些小说里只有裸露出来的坚硬的事实，它们拒绝意义，拒绝阐释。与其说作者在关注它，不如说那些生活中的存在物在注视着我们，还有什么比这种注视更让人感觉到绝对的力量呢？这个系列的不少小说以"××人"作为题目，显示了作者深受卡夫卡等人的现代主义文学影响，并且有高度概括和抽象变形的能力，将北京作为大都市的变化和人物内心风景勾画出来。

《城市中的马群》内容介绍

收录了作者以城市为背景的短篇小说十多篇，以意象纷呈的变形、荒诞、夸张、符号、象征、超现实、隐喻手法为特色，给我们带来了全新的都市文学体验。

《大鱼、小鱼和虾米》内容简介

收录了邱华栋的中篇小说四部。邱华栋选取都市边缘人作为表现对象，源于他的生活经验和精妙观察。这些人可以享用现今城市所有的消费场所——而这正是当今中国城市的显著标志。邱华栋的叙事一举两得：既表现城市最新的面目、令人愤恨的外表，又表现出他作为叙事人，对城市生存状态的深入浅出的思考。因此，本书是时代的侧影，是逐渐远离我们的时光宝盒。

《黑暗河流上的闪光》内容简介

收录了邱华栋的中篇小说四部。城市在邱华栋的小说叙事中不再是冷漠的异在，而是我们可以触及的现实。他所表现的生活，那些故事，都是在20世纪90年代之后裸露出来的新现实。作家面对的"现实"，不再是主流意识形态预先给定本质的现实，而是我们经验直接面对的日常生活。他是描绘这一城市生活的行家里手。

《来自生活的威胁》内容简介

短篇小说集。写实重新成为叙述手段，所有的故事都发生在北京郊区的一个新型社区里。邱华栋十分敏感地发现了这些中产阶层人群的家庭问题和"情感痛点"以及他们的不如意，故事也是有趣的、紧张的甚至是离奇的。用六十个短篇小说描绘了当下中国城市人分出阶层之后，内心和外部生活的复杂性，其中夹杂着对人性的探索和作者强烈的悲悯之心。在今天的城市中，中产阶层正在改变着中国社会的结构。作为经济地位和社会地位都很稳固的一个逐渐扩大的群体，中产阶层的壮大意义非凡。他们一般有着丰厚的收入，受过良好的教育，大都有房有车，有进取心，他们的生活品位很高，趣味趋同，是城市中消费和引领时尚的主体。他们往往选择自然环境和人文气氛都比较好的社区居住，并且正在形成独特的社区文化。

《可供消费的人生》内容简介

系列短篇小说集。

作者邱华栋与其他作家不同，2000年之后，他书写的城市人是具体的、客观的、实际存在的。这个系列可以说是继承了美国当代作家约翰·契佛、约翰·厄普代克、雷蒙德·卡佛的文学技巧和叙事风格，又与中国最具生长性的中产阶层人群的内心观察完美结合，极具欣赏性和阅读性，提供了一种当代文学的新经验。

本书精妙地描绘了中产阶层的欢乐、苦恼和恐惧，描绘了他们生活中的各种问题。比如，有白领女性因为一次车祸导致毁容从而改变了生活态度的，有单亲母亲需要面对自己未婚先孕的女儿的，有艺术家和他的马的生离死别，有智力障碍儿童的纯洁短暂的生命，还有社区童子军的一次暴露人性复杂的野外行军，等等，带给了我们无穷的审美体验。

《滋味与颜色》内容简介

短篇小说集，以片段的形式，构成了一幅宽大的画面，描绘了当下北京社区人的外部形象和内心风景，隐含着作者对人性的挖掘和悲悯之心。整部小说集被一个社区背景所统摄，又由不同的叙事者贯穿起来，就像是一串闪亮的珠子或者是生活的系列剧，一出出地表演给你看，并成为时代的注脚。

《归宿》内容简介

本书收录了邱华栋的短篇小说三十二篇。

在一个天山脚下的小城市里，一些人生活着。少年的他们在大地上留下的痕迹如同野草，就像是没有人看见草的生长，命运的苍茫和青春的荒芜，使意义匮乏和消失，唯有记忆使生命进入永恒。

收录在这本集子里的还有一些小说，运用寓言、象征和超现实主义等手法显示了现代小说的魅力，带来了文学想象之蜜。

三、散文、随笔、评论集（十二部）

《行走无疆》《去往归来》内容简介

这是作家邱华栋在海外参加文化交流活动的两本游记。

这两本书记载了邱华栋和作家同行，一起穿越北欧的白昼，领略日本意象，走马澳大利亚，造访俄罗斯的大地与心灵，还从法国、摩纳哥到意大利和梵帝冈，参访台湾省环岛十日游，代表中国作家参加2012年英国伦敦书展，参加澳门国际文学节、澳大利亚墨尔本华人文学节、台北书展等活动，并记述了作者的环球飞行，从巴西到古巴的生动有趣的历程，是文学人的世界观察笔记。

《从东西到南北》内容简介

　　本书是邱华栋的游记，由两部分构成，一部分是作者在中国东南西北各个地方的游记，一部分是作者在新疆阿尔泰山区游历一个月的记述。从这两部分可以看到中国那壮丽的、多姿多彩的山河如何被作者用绚烂的文笔描绘得更加生动。

《城市的舞蹈》内容简介

　　这是一本以北京为书写对象的散文集，是作家邱华栋的"印象北京"。像北京这么一个庞然大物，其历史文化和现实生活都是那么丰富，谁的印象都是片面的，都是盲人摸象，都是管中窥豹。作者在北京生活了二十六年，作为新北京人，他对北京的变化和新生事物极其敏感。

　　他先从北京的场景入手。一个城市的场景和环境，带给人的不仅是视觉的印象，还有其背后的文化和心理的暗示。场景不断地投射到我们的心灵里，构成了生活在这个场景和环境中的人的基本心理状态和感受，由此形成了一个地域和城市的人的基本性格与文化。从建筑风格上来说，各个时期的建筑，都留存着一定时代的烙印和影子。从 20 世纪 50 年代受苏联意识形态建筑文化影响的建筑，比如军事博物馆、展览馆等，到 20 世纪 80 年代在全球化影响下的各种建筑风格，诸如希腊罗马式、包豪斯式、洛可可式、巴洛克式、芝加哥式、汉风、唐韵、现代主义、后现代主义建筑等，五味杂陈。

本书第一部分主要描绘了北京的场景，第二部分，主要描绘了北京的人群，信息量比较大，同时带有个人色彩，在北京观看城市起舞，真的是绚丽多姿、五彩斑斓。

《创造梦境的人》《虚构的真实》《想象的国度》《真实与谎言》内容简介

这四本书是邱华栋阅读20世纪外国文学大师的随笔。收录在这四本书中的文章，大都是根据作者本人撰写的书评和读书笔记扩充而成。

一百多年来，小说的发展五彩纷呈，令人眼花缭乱。就是这些作家，构成了20世纪人类小说发展山峰的山脊线，构成了20世纪人类小说发展和创新的连续性的、波澜壮阔的画面，而这个连续的画面，正是以小说的"大陆漂移"方式和图景来呈现的。这几本书，将时间坐标设立在考察20世纪以来的小说走向，描绘了一幅在空间和时间上连续的图像。20世纪的小说家不断创新，形成了一股互相有联系的创新浪潮，在时间上从一战结束一直到21世纪的第一个十年，跨度近百年。空间上则形成了从欧洲到北美洲，又从北美洲扩展到拉丁美洲，再从拉丁美洲到非洲和亚洲的"大陆漂移"，比如，从威廉·福克纳到加西亚·马尔克斯，又到中国的莫言，他们之间就有着跨越时间和大陆空间的联系。

文学大家们都建立了一个独特的文学世界。作者以四本书、七十多篇文章的方式，引领读者轻松走进文学大师的世界。

《来自天堂的声音》《光影之间》内容简介

这是两本收录了一百多位 20 世纪以来的重要电影导演创作的电影评论集。作者写作这两本书的目的，是为了给更多喜欢电影的人，提供一个粗线条的人物版电影史。作者基本按照生年来给这些电影的作者们写小传，这恰好体现了电影本身的历史性的发展，以及到今天逐步全球化、国际化的景观。一百多年的电影史，作者名单中有一半仍在世，这说明电影艺术显然还是一门十分年轻的艺术。电影的作者毫无疑问都是电影导演。

通过这些杰出电影人物的作品，你可以仔细地品味与欣赏人类电影一百多年以来在技术和艺术上的进步和发展。

《碰撞与回响》内容简介

这本书是作者关于拉丁美洲小说家和 20 世纪晚期的中国作家之间的比较的论著。

本书的着眼点在于描述出一战结束以来人类小说的发展在各个大陆之间的接力般碰撞、变化、创新、继承和互相影响的关系。借助地理学中的"大陆漂移"学说，作者将一战之后的现代主义小说创新的浪潮描述了一番：从欧洲席卷至北美洲，再扩展到南美洲，最后延伸到亚洲和全世界，其间经历了地理学意义上的空间变化，称之为"小说的大陆漂移"。

作者借助地理学上的"大陆漂移"学说，建立了一种新的世界文学的全景观。并在各个章节详细探讨各个大陆的作家之间的继承和影响的关系。小说的创新浪潮，如何从欧洲到北美，再转移到拉丁美洲并形成了"拉美文学爆炸"，又是如何从 20 世纪 80 年代开始，极大地影响了中国当代文学的勃兴。

邱华栋研究探讨了其间的空间和时间的关系。在第一编中，重点探讨了"拉美文学爆炸"前后的八个小说大家的作品，以及他们与欧洲文学的关系。在第二编中，以二十个中国作家为例，详细探讨了他们所受到的拉丁美洲文学的影响，以及如何将一种新的中国文学创造出来，并使之成为世界文学之一环。

《时光漫步》内容简介

这是邱华栋的一部散文集，收录的文章前后创作的时间跨度达二十年，从 20 世纪 90 年代的中期开始，大部分写于 20 世纪的最后几年。这些散文具有作者一些私人生活和对外部观察的特征。作者随手写下一种心情、心态的感悟。每一篇文章看上去像是一帧帧的照片，定格了作者在那一时间刻度上的所思所感。有的现在看来甚至是可笑的，也保留在这里，因为，这就是岁月的见证。作者的散文以一种独特语调，推动了诗意的表达，将个人生活观感纳入对大千世界的反映中。这本书证明了岁月不是一把杀猪刀，而是一坛好酒。阅读这本书，就是在品尝佳酿。

第二辑

写作者的文体意识

为美和纯粹而抗争

——伊凡·克里玛小说一瞥

花城出版社新近推出了伊凡·克里玛的小说系列五部：《我的金饭碗》《一日情人》《终极亲密》《等待黑暗，等待光明》《没有圣人，没有天使》，另有一部自传《我的疯狂世纪》也已付梓问世。

伊凡·克里玛是捷克文坛三杰之一，与哈维尔、赫拉巴尔齐名，假如不算上到法国去的米兰·昆德拉的话。伊凡·克里玛的小说，有着捷克作家天然的幽默感，就是把沉重的、扭曲的、庸俗的生活进行幽默提炼，提炼出贵金属——一种对逆境、困境、绝境的反抗、达观和超越精神。而且，在这个提炼的过程中，伊凡·克里玛的笔下处处都可以见到美和纯粹的意境。

赫拉巴尔更是如此，比如，在他的《我曾经侍候过英国国王》中，交织着对历史的回忆和对现实的讽刺的背后，是人性美丽花朵的不断开放。根据小说改编的同名电影，也是我最喜欢的电影之一。赫拉巴尔的小说和自传写作，能够将生存的艰险境遇变成天堂，简直是在虎穴里种玫瑰。

我还读过哈维尔的剧本，发现他的剧本也有着同质的幽默，不过，哈维尔的幽默是黑色幽默，还带有荒诞色彩。他的《游园会》《备忘录》《思想越来越集中》《同谋者》《乞丐的歌剧》《山岳酒店》《诱惑》《错误》等戏剧作品，大都将捷克人不知从何而来的对付生存困境的幽默发挥得淋漓尽致，而且，他的作品大都是法国荒诞派戏剧在捷克的一种有趣变种。

伊凡·克里玛曾经在纳粹集中营待过三年，这使他的笔端更有一种悲悯情怀，让我们看到了一个精神强健的人如何在外部压力下让笔端呈现纯粹的美。铁蹄、钢索、罗网、绞架和幽闭，都无法改变这一发现文学和纯粹美的过程。在他的代表作、长篇小说《被审判的法官》中，那个审判别人、最终却不断在审判自己的法官形象，也可以说是捷克知识分子的精神写照。这是伊凡·克里玛最动人之处：在人生的温暖和寒冷交织的旅途中，他摆脱了极端体验的恐惧和绝望，对人的自由和幸福重新做了解释，即所谓抱朴归真的悠然和平淡。

莉迪亚·戴维斯：关于现世的寓言

第一次听到莉迪亚·戴维斯这个名字，还是宣布 2013 年布克国际文学奖结果的时候，她成了那一届的得主。然后，知道了她的前夫、美国当代最重要的小说家之一的保罗·奥斯特，对她就立即刮目相看了。保罗·奥斯特的前妻，我估计一定也不是凡人。

莉迪亚·戴维斯一共出版了七本短篇小说集和一部长篇小说。这次重庆大学出版社出版的莉迪亚·戴维斯的小说集《几乎没有记忆》，是英文版《莉迪亚·戴维斯小说集》的一半内容，含两个短篇集《拆开来算》《几乎没有记忆》，据说，另外一半的中译本也是两个集子合一，也已出版。此外，她还有一部长篇和已出版的短篇小说集《不能与不会》即将翻译成中文。

我注意到，莉迪亚·戴维斯的最大特点就是她的短篇小说的篇幅之短，大部分都在两三千字，有些小说甚至还不到一百字。就说收录在中译本《几乎没有记忆》中的小说吧，一共八十五篇，总字数二十万字，平均下来，每篇也就两千五百字不到。练武术的人有句话叫作"一寸短,一寸险",相对的是"一寸长,一寸强"。套用到写小说中来,小说篇幅短小,必须要精练、锋利、惊险、迅捷。同样,长篇小说必须复杂、强大、混浊、丰富。

写小说短而又好的作家,我印象里面卡夫卡、博尔赫斯、芥川龙之介最为典型。卡夫卡有些几百字的作品,既属于寓言,也是小说或者哲学断想;芥川龙之介的作品也非常精当;博尔赫斯的短篇小说稍微长一些,翻译成中文大部分在四五千字。当然,宋明的笔记小说有很多又短又好的。不过,我们的古代笔记小说,装神弄鬼的内容居多。

莉迪亚·戴维斯的短篇小说高度风格化,在形式感上很奇葩,大部分都是关于当世、现世和人世的寓言化写作。因为,只有寓言化才能在精短的篇幅里言外有意,达到意味无穷。所以,我直觉她从卡夫卡那里学到了不少东西。当然,看了译者的介绍才知道,她重点还学习了一位我们不熟悉的美国诗人拉塞尔·埃德森的作品。但学习归学习,重要的是莉迪亚·戴维斯自己的创造性。

我们来看看她最短的小说《奇怪的举动》:

你看这就是为什么要怪的是环境。我并不是一个奇怪的人,尽管我往耳朵里塞进了越来越多撕碎的纸巾,头上缠着一条围巾:当我一个人住的时候我拥有我所需要的一切宁静。

另一篇《出行》：

> 公路旁一阵愤怒的发作，小路上的拒绝对话，松树林间的一阵沉默，穿过老旧铁路桥时的一阵沉默，水中的尝试示好，平坦的石头上拒绝结束争吵，陡峭的土坡上愤怒的哭泣，树林中的一阵痛苦。

莉迪亚·戴维斯就是用寓言和片段的方式，用速写和素描的方式，用省略和暗示的方式，用意象和蒙太奇的方式，用绣花和截面的方式，用剔骨和还原的方式，用爆破和寂静的方式……创造了一个文学的世界，完成了对人世的观察。

博胡米尔·赫拉巴尔：带泪的笑

我最早读到博胡米尔·赫拉巴尔（以下简称赫拉巴尔）的作品，还是在《世界文学》杂志上。他的小说有一种特别的语调，亲切、随意、幽默，第一句话就能把你带入其中，又在告诉你，随后有事要发生。可以说，他的小说开口很小，进入之后你会发现他的小说世界绵密、细致，写的是小人物的命运，折射的却是家国情怀与民族命运。

尤其突出的是，赫拉巴尔有一种独有的幽默感，与英美文学与东方式的幽默不一样。幽默，一般是一种自信状态下的自嘲和嘲讽别人，幽默感在英美文学中的表达是比较强势的，即使是黑色幽默，也带有强烈的批判性。但捷克作家笔下是一种弱者的幽默感，他们命运多舛却精神不屈，我觉得是捷克人独有的幽默，不是英美式的黑色幽默，也不是东方式的含蓄的幽默。

捷克人的幽默带有黑色幽默的底色，却是捷克作为小国无法摆脱历史命运的一种无可奈何的幽默。这就要追溯到哈谢克的《好兵帅克》了。这是我后来读到哈维尔的剧本，米兰·昆德拉、伊凡·克里玛和赫拉巴尔的小说时，都能感觉到的。在我的感觉中，他们都是哈谢克的孩子，他们笔下的人物都是《好兵帅克》里帅克的翻版、变种和延伸。

不同的是，哈维尔的剧作趋向于荒诞感，米兰·昆德拉的幽默趋于音乐的抽象和哲学的思辨，而伊凡·克里玛的小说则带有对自我和他人的批判。这几位捷克出身的作家都有一种独特的品质，就是对人类的境遇、社会的境况、自我的处境进行深入探察，写出了独到而犀利的文学作品。

赫拉巴尔被介绍到中国是21世纪以来的事情。2003年，作家出版社、中国青年出版社第一次引进出版了赫拉巴尔的十一部作品，分为八个单行本出版，包括长篇小说《我曾侍候过英国国王》，中短篇小说集《过于喧嚣的孤独》《底层的珍珠》（此两种合出为一册），短篇集《巴比代尔》，创作随笔《我是谁》，还有用他妻子的口吻写的自传三部曲《婚宴》《新生活》《林中小屋》。2007年，中国青年出版社又出版了他的带有自传性的小说《河畔小城》三部曲——《一缕秀发》《甜甜的忧伤》《哈乐根的数百万》。这几本书，分别以他祖母的视角和自己的童年视角，描绘了他所生活的一座河畔小城的林林总总和丰富的记忆。这是第一波赫拉巴尔作品在中国的出版。随后，掀起了阅读赫拉巴尔的小热潮。中国读者注意到这位捷克作家不同于米兰·昆德拉的思辨性的更具捷克风味的作品。

最近，赫拉巴尔来到中国再掀高潮——花城出版社隆重推出赫拉巴尔的四部中短篇小说集，包括《绝对恐惧》《严密监视的列车》《雪绒花的庆典》《温柔的野蛮人》。这几部小说使我们看到了一个丰富和开阔的赫拉巴尔。由此，他的作品被翻译成中文的，已经达到了十五部（其中多部作品以两三种合一的方式出版），我们基本上可以看到他的作品的全貌了。

假如想看到一个更加全面和丰富的赫拉巴尔，可以从他的作品被拍摄的电影入手。比如《严密监视的列车》《我曾侍候过英国国王》。此外，他还有七八部小说被拍摄成了电影，是作品被改编成电影最多的捷克小说家。

《严密监视的列车》被拍成电影之后，获得了1967年美国奥斯卡最佳外语片奖项和捷克哥特瓦尔德国家奖。小说描绘了捷克一个小火车站的值班员在看护和值守车站的过程中发生的事情，这样一个小人物，在一个封闭的环境里，他的挣扎、他的寻求生命的意义、他瞬间的迸发和升华，都令人唏嘘不已。

我记得某一年，捷克驻华使馆曾举办过一次纪念赫拉巴尔的活动。那是在天安门东侧的菖蒲河边一家国际会所里，我作为喜欢赫拉巴尔的中国作家代表发了言。

在我发言之前，放映了由赫拉巴尔作品改编的电影《我曾侍候过英国国王》。在放映影片的过程中，可能是光碟质量不好，结果中间几次卡壳，后来，索性放不出来了。捷克驻华文化参赞感到很遗憾，我倒并不觉得尴尬，一是我和其他很多朋友早就通过影碟看过这部影片；二是觉得这可能是赫拉巴尔给我们开了一个小小的玩笑，那就是，以一种轻松、幽默的方式来看待对他的纪念。

随后，在简短的发言中，我谈到了赫拉巴尔作品的特质：带泪的笑和无可奈何的幽默感。带泪的笑？是的，为什么带泪？因为，捷克是个小国，在20世纪的大历史中，捷克的命运是非常曲折的，在大国角逐的过程中，一个小国，无法摆脱被历史洪流和巨力所裹挟的力量，夹在中间的捷克肯定是要倒霉的，一定会有泪的经历。但再小的国家和民族都要生存，再弱的个体生命也要生存，可生存需要精神支撑，需要尊严，那么，保持尊严的方法之一，就是内心里有痛也要带着眼泪微笑。流泪是因为悲伤，为自己、为民族命运而悲伤流泪；笑，则是应对外部世界的办法。这就是捷克独特的文学美学，在几位捷克作家那里都有不同程度的体现。

赫拉巴尔给人的印象是他作品的篇幅都不长。长篇小说二十万字以上的都没有，中篇小说也很短。他的短篇更是短小精悍，大部分是四五千字。

目前我看到他最长的作品是《我曾侍候过英国国王》，中文译本有十六万字。这部作品是他的代表作，是以一个捷克餐厅服务员的视角来呈现捷克在20世纪几十年间的命运。小说的叙述非常绵密，带有独有的幽默和揶揄的腔调。小说第一章的题目是《擦拭玻璃杯》，开头是这样的：

请注意，我现在要跟你们讲些什么。

我一来到金色布拉格旅馆，我们老板揪住我的左耳朵说："你是当学徒的，记住！你什么也没看见，什么也没听见！重复一遍！"于是我说，在这里我什么也没看见，什么也没听见。老板又揪住我的右耳朵说："可你还要记住，你必须看见一切，必须听见一切，重复一遍！"于是我惊讶地重复了一遍说我将看见一切，听见一切。

就这样开始了我的工作。

这部小说的语调，就由这样的开头确定了。叙述者以自己独特的眼光，有限的视野，充满了个人经验和体验的视角娓娓道来，将这家旅馆里发生的事情、接待的客人、欧洲的战争和历史风云的变幻，以一种略带奇幻色彩的方式呈现了出来。电影在这一点上的表现力尤其突出。其中，一个重要的情节就是服务员听到了领班克希万涅克接待和侍候英国国王的传说，后来，他们接待一个非洲皇帝的过程，因为紧张而导致场面混乱不堪，并尽力保持了某种有趣的尊严和秩序感。这是小说前半部分的华彩。

尤其突出的、最有趣的情节段落，就是当德国纳粹占领了捷克之后，这个服务员进入德军伤员的疗养院，那里竟然是德国优良人种的配种中心。一时间，金发的日耳曼裸女云集旅馆，和那些战争"英雄们"配种，生出更加优异的日耳曼人。捷克人的苦涩以揶揄的方式表现了出来。面对那些金发、丰满、生动、性感的德国裸女，叙述者、服务员也是大开眼界，情不自禁地在她们的包围中陷入了各种现实诱惑和性的幻觉。后来战争结束，疗养院毁于战火，而那家旅馆的生意也陷入凋敝，叙述者梦想成为百万富翁，他的梦实现了，但财产在战后又被全部没收了。

原来，这部小说整个就是一场叙述者似曾相识、也许发生了的白日梦。

有意思的是，这部小说将捷克在二战期间作为德国的保护国的那种微妙和轻贱的心理状态传达得十分精到。这是捷克不愿意谈论的一段历史，但赫拉巴尔却以小说的方式将德国和捷克的特殊关系呈现了出来。

赫拉巴尔还有一个特点，非常善于写小人物。比如，他的短篇小说集《底层的珍珠》《巴比代尔》，他们是芸芸众生中的个体生命，却那么鲜活、平实而欢乐地生活着，虽然是底层的民众，却有着珍珠般的品质，人性的光辉在他们的故事里处处闪耀。

赫拉巴尔的另一部代表作是中篇小说《过于喧嚣的孤独》，这部小说翻译成中文只有五万多字，但信息量却非常大，几易其稿。小说描写一个废纸收购站的打包工，以第一人称的叙述，讲述了他三十五年间的生活。这又是一枚"底层的珍珠"，一颗大号的捷克人"珍珠"。他的命运折射出捷克在20世纪里的普通人的命运。

我还发现，赫拉巴尔十分偏爱第一人称叙事。第一人称叙事有其优点，就是贴近自我，以自我的有限视角，表现出叙述者所有的观察和体验。第一人称叙事，能够比较容易和读者贴近，使读者以为这就是作者的自传，容易以假乱真。看来在一定程度上也是因为这种叙述的方便和直接，情绪表达比较饱满、真切、生动。

赫拉巴尔还有一个特点，一旦作品真的涉及自己的生活时，他又喜欢隐藏在别的叙述人背后。比如，他的三本自传《婚宴》《林中小屋》《新生活》，加起来是四十三万字，也不算长，叙述人虽是第一人称，但叙述者的角色却不是赫拉巴尔本人，而是他的妻子。

这个"我"以他者的眼光，以和作家亲密生活的女人的眼光，来看待作家和他的生活。这样的视角，是非常独特的。但我们不要忘记，作者依然是赫拉巴尔，是他想象的他妻子眼中的他自己，以这样的角度来书写三部自传，其巧妙、伪装和借力打力，以及能够呈现出作者本人的多侧面和丰富性，都是无以复加的。还有德国作家君特·格拉斯的自传《照相盒子》，是以他的妻子、孩子等多人叙述的方式展开文本的。这样的写法，就产生了一种间隔的效果，类似双人双线叙述，十分精彩。

在赫拉巴尔的《河畔小城》三部曲中，也是如此，这个三部曲由《一缕秀发》《甜甜的忧伤》《哈乐根的数百万》组成，三本加起来是三十三万字，其中第一部和第三部，是以作家母亲的角度来书写的；第二部分，叙述者却是作家童年时的自己。

由此看来，赫拉巴尔是捷克的"国民作家"，是属于捷克人民的心灵的作家。他的作品无论形式感还是写作手法，其独有的幽默感和语调，都是非常接地气的，是那么亲切生动、具体可感。

阅读赫拉巴尔，还有两部延伸著作值得关注。一本是捷克学者托马什·马扎尔著的《你读过赫拉巴尔吗》，一个活生生的赫拉巴尔跃然纸上，呈现出他在生活、音乐、美术、体育、戏剧、电影等多方面的形象。

另一本是匈牙利当代重要作家艾斯特哈兹·彼得的小说《赫拉巴尔之书》。主人公是一名研究赫拉巴尔的作家，但他妻子陷入了对赫拉巴尔的单相思中。最后，这对夫妇形成了精神上的交融、沟通、和解和最终的圆满。而他们之间的媒介，却是作家赫拉巴尔。

艾斯特哈兹·彼得写这部小说的目的，是向他无比喜爱的赫拉巴尔致敬，这种方式是那么有趣和特别。

1997年2月3日，在医院治疗的赫拉巴尔，从窗口探出身子去喂鸽子面包渣的时候，腰弯得过大，从医院窗户掉下来，摔死了。还有一种说法，他是自杀的，因为他厌倦了疾病对他的袭扰。就这样，一颗欧洲文学巨星陨落了。但他的传奇将在我们对他作品的阅读中继续流传，并持续地获得回响。

加拿大文学女王

朋友们好,欢迎大家和我一起探寻"谁在书写我们的时代"。

今天我将给大家解读加拿大著名作家玛格丽特·阿特伍德的文学世界。我想用一些时间先把她的整体创作情况及文学写作的成就跟大家聊一聊,后面再重点分析她的一两部作品。

高产多面手

玛格丽特·阿特伍德出生于1939年,算下来今年刚好是八十三岁。从地图上看,你会发现加拿大的纬度比较高,在美国的北部,气候比其他地方要冷一些。从文学角度来观察加拿大,可以说一直到20世纪50年代,作为一种独立的加拿大英语文学都不是很起眼。但是之后的六七十年时间里,加拿大就出现了几位非常重要的作家,可以说在全世界引起了很大的反响，比如我们比较熟悉的诺贝尔文学奖获得者爱丽丝·门罗，她的年龄比玛格丽特·阿特伍德还要大十岁左右。另一位著名作家就是玛格丽特·阿特伍德。这两位女性小说家可以比肩任何同时代的其他英语作家。

这两位作家各有特点，爱丽丝·门罗是一位短篇小说大作家，截至目前已发表了大概一百七十部，但是她的短篇翻译成中文，每一篇都有两三万字，不是一般我们理解的短篇小说。所以她实际上是创造了一种文体。她的短篇小说比一般的短篇要长，比一般的中篇又短，但她的那种内在的视野都特别开阔。

但是，今天我们重点要谈的不是爱丽丝·门罗，而是玛格丽特·阿特伍德。从作家的角度来看，她是一个多面手，翻译成中文的作品就有三十多部，其中长篇小说有十七部，还有好几部短篇小说，八部以上的随笔集和文学评论集，同时还出版了很多诗集。翻译成中文的诗集里有一本比较厚的叫《吃火》，也就是吃掉火焰。这样我们一看，玛格丽特·阿特伍德有长篇小说、中短篇小说、文学评论、随笔，还有诗集等，几个方面的文体都驾轻就熟，所以她还有一个称号，"加拿大的文学女王"。

我觉得她被称为"加拿大的文学女王"可以说是当之无愧的。刚刚又在英语文学世界推出了她的一部长篇小说新作《遗嘱》。我前两天看微信，据说这部长篇小说的发布在英国也引起了很大的轰动，很多读者去排队购买，现场非常火爆，足见玛格丽特·阿特伍德是一个创作生命力特别旺盛、创作能力特别强的作家。一般情况下，一个作家到了八十岁，基本都写不动了，但玛格丽特·阿特伍德照样能够写得动，而且越写越好。

创作初期

玛格丽特·阿特伍德出生于加拿大的渥太华。父亲是一位生物学家，平时主要研究昆虫；母亲是一位营养学家。那么这样一个中产阶级知识分子家庭，造就出的玛格丽特·阿特伍德，她并没有成为一个写大自然、写昆虫的自然作家；相反，变成了一个以虚构文体为主的小说家。这是很独特的，也一定跟她个人独特的成长经历有关。

玛格丽特·阿特伍德从小就喜欢阅读，五岁的时候就读了格林兄弟的童话集。我读她的小说，就感觉到在她的作品里有一些《格林童话》的元素，成为她主要作品的某种风格。后来她也承认了这一点，她说："我一生最经常读的书，就是《格林童话》。我三十七年来一直在读这本书，从头读到尾，跳着读，断断续续地读，总之我就是喜欢读《格林童话》。"如果现在再去翻一翻《格林童话》，会发现它虽然叫"格林童话"，但里面涉及的人性、故事，成年人读起来也是没问题的。

玛格丽特·阿特伍德后来跟随父母从渥太华迁居到多伦多。据她自己说她的写作生涯开始得非常早，七岁的时候就以一只蚂蚁为主角，写了一些诗歌，还写了一篇小说，这可以说是她最早的文学创作开端。1957年，十六岁的玛格丽特·阿特伍德进入了多伦多大学，学习英语文学和哲学。在她的老师中有一位非常著名的"神话原型"文学理论的倡导者弗莱教授。弗莱教授的"神话原型理论"非常著名，认为"我们当代的作家写的很多小说里的那种故事原型、人物原型，都是跟人类的各种神话有关系的，是一种现代的变形"。玛格丽特·阿特伍德师从弗莱教授，在她以后的作品里也有所呈现。

玛格丽特·阿特伍德在1967年又获得了美国哈佛大学的文学博士学位，她毕业以后就一直在加拿大和美国的一些大学里担任教师和驻校作家，这是她的基本生平。

很多小说家最初都是从诗歌写作开始的，玛格丽特·阿特伍德也不例外。她出版的第一本书就是诗集，《双面的普西芬西》，今天看来带有一种超现实主义风格，还有一些女性主义的特色。到了1966年，她又出版了第二本诗集《圆圈游戏》，并于1967年3月获得了加拿大最高文学奖——总督文学奖。这对玛格丽特·阿特伍德来讲是一个巨大的鼓励，当年她已经二十七岁了。到了1968年，她又出版了诗集《那个国家的动物》，将加拿大的寒冷、偏僻、美丽、粗犷的大自然写进了诗篇中，带有强烈的地域特色。

1969年她三十岁这年，出版了自己的第一部长篇小说《可以吃的女人》，获得了非常好的评价。"可以吃的女人"，当然这是一种比喻，一种反讽。这部小说里塑造了一个受过良好教育的加拿大年轻女人。表面上看她一切都很顺利,事业发展、爱情生活都波澜不惊,但她的内心很焦虑,尤其对自己的婚姻感到不满意,感到恐惧、害怕,非常敏感,以至后来吃饭都变得困难了,她非常害怕结婚。在婚期即将来临的时候,她烤了一个形状很像女人的大蛋糕献给了丈夫——她要嫁的男人,表示要和自己的过去决裂。那么她的新婚丈夫,有点儿疑惑地吃掉了与她新婚妻子身形一模一样的巨大蛋糕,从此这个女人也进入了新的婚姻生活里。所以说"可以吃的女人"是这部小说的一个核心意象。那么这部小说带有非常浓重的"女性主义"思想。我们知道20世纪60年代在美国、加拿大,"女性主义"是特别热闹的一种文化思潮。而玛格丽特·阿特伍德的第一部小说,就从"女性主义"角度入手,来呈现美洲女性独特的感受世界的方式、存在方式以及她对婚姻的看法。

这是玛格丽特·阿特伍德创作的第一个阶段。

三大创作分类

从1969年到2019年,五十年来,玛格丽特·阿特伍德出版了十七部长篇小说,可以把它们分成三类。

第一类是根据经典改编的作品。比如,英国有个出版社曾经启动了一个项目,就是要当代作家重新来书写神话。中国作家阿来写了一本书叫《格萨尔王》,苏童写了一本书叫《孟姜女》。玛格丽特·阿特伍德也参加了这个项目,她选择的是

《奥德赛》里的一个女性人物，叫珀涅罗珀，就写了《珀涅罗珀》这样一本历史小说。

珀涅罗珀是奥德赛的妻子，她在家里等待自己的丈夫远游归来，同时她还有一些女仆。这部小说采取一种合唱队的方式，让女仆们衬着后面这个主人公，珀涅罗珀盼望着自己的丈夫归来。小说写得很有意思，等于是对《荷马史诗》的一种现代方式的重述。

前两年她刚出了另外一部小说《女巫的子孙》。这本书是英国的另外一个出版项目。英国出版界请了一些著名作家来"重述莎士比亚"，也就是把莎士比亚的一些戏剧进行重新讲述，让他们选择莎士比亚的某一本剧作，某一出戏，以小说家的想象力打碎了重新拼接起来。

玛格丽特·阿特伍德就选择了莎士比亚著名的一出戏《暴风雨》来改写。在这个作品里，玛格丽特·阿特伍德把男主人公的人生通过几个女巫来重新进行讲述，故将这部长篇小说命名为《女巫的子孙》。《珀涅罗珀》《女巫的子孙》都是对欧洲古代的史诗和经典戏剧的现代讲述，这是她创作中的重要一环。

第二类长篇小说属于带有科幻色彩的幻想小说。这个系列前前后后写了五本。其中就有著名的作品《使女的故事》，这部小说1985年出版以后影响非常大，到2019年，她为这部小说写了续篇《遗嘱》，甫一出版即引起了巨大反响。《使女的故事》作为一个带有科幻色彩的幻想小说，一部乌托邦小说，一部未来小说，也因为改编成电影、电视剧以后，扩大了它的影响力。

这个系列除了《使女的故事》《遗嘱》之外，她还写了一个"三部曲"。第一部《羚羊与秧鸡》。羚羊能跑善跳，秧鸡是一种野鸡。这两种动物在她的科幻小说里是主角。她虚构了未来世界里我们人类面临的一些新问题。第二部《洪水之年》，第三部《疯癫亚当》。这"三部曲"构成了她对未来世界的想象，是科幻小说系列。

她还有一个系列，也就是第三类长篇小说，除了《可以吃的女人》《浮现》，还包括她在 2000 年获得英语文学"布克奖"的长篇小说《盲刺客》，也叫《盲眼杀手》。这个系列的作品主要是写加拿大当代社会中女性存在的这样一些题材的作品。这一系列的长篇在她的创作里面特别重要，所以她写了九部。这九部长篇加起来，我们可以看到从 20 世纪 60 年代一直到本世纪前二十年，整个北美女性主义文学、女性主义观念的发展历程。

玛格丽特·阿特伍德的长篇小说既有科幻小说，也有历史重述的小说，还有写女性当代存在的小说、现实主义题材的小说，还有一些后现代色彩小说。

可以说她是在艺术上特别强大的一位作家，1976 年出版了长篇小说《预言夫人》，中文版翻译过来叫《神谕女士》。所谓"神谕"就是上天启发你有一个想法，等于说是一种女巫的变形。《神谕女士》仍是一部探讨女性世界和生存状态的长篇小说。

探讨女性的精神世界和生存状态是玛格利特·阿特伍德一生重点关注的文学主题。

在《神谕女士》里，小说以第一人称的叙事角度展开，主人公琼·福斯特讲述了她作为一个女性的整个成长历程。描绘出一个试图不断逃离和躲避社会外部烦扰的女性形象，以及她敏感而脆弱的信念世界。后来在朋友的帮助下，琼·福斯特为自己安排了一次溺水假死事件，偷偷跑到意大利藏了起来，而她的一个朋友却被警察误认为是杀害她的凶手，给抓起来了，背了黑锅。事已至此，琼·福斯特只能是再次现身，最后她终于出现在警察面前。她的朋友被释放了。

玛格丽特·阿特伍德的小说里藏了一些隐喻——一个女性如果企图逃避承担女性角色，在现代社会里是非常困难的。这部小说叙事风格带有一种轻松的喜剧效果；在文本的形式上，她还模仿甚至戏仿了英国早期的"浪漫主义小说"；在结构上则以现实和回忆交织的手法，将小说内部的时间进行了自由的伸缩处理，可以说是一部非常成功的作品，叙事自由，空间很大，好读，从而进一步奠定了玛格丽特·阿特伍德在北美文坛的地位。

1976年她出版的短篇小说集《跳舞的女孩》。这部小说集一共收录了十五篇，从女性的经验和视角出发，广泛探讨了女性成长中遇到的各种问题。涉及女性面临的婚外恋、肥胖、分娩、婚姻，甚至包括强奸等现实问题和遭遇。这部小说集的出版同样引起了很大的反响。玛格丽特·阿特伍德的写作在艺术手法上采取了丰富的现代主义表现方式。她能够把写实、内心独白和电影蒙太奇手法的运用等结合起来，来书写现代社会中女性越来越复杂的内心世界。这本小说集获得了加拿大优秀短篇小说奖。

她的第四部长篇小说《人类之前的生活》是在1979年四十岁的时候出版的。讲述了一个三角恋的家庭悲剧，采用多个主人公进行叙事的手法，使小说形成了多声部的特点，带有"结构现实主义"的实验痕迹。可以说呈现了当代加拿大中产阶级家庭的生活，书写了这个家庭如何在道德伦理日益滑坡和恶化的岁月里逐渐破损和崩溃的过程。小说里最有趣的地方，主人公被设定为一位在安大略皇家博物馆工作的人员。博物馆里有很多来自加拿大荒野的人类史前遗留物。现代文明和古代文明通过博物馆这个介质被联结在一起。她的生活和周边的各种各样的人物构成了鲜明的穿越时空的结构。

玛格丽特·阿特伍德是一个全能作家，在两部长篇小说出版的间隙，还要出版诗集、散文随笔集和短篇小说集。后来她又写了一些童话和一本儿童小说集《在树上》，还写了一本探案的故事《黑暗中的谋杀》，把一些耸人听闻的当代刑事案件写到了她的这本书里。她还有一个取材于童话的短篇小说集，叫《蓝胡子的蛋》，这部童话集从著名的童话《蓝胡子》里汲取了营养，带有一些自传色彩，非常隐蔽地描绘了家庭环境带给她的一些影响。

玛格丽特·阿特伍德的第五部长篇小说《肉体伤害》。这本书也有中文版，出版于1981年，和前述的几部长篇小说一样，这部小说的主人公仍是一位女性，不同的是这部小说的地理背景发生了变化，不再是加拿大，而是转移到了加勒比海地区一个虚构的国家，叫圣安托万。我们从地图上看加勒比海地区，知道它是在美国的南部，加勒比海地区的国家有古巴、特立尼达和多巴哥等，好多小的岛国都分布在加勒比海地区。这部《肉体伤害》的背景放到了加勒比海地区的圣安托万这样一个小岛国。主人公是一位女记者，在她很小的时候，父母就离婚了。她是在只有母亲和外祖母的女性家庭里长大的。后来她婚姻失败，她得了乳腺癌，切除了半边乳房。生活上的接连打击和挫折使她意志消沉。于是女记者前往正在进行选举的加勒比海岛国圣安托万进行采访，结果不慎卷入了当地的社会动荡，在一连串的误会和纠缠中，被当作间谍关进了监狱，最后是加拿大的外交人员出面才将她营救出狱。

这部小说探讨了当代的加拿大女性从婚姻家庭和外部的政治、历史、社会等方面所遭受的挫折，将当代女性境况的复杂性展现给了我们。这部小说的题目叫《肉体伤害》，但是我觉得它实际上是表达的外部和内部环境对女性综合的一种压力。我们不难发现玛格丽特·阿特伍德的小说是对女性主义的一个不断扩展。她不断强化对女性的书写和对女性的关注。所以我觉得中国的女性读者应该多多地关注玛格丽特·阿特伍德的作品。

代表作品《盲刺客》

玛格丽特·阿特伍德有一个绰号叫"加拿大文学女王"。作为一个多产的当代杰出女作家,虽然到目前为止还没有拿到诺贝尔奖,但在我的心目中,她比很多诺贝尔文学奖得主还要重要。我现在想给大家讲一讲她的代表作——长篇小说《盲刺客》。

我们要了解一个作家、靠近一个作家,就应该去读他的代表作。对每个作家来说,不管他写了多少部作品,他一生中一定只有那么一两部代表作。代表作就代表他的水平,代表时代对他的判断,也代表读者对他的喜欢和一种约定俗成。

我认为《盲刺客》这部小说是玛格丽特·阿特伍德最厚重的一部作品。翻译成中文有四十多万字,拿到手里沉甸甸的。而且这部小说获得了英语文学最高奖布克文学奖。这个奖在英语世界,乃至全世界影响都是很大的。我们知道诺贝尔文学奖影响巨大,那是排第一的,接下来是英语布克文学奖、中国的茅盾文学奖、法国的龚古尔文学奖、西班牙语的塞万提斯文学奖等,有十几个语种的大奖都是比较重要的。

结构 + 人物 + 价值

玛格丽特·阿特伍德的《盲刺客》首先在结构上非常新颖奇巧。简单来说,它就像是一个"俄罗斯套娃小说"。我们干吗读小说？我们还是希望小说能寓教于乐，带给我们一些新鲜的人生体验，使我们阅读完之后，对人生、对人性、对社会有更深的理解。那么《盲刺客》这部小说，为什么说它是"俄罗斯套娃小说"？是因为大故事里面套着小故事。

《盲刺客》这部小说的主人公是姐妹俩，姐姐叫爱丽丝，妹妹叫劳拉。在小说的一开始，妹妹劳拉就在车祸中死去了，于是姐姐爱丽丝长期生活在死者的阴影里。这是姐姐和妹妹的故事。同时，妹妹劳拉在车祸中死去以后，还留下了一本书，这本书是她写的，叫《盲刺客》，写的是一个富家小姐和一个逃亡中的穷小子之间的恋爱故事。在这俩人逃亡的过程中又虚构了一个在另一个星球上发生的故事。大故事套中故事，中故事套小故事，所以这是《盲刺客》非常精彩的结构。

小说的开始就是爱丽丝到了八十多岁开始回忆自己人生的时候，她就想起了在四十多年前，妹妹开车坠桥这样一个故事，实际上她妹妹是自杀的。这一段很精彩：

> 桥。
>
> 大战结束后的第十天，我妹妹劳拉开车坠下了桥。这座桥正在进行维修：她的汽车径直闯过了桥上的"危险"警示牌。汽车掉下一百英尺深的沟壑，冲向新叶繁茂的树顶，接着起火燃烧，滚到了沟底的浅溪中。桥身的大块碎片落在了汽车上。
>
> 这起车祸是一名警察通知我的。警方查了汽车

牌照，知道我是车主。这位警察说话的语气不无恭敬，无疑是因为认出了理查德的名字。他说，汽车的轮胎可能卡在了电车轨道上，也可能是刹车出了毛病。不过，他觉得有责任告诉我：当时有两名目击证人——一名退休律师和一名银行出纳，都相当可靠。他们声称目睹了事故的全过程。他们说，劳拉故意猛地转弯，一下子就冲下了桥，就像从人行道上走下来那么简单。她们注意到她的双手握着方向盘，因为她戴的白手套十分显眼。

我认为，并不是刹车出了毛病。她有她自己的原因。她的原因同别人的不一样。她在这件事情上完全是义无反顾的。

"你们是想找个人去认尸吧，"我说，"我会尽快赶过去的。"我能听出自己声音中的镇定，仿佛是从远处听到的声音。事实上，我是相当艰难地说出这句话的；我的嘴已经麻木了，我的整个脸也因为痛苦而变得僵硬起来。我觉得自己好像刚看过牙医似的。我对劳拉干的这件傻事以及警察的暗示感到怒不可遏。一股热风吹着我的脑袋，我的一绺头发飘旋起来，就像墨汁溅在了水里。

"恐怕要进行一次验尸，格里芬夫人。"他（警察）说道。

"那是自然，"我说，"不过，这是一次事故。

我妹妹的驾驶技术本来就不好。"

我可以想象出（我妹妹）劳拉那光洁的鹅蛋脸，她那扎得整整齐齐的发髻，以及那天她穿的衣服——一件小圆领的连衫裙。裙子的颜色是冷色调的：海军蓝，或青灰色，或者是医院走廊墙壁的那种绿色。那是悔罪者衣着的颜色——与其说是她自己选择了这样的颜色，倒不如说是她被关在这种颜色里。还有她那一本正经的似笑非笑、她那被逗乐的扬眉，似乎她正在欣赏着美景。

小说由一个主人公的死和一个老太太对她妹妹的死亡事件的回忆，带领我们进入了一个非常复杂的叙事结构里。

《盲刺客》的主人公是姐姐爱丽丝，还有一个主人公就是妹妹劳拉。妹妹劳拉驾车坠下悬崖，姐姐老了以后回忆她是怎么回事。姐妹俩当时住在加拿大一个叫提康德罗加港的小镇上，她们的家族曾经是小镇上的豪门望族，但到了父亲这一代衰落了。父亲为了联姻，把十八岁的女儿爱丽丝，嫁给了一个四十岁的企业家兼当地的政客理查德。爱丽丝的婚姻生活对她个人来讲可能没有爱情，比较痛苦。但在她大二十二岁的丈夫理查德看来，她被当作一个附属品，一个小玩偶，因为爱丽丝十八岁，她没有经济地位，只能任人摆布，逆来顺受。其实在当时的加拿大社会，乃至整个北美的社会环境里，很多女人都处在这样的生存状态。

比姐姐小几岁的妹妹劳拉具有叛逆性格,她跟着姐姐一块儿过,姐姐嫁给了理查德,她作为未成年人就住进了姐夫家里,而理查德也就是她姐夫就成了她的法定监护人,劳拉过着寄人篱下的生活,但她不肯俯首帖耳,处处表现出一种反抗精神。当时她喜欢上了一个叫亚历克斯的小伙子。亚历克斯是一个反叛青年,跟政府对着干。后来劳拉就把亚历克斯藏在自己家里,结果被姐夫发现了。姐夫理查德非常生气,说,你怎么能把跟政府对着干的坏小子藏在我的家里?劳拉为了隐藏自己喜欢的亚历克斯,就甘愿做理查德的秘密情人,用自己的肉体来换取姐夫确保亚历克斯平安无事的承诺。

下面是《盲刺客》主人公爱丽丝的妹妹劳拉生前写的一部小说的片段。这部小说又隐藏了她对整个家庭人生的这种悲剧的一些隐喻性的描绘。

她有一张她的照片,她把照片塞进一个牛皮纸信封里,信封外面写着简报的字样,她又把信封夹在石岩花草谱的书页里,料定没有人会去翻看。她仔细地保存着这张照片,因为这几乎是她留下的唯一与她有关的东西。这是一张黑白照片,是战前用一种笨重的箱型闪光照相机拍摄的。这种相机的口上带有手风琴一般的皱褶,外边套着做工精良的皮套,看上去像牲口的口套,还配有背带和精细的搭扣。照片是她们两个人一起做的,也是一起拍的。她和她在一次野餐会上的合影，照片背后有铅笔写的"野餐"的字样，没有她或她的名字，只有野餐两个字，她心里知道名字就行了，不需要写下来。她们俩坐在一棵树下，也许是棵苹果树，她当时没太注意是什么树。她身穿一件白衬衣，袖子卷到胳膊肘，下面是条白裙子拃到膝盖。当时一定有一阵微风，因为裙子向上翻卷，贴着她的身体，或者并没有风，裙子就是紧贴身体。也许天气很热，天气确实很热，她把手伸到照片上方，现在仍能感到热气迎面扑来，就像被太阳晒了一天的石头，夜半散发的热气。在没有人的时候，她会拿出牛皮纸信封，把照片从一沓剪报中抽出来。她把照片平放在桌子上，然后盯着它看，就像往一口水井或者一个池塘里看，不是在找自己的倒影，而是在找别的东西，一种她丢失的东西。这东西虽然够不着，却还清晰可见，像沙滩上的一颗宝石一样闪闪放光。在照片的另一边还有一只手，你一开始不会发现腕部以上，放在草地上，似乎被丢弃了，由它自生自灭。照片上，晴朗的天空中飘浮着被风吹散的云彩留下的痕迹，像冰激凌抹在了蓝色的金属上，还有她那香烟熏黑的手指，远处是闪光的河水，如今一切都被时光的长河淹没了。这一切虽说淹没了，但还在我的记忆中闪耀。

这是《盲刺客》这部小说里，"小说中套小说"的一个片段，我们可以读出她诗一般的语言和她那种精妙的叙事，以及对这个人物心理的精妙刻画。

线　　索

玛格丽特·阿特伍德在写《盲刺客》这部小说的时候，她在四条情节线索中往来穿梭，在现在和过去两种时态之间转换自如。

比如第一条情节线索讲的是八十二岁的老太太爱丽丝当年的日常生活。

第二条情节线索就是在回忆爱丽丝和劳拉姐妹俩小时候一直到第二次世界大战结束时的生活。

第三条线索则是以劳拉之名发表的题为《盲刺客》的中篇小说。小说里男主角是被通缉的左派分子，女主角是上流社会的少妇，他俩幽会时，左派分子还在讲述他正在构思的科幻小说，谈到了在萨基诺城内的盲杀手。

第四条线索就是小说中的"故事中的故事"，就是关于盲刺客的故事。

于是《盲刺客》就把爱情、嫉妒、牺牲这些元素和真实世界里，姐妹俩爱丽丝和劳拉，以及爱丽丝的丈夫理查德，还有劳拉喜欢的叛逆青年亚历克斯等，这些人物的故事和家庭悲剧，还有隐含的一个战争背景相互交织起来，增强了这部小说的真实性和可信度。

玛格丽特·阿特伍德还将英国小说里一种独特的题材叫"哥特式小说"的元素也糅合在了作品里。"哥特式小说"一般都是比较惊悚的，带有恐怖色彩，最大特点就是小说一开始一定会出现一具尸体，没有尸体就不是"哥特式小说"。

可以说这是我们靠近、了解玛格丽特·阿特伍德的最佳入口，也是我们能够体会到她的小说魅力的一部著作。

小说是对社会的监护

玛格丽特·阿特伍德是一个社会责任感非常强的作家，进入后期创作阶段，她曾经提出一个著名的观点叫小说是对社会的监护。

在一次演讲中她是这么讲的，小说创作是对社会道德伦理观念的一种监护，尤其是在今天，各种宗教极端组织活动猖獗，而有一些政治家失信于民，在这样一个社会里，我们借以审视社会的一些典型问题，审视我们自己以及我们互相之间的行为方式，审视和评判别人和我们自身的方法已经所剩无几了。而小说则是仅剩下的少数形式之一。这段话的意思实际上强调了小说的社会功能，她认为小说要对人们现在所处的社会进行观察思考，要对社会持续地表达一种忧虑、一种评判。所以小说是对社会的监护，这是玛格丽特·阿特伍德在20世纪90年代以来的一个重要思想。

玛格丽特·阿特伍德相信小说的社会功能和介入现实的能力很强大，所以她像过去关心女性问题那样，开始以更大的视野关注自然环境、现实政治，包括未来人类的走向。在1985年，她出版了第六部长篇小说《使女的故事》。这部小说带有一些科幻小说的色彩，后来被拍成了电影和电视作品，引起了很大的反响。2019年，她又出版了这部小说的续集《遗嘱》，也是她的科幻系列作品的一个总结之作。

在八十岁的时候推出了第十七部长篇小说，还是一部带有科幻色彩的作品。所以我们不得不惊叹玛格丽特·阿特伍德磅礴的创作力。

《使女的故事》也可以翻译成《女仆的故事》。玛格丽特·阿特伍德在这部带有科幻色彩的乌托邦小说、未来小说，或者说叫作反乌托邦小说里，以虚构的一个国家为背景。

从叙事上来看，它是以现在进行时来描述未来发生的故事。第一人称叙事就是"我"，主人公让读者有一种故事发生在当下的感觉，读者可以和书中的人物一起经历未来。小说中涉及的当代社会问题和女性问题都非常尖锐。比如说社会环境和生态环境的双重恶化，一些宗教极端组织的肆虐、恐怖主义的崛起、邪教盛行、环境保护面临困境等，人类面临着各种各样的挑战。我觉得《使女的故事》这本小说算是延续了《1984》，还有《美丽新世界》那种反面乌托邦的传统。但是作者又把对女性主义的思考、女性在未来社会中的地位以及女性的未来做了一些警示性的想象，体现出一种女性主义小说的新方向。

《使女的故事》涉及文学、艺术、圣经学、生物学、电子技术、遗传学、心理学、互联网经济学、历史学、医学等各个领域。小说出版后很快就成为畅销书,还进入了布克文学奖的决选名单里,最后却没获奖,只获得了其他一些奖,诸如美国《洛杉矶时报》小说奖、英联邦文学奖,还获得了加拿大最高文学奖"总督文学奖"。

到了 1988 年,玛格丽特·阿特伍德出版了她的第七部长篇小说《猫眼》。《猫眼》这部小说的主人公是一位画家,她回家乡举办画展的时候,回忆起了自己多年来和朋友、父母、男人之间的关系。这部小说以女性成长的经历和视角,展现出一幅由个人史回忆和联想所组成的非常斑驳的画面。

《猫眼》一共有十五章,每一章的题目都是一幅女画家作品的名字。这幅画也是对小说中人物命运及人生所处阶段的一种暗示。从小说的结构上来讲,它内部有两个层次的叙事,一个是现在时,那就是功成名就的女画家回到了家乡举办一个画展,然后她就在不断地回忆,从而进入小说的第二个层次,即小说的过去时,把她和女伴、男人、亲戚各种各样的错综复杂的关系和命运都呈现了出来。同时小说有意识流风格的叙事特点,以大量的自由联想、下意识和内心独白表现了一个女性的精神世界。同时也把主人公成长中的痕迹,诸如性爱、男人、爱情、婚姻、成功、父母亲等要素在她生活中所占的比重,一一呈现了出来。

小说的最后一章，也就是第十五章是《猫眼》这部长篇小说的全篇统摄和总结。这一章的名字就叫"猫眼"。我们会发现，原来猫眼指的是一种漂亮的蓝色玻璃弹子，是女主人公在少女时代的爱物，她就拿来玩。后来她有一次回老家找到了它，她通过小猫眼看到了这么多年来她所经历的全部生活。《猫眼》在叙事风格上非常细腻，在呈现女孩子和父母及男孩的关系上都非常精妙。而且某种程度上我觉得玛格丽特·阿特伍德是英国作家弗吉尼亚·伍尔夫在意识流风格上的一个传人，在女性视角上更有上佳的表现。总之，这是玛格丽特·阿特伍德作品序列里值得关注的一部作品。

为女性书写《强盗新娘》

1993年，玛格丽特·阿特伍德出版了自己的第八部长篇小说《强盗新娘》。讲述了四个女人的故事，其中三个是成功的中产阶级女性，分别是历史学教授、商人、高档商店的店员。与另外一个经历复杂的底层女性的生活连接起来，呈现出一幅非常有趣的关于当代女人生活的画面。在小说中，涉及尖锐的两性关系、种族冲突和歧视，还有当年的二战带给主人公内心的阴影。

玛格丽特·阿特伍德的小说每一部都有叙事技巧，这部小说也不例外，它采取了多个视角来讲述，让每个女人都现身说法，使每个人的讲述都互相映衬，斑驳陆离。小说描写了四个女人和进入她生活的其他人，其灵感来自塔罗牌。我们知道塔罗牌是一种有人物便能够演绎出故事的算命的扑克，欧洲人经常玩。人物命运带有偶然性和开放性的神秘结局，在这部小说里也有所体现，所以我觉得这部《强盗新娘》，也是值得关注的作品。

为什么写作

玛格丽特·阿特伍德是当代世界杰出的作家，创作丰富。除了我们今天讲到的这些作品，还有大量短篇小说、随笔和诗集。十多年前一次她在英国剑桥大学演讲的时候，有读者问，你为什么写作？

玛格丽特·阿特伍德给出了一个特别丰富的答案，在此我转述一番——

为了记录现实世界，为了在过去被完全遗忘之前将它留住，为了挖掘已经被遗忘的过去，为了满足报复的欲望，因为我知道要是不一直写，我就会死。因为写作就是冒险，而唯有借由冒险，我们才能知道自己活着。为什么写作？为了在混乱中建立秩序，为了寓教于乐，这种说法在20世纪初之后，就不多见了，就算有，形式也完全不同。为了让自己高兴，为了美好地表达自我，为了创造出完美的艺术品，为了惩恶扬善，或者正好相反，为了反映自然，为了描绘社会及其他，为了表达大众的生活，为了替至今未有名字的事物命名，为了护卫人性精神的正直与荣誉，为了对死亡做鬼脸，为了赚钱让我的小孩有鞋穿，为了赚钱让我看不起那些曾经看不起我的人，为了那些浑蛋好看。

因为创作是人性的，因为创作是神一般的举动，为了创造出国家意识或者国家良心，为了替我学生时代的差劲成绩辩护，为了替我对自我及生命的观点辩护，因为若不真的写些东西，我就不能成为作家。

为了让我这人显得比实际更有趣，为了赢得美女的心，为了赢得俊男的心，为了改正我悲惨童年中的一些不完善之处，为了跟我父母作对，为了编织一个引人入胜的故事，为了娱乐并取悦读者，为了消磨时间，尽管就算不写作，时间也照样过去。

对文字痴迷。强迫性多语症。因为我被一股不受自己控制的力量驱使，因为缪斯使我怀孕，我必须生下一本书。因为我愿以书本代替小孩。

为了发泄反社会的冲动，要是在现实生活中这么做，会受到惩罚。为了精通一门技艺，好延伸出文本，为了颠覆已有的建制，为了显示存有的一切皆为正确，为了实验新的感知模式，为了创造出一处休闲的起居室，让读者进去享受。为了应付我的抑郁，为了我的孩子，为了死后留名！为了护卫弱势群体或受压迫的阶级，为了替那些无法替自己说话的人说话，为了揭露骇人听闻的罪行和暴行，为了记录我生存于其中的时代，为了见证我幸存的那些恐怖事件，为了替死者发言，为了赞扬繁复无比的生命，为了赞颂宇宙。

…………

玛格丽特·阿特伍德给我们精彩地归纳和总结了各种各样为什么写作的答案，她告诉我们写作的理由千千万，没有一个是固定答案。她的文学创作涉及女性主义、科学幻想、文化冲突、全球化、历史神话、童话等多种元素，很多作品从女性的视角出发，去透视当下人类社会所面临的各种问题。写作手法包罗万象，广泛采用现实主义、现代主义、后现代主义等种种技法，题材广泛，创造出一个气象万千的文学世界。

拉丁美洲文学概况与古巴和巴西文学简介

一、拉美文学的分期

从地理上讲，美国以南的、讲西班牙语和葡萄牙语的国家统称拉美国家。拉美文学根据其发展阶段，分为四个时期：

第一，1492 年哥伦布发现美洲新大陆之前的文学，称为古代印第安文学时期，按照时间顺序，包括了 4 世纪到 16 世纪的玛雅文化，12 到 16 世纪兴盛的阿兹特克文化，以及 15 到 16 世纪的印加文化，主要作品为神话、历史传说、诗歌和戏剧。如神话诗歌《波波尔·乌》。

第二，16 世纪到 19 世纪初的拉美文学是殖民地文学。此一阶段，拉美地区被西班牙和葡萄牙殖民，因此文学上受到西班牙和葡萄牙文学的影响，比如巴洛克文学和本土民族文学的新萌芽共同存在。这一阶段，西班牙、葡萄牙冒险家写下的纪实文学最为有名，如《哥伦布书信》《新西班牙征服信史》《王家述评》等。同期，出现了墨西哥女诗人索尔·胡安娜。

第三，拉美独立运动和民族解放时期（1790—1945）：1790年海地革命到1826年，这一阶段，拉美的西葡殖民地纷纷独立。1826年玻利瓦尔打败西班牙最后一支队伍，长达三百年的西葡殖民时期结束。这一阶段的拉美文学出现了很多奠基型的现代主义诗人、小说家，墨西哥作家利萨尔迪于1810年写出了拉美第一部西班牙语长篇小说《癞皮鹦鹉》。本土的高乔文学如阿根廷长诗《马丁·菲耶罗》。小说、诗歌有很大发展，如古巴现代主义诗人何塞·马蒂和秘鲁诗人卢文·达里奥。此后，拉美的浪漫主义、现代主义、地域土著主义、先锋派小说纷纷出现。

第四，从1945年到如今的七十余年时间，是拉美文学的现当代时期，这一时期，拉美文学在20世纪60年代获得了世界瞩目，被称为"拉美文学爆炸"，涌现了一大批杰出作家，反过来影响了欧美文学。诞生了六位诺贝尔文学奖得主：智利女诗人米斯特拉尔（1945年），危地马拉小说家阿斯图里亚斯（1967年），智利诗人聂鲁达（1971年），哥伦比亚小说家加西亚·马尔克斯（1982年），墨西哥诗人奥克塔维奥·帕斯（1990年），秘鲁小说家巴尔加斯·略萨（2010年）。西班牙语拉美文学由此成为世界文学的中心之一。

"拉丁美洲文学爆炸"中最有代表性的文学主将，公认的有四位，他们全面崛起于20世纪60年代，分别是卡洛斯·富恩特斯、马里奥·巴尔加斯·略萨、胡里奥·科塔萨尔和加西亚·马尔克斯，他们在那短短的十年里写出了各自的代表作。

其中，卡洛斯·富恩特斯1962年出版了长篇小说《阿尔特米奥·克鲁斯之死》；马里奥·巴尔加斯·略萨1963年出版了小说《城市与狗》，1969年又出版了长篇小说代表作《酒吧长谈》；胡里奥·科塔萨尔1963年出版了小说《跳房子》；加西亚·马尔克斯1967年出版了《百年孤独》。他们将"拉丁美洲文学爆炸"的潮流推向了顶峰。

综上，拉美文学有以下几个特征：

一是，拉美文学是多民族文化融合的文学，包括了印第安土著文学、西葡欧美文学、非洲黑人文学。

二是，拉美文学贴近现实，与社会现实有密切联系。魔幻现实主义、心理现实主义、结构现实主义和社会现实主义，这四大流派，都是与拉美的独特社会"现实"相关的。

三是，拉美文学不断变革，并不断创新，多样性和丰富性、地方性和世界性、整体性和个性化都很突出。

四是，拉美文学的社会影响大、社会地位高，很多作家、诗人同时是政治家、外交家、思想家。

二、古巴和巴西的文学特点

1. 古巴文学。古巴文学属于西班牙语文学，主要作家有：新古典和浪漫主义诗人何塞、玛利亚·埃雷蒂亚；现代主义奠基诗人何塞·马蒂；黑人文学代表、诗人纪廉（1961年之后的古巴作协主席）；享誉欧美的现代主义小说家卡彭铁尔

（1904—1980），代表作《方法的根源》《光明世纪》；因凡特，代表作《三只忧伤的老虎》；等等。

古巴三宝为：古巴雪茄、古巴医生、古巴音乐。

2. 巴西文学。与拉美大多数国家的文学是西班牙语不同，巴西文学为葡萄牙语文学。1822年巴西独立，之后出现了大量本土民族文学。

19世纪以来，重要巴西作家有：小说家马查多·德·阿西斯，代表作为《不朽三部曲》；库尼亚，代表作为《腹地》；诗人安德拉德、曼努埃尔·班德拉。

巴西小说家若热·亚马多是在中国影响最大的小说家，从20世纪50年代开始，他的多部长篇小说《黄金果的土地》等被翻译成了中文，80年代拉美文学在中国掀起热潮，《弗洛尔和她的两个丈夫》等再次获得了中国读者的喜欢，长篇小说被翻译成中文的有十多种。

三、中国作家广泛受到拉美文学的影响

在20世纪80年代以来的中国当代新时期文学的勃兴浪潮中，一大批作家受到拉美文学的影响，如莫言、铁凝、贾平凹、王安忆、韩少功、余华、残雪、刘震云、格非、阿来、陈忠实等。读者会发现，把他们放到当代世界文学的背景中来观察，是毫不逊色的。

80年代以来，他们创造了一个汉语中文写作的大爆炸，

中国出现了各种各样的流派，如寻根派、先锋派、新写实、女性主义等流派。他们继承了近百年来世界文学潮流的走向，受到了欧美文学和拉美文学的多重影响。他们自觉地把汉语文学同世界文学潮流联系起来了。现在，他们的创作实绩，与已经产生的影响，是80年代以来中国当代文学乃至世界文学的一大亮点，是人类文学的重要热点。

莫言深刻地受到了拉美魔幻现实主义文学的影响，2012年获得了诺贝尔文学奖。他有长篇小说十一部，其中代表作有《檀香刑》《丰乳肥臀》，前者是以义和团为背景的长篇小说，结构上以中国传统叙事模式为框架，讲述了那个时代的中国人的热血和狂乱、悲哀和激越；《丰乳肥臀》则是一部关于大地母亲的赞歌，一部关于母亲的史诗，也是一部解构20世纪中国历史之作。小说《生死疲劳》以一个灵魂转世的方式，把中国农村五十年的历史变化写了出来，非常有想象力和结构能力。莫言的小说讲述了人和大地的关系，人和历史的关系，他的作品，使小说继续保有了传奇的风格和第三世界国家民族神话与史诗的力量。

马洛伊·山多尔：迟来的匈牙利文学巨匠

几年前读到了一部小说《余烬》，是小说家王刚给我的，出版方是台湾大块文化出版公司，作者被翻译为桑多·马芮，匈牙利作家。此前，我从没有听说过他，但是，这本书的封底有一句评语让我感到了震动：

> 他的重新"出土"，在国际文坛上造成震撼，20世纪文坛大师也因此重新排序。

还有我并不了解的重要小说家？我对20世纪世界文学一直非常关注并研读多年，对各国、各语种文学大师了然于心，心里自然有关于20世纪以来的文学大师的排名。当然，文无第一，作家没有世界冠军，只有相对性的第一方阵。但这个匈牙利作家"使20世纪世界文学大师重新排序"，这种说法让我很关注。根据介绍得知，这位作家1900年出生于奥匈帝国时期的卡萨，1989年在美国自杀身亡。20世纪30年代，在第一次世界大战和第二次世界大战之间就成名了,二战中反对法西斯,后来,苏联入侵匈牙利之后,他流亡到意大利,之后到了美国。他一直坚持用匈牙利语写作,一生写下的著作有小说、回忆录、剧本、诗集、散文、评论集等逾五十种。进入21世纪,他的多部作品被翻译成了英语,才逐渐为更多的人所知,在欧美获得了很高评价。

于是我就读了这本台版《余烬》,没想到的确非常吸引人,一个晚上就读完了这部十万字的小说,感觉厚重,有内在的巨大张力,一个重要作家真的是来到了我的面前,或者说,他一直就在那里,只不过,过去我们未曾瞩目他罢了。

几年前,译林出版社就邀请旅居匈牙利的小说家、翻译家余泽民主持翻译马洛伊·山多尔的长篇小说,如今,2015年秋天,他的《烛烬》《一个市民的自白》《伪装成独白的爱情》由译林社出版了。其中,这部《烛烬》就是我看到的那部台湾版的《余烬》的大陆新译本。不同的是,这一次是余泽民从匈牙利文直接翻译的。

在新书推介会上,我作为嘉宾,听到了余泽民将桑多·马芮翻译成马洛伊·山多尔、将小说《余烬》翻译为《烛烬》的原因。很简单,台湾版都是通过意大利语版转译的,有不少错译、漏译,而余泽民和其他几位大陆翻译家则全是通过匈牙利语直接翻译的,且译笔精确而优美。

马洛伊·山多尔的主要作品都是关于匈牙利在当年作为奥匈帝国的一部分的记忆性、历史性、个人性和艺术性的书写。

这是观察他的一个很重要起点。长篇小说《烛烬》写的是在20世纪40年代初期,二战期间,一个匈牙利将军康拉德穿越欧洲战场,来到了匈牙利,见到了自己多年前的老朋友——贵族将军亨里克,两个人彻夜长谈,他们的对话大都是亨里克将军在说话,而康拉德将军简单回应,两人的对话在烛火和炉火的明灭中进行。两人的谈话将他们的回忆带到了几十年前的那些岁月。那个时候他们很年轻,亨里克是贵族青年,而康拉德是一个穷小子,两人都从军当兵了,关系好得不能再好。但是,康拉德后来与亨里克的妻子有染,试图在她的指使下杀掉亨里克。可能是良心、机缘的原因,亨里克没有倒在康拉德的枪下,阴谋败露,康拉德远走他乡,亨里克的妻子精神失常,自我封闭,后来死去。

小说中,亨里克抽丝剥茧,康拉德欲言又止;亨里克激情澎湃,康拉德沉默不语。两个昔日好友,现在已到风烛残年。二战的诡谲风云中在一个匈牙利庄园里,彻夜长谈,一直到黎明来临也没有谈出一个所以然,但是,似乎两个人内心封存几十年的恩怨和秘密就此了结。天亮了,风雨停歇,康拉德乘车而去,亨里克老将军给他送行,两个人就此永远告别。

故事似乎很简单,但我觉得马洛伊·山多尔这部作品最动人的地方在于小说内部的张力。将岁月、人性、恩怨、奥匈帝国的崩溃、死亡的阴影、欲望的纠缠以及青春、友情、背叛都融汇在一起。这种张力使得作品有了无限的空间,容纳了时间、历史、记忆的千万种变形。这是马洛伊·山多尔超人的地方，这部小说也是他最为人所知的作品。

译林社这次推出《伪装成独白的爱情》《一个市民的自白》，从这两部作品中我们可以看到马洛伊·山多尔在叙事方式上带给了我们新的体验。《伪装成独白的爱情》中，几个人的独白构成了小说扑朔迷离的情节，独白的声音最终汇聚成了人心的图像，这图像就是人性的地图。

我把马洛伊·山多尔的三部作品被翻译成简体中文版出版看作今年最重要的外国文学翻译事件。因为，这样一个在世界文坛上被遮蔽很多年的作家，以中文的面目来到中国，是非常不容易的。尤其是余泽民这样的小说家兼翻译家联合他的几位师友，直接从匈牙利语翻译过来，保证了马洛伊·山多尔作品在汉语中的精美绝伦。我拿两个译本做了一个对比，发现余泽民说得果然没有错。台湾版《余烬》的开头几段是这样的：

> 早晨，老将军在酒窖里待了很久，跟酿酒工一起检查两桶发酸的酒。天一亮他就来了，过了十一点才把酒放干净，回到家里。走廊的石板很潮湿，泛着霉味，在廊柱与廊柱间，猎场看守人站在那里等，手里拿着一封信。
>
> "你要什么？"将军专横地问，把宽边草帽推到脑后，露出红通通的脸。已经有许多年了，他没有打开过或读过一封信。所有的邮件都寄到庄园办公室，由管家分类处理。

"信差送来的。"看猎场的硬邦邦立正站着。

将军认出了信上的笔迹,他拿过信,放进口袋,走进前厅,来到阴凉处,一句话也没说,把拐杖和帽子交给看猎场的。然后,他从雪茄盒里取出眼镜,走到窗边,阳光曲折地渗进百叶窗的叶片,他开始读信。

我们再来看看余泽民翻译的《烛烬》的这一小节:

上午,将军在榨汁房的地窖里逗留了很久。天刚破晓,他就带着酿酒师去了葡萄园,因为有两桶葡萄酒开始发酵。装好瓶后回到家里,已经是十一点多钟了。门廊里潮湿的砖石散发着霉味儿,他的猎手站在廊柱下,将一封信递给刚回来的老爷。

"这是什么?"将军满心不悦地停下来问,整副黢红的面孔都隐在宽大帽檐的阴影里,他将草帽从额头朝脑后推了一下。他已经有几十年不拆信、不看信了。信件由一位管家在庄园管理办公室里拆开,拣选。

"这是信使送来的。"猎手回答,身子僵直地站在那儿。

将军一眼认出信封上的笔迹,接了过来,揣进兜里。他走进清凉的前厅,一言不发地将草帽、手杖递给猎手,从放雪茄的衣袋里摸出眼镜,走到窗前,在昏暗之中，借着从半开半闭的百叶窗缝隙透进的光线开始读信。

读者应该很容易从上述两个译本，对比出余泽民译本的准确、生动。余泽民也再三强调，这三册译林出版社出版的译本精确可靠、优美耐读。《烛烬》的书名也翻译得很好，将蜡烛燃烧殆尽的那种感觉与小说中两个老人风烛残年再次相见、进行回忆的那种状态画龙点睛了。因为一部小说的题目就是作者交给读者的一把钥匙、提供的一条路径。"烛烬"显然比"余烬"要高明很多。

马洛伊·山多尔的其他几部作品，如《草叶集》《反叛者》《分手在布达》《匈牙利回忆录》等，译林出版社即将推出。我常常想，能够不断读到像马洛伊·山多尔这样杰出作家的作品，真的是一件幸事，不管外面的世界如何喧嚣，沉浸在一个大作家创造的文学世界里，那些吵嚷和雄辩、雾霾和喧哗，都会充耳不闻。

1989年，独居美国的马洛伊·山多尔因妻子病故、养子去世等遭际，进入再也没有人生牵挂的孤独境地，最终选择了自杀。而就在其去世后不久，东欧发生剧变，紧接着，1991年苏联解体，世界地缘政治版图重新划分。马洛伊·山多尔尽管没有经历这些历史剧变，但他的作品里有着后来的历史因果逻辑的演变起源。阅读马洛伊·山多尔，我们能够看到一个消逝的年代以更为清晰的面目向我们走来。

截句集《闪电》后记

2015年下半年的某日,我认识二十多年的老朋友蒋一谈给我打电话,邀请我参加这一套"截句"诗集丛书。我犹豫了一下,和他讨论了二十多分钟,其间还有些争论,最后,我还是答应了。

为什么我还犹豫了一下呢?因为这几年我在闲暇时间里一直在写一本短诗集《汉简:一二三四》,写了两年多了还没写完。也就是说,我也在默默地写着短诗。

在我的计划里,这本《汉简:一二三四》一共有一千二百三十四行,每一首诗是一到四行,最短一行,最长四行。每一首诗都有题目,分为三辑:"风""禅""露"。"风"的部分,是国风,即时下的一些社会事件和新闻事件的诗歌截取;"禅"的部分是一些生活禅诗;"露"的部分关涉爱这一主题,撷取爱的露珠的意思。我的《汉简:一二三四》这本诗集就打算这么构成。因工作繁忙,诗集的进度很慢,只完成了三分之一的样子。

蒋一谈的《截句》横空出世，在2015年的下半年搅动了诗坛。他这本《截句》获得了很多的关注，销量也很大，可以说是很成功的尝试。蒋一谈在短篇小说写作上成绩斐然，他根据李小龙的截拳道悟到了诗也可以写成"截句"的想法，完全是他自己的首创，这一点，我是特别佩服的。

在人类诗歌的长河里，短诗在各个语言的文学中，都有很好的形式表达。古代中国有五绝，古代波斯有鲁拜，日本有俳句，现当代诗人中很多人都有写短诗的经历。比如，墨西哥大诗人帕斯在印度当大使期间，写了不少带有东方禅意的短诗，收在了他的诗集《东山坡》里。此外，还有很多现代诗人都有短诗写作的探索。

但将短诗写作推向瞬间生成，不要题目，以"截句"来命名，是蒋一谈的发明。我翻遍了我的书柜，没有看到别的诗人这么干过。在和蒋一谈的交流中，他也改变了我自己写短诗的一些想法。在我的《汉简：一二三四》中，每首诗都有题目，而蒋一谈的"截句"则强调的是瞬间发生的句子，最好不要有题目，这一观念，最终使我同意了。

因此，我接受了邀请，从2015年秋天到2016年2月的春节期间，我写下了这本诗集。在这本诗集里，瞬间生成诗句，是最主要的特征。但一首首读下来，我感觉，还是在体现着"风""禅""露"的观念和感觉，这些诗句、截句中，有当下的国风，有禅意，也有爱。因为，这是我这一阶段的诗歌表达最关心的。即使是写截句，我写的，还是我自己的截句。

　　谢谢蒋一谈让我参加了这次有趣的尝试，也感谢出版社冒着挨骂的风险出版了这本事半功倍的截句诗集。毕竟，一页纸上只印了几行字，这样的诗集也不多见。

《山花》的灿烂

提到贵州,我首先会想到贵州毕节那漫山遍野杜鹃花的烂漫,同时,还有《山花》杂志文学的灿烂。

主编李寂荡给我发短信说,2020年是《山花》创刊七十周年,要开办一个栏目叫作《我与山花》,让我写几千字。刚好我在交通工具上狂奔,这算是有点儿空闲时间,就赶紧写上几笔。年底事情多,一个赶一个,啥时候完成任务还说不定呢,不如在路上飞奔的时候立即动笔。

想到《山花》杂志,我自然想起了前任主编何锐先生。在90年代里,每当他打来电话,我就知道是约稿的。何锐老师约稿是很简洁有力的,就是告诉你,要你写个什么什么,是中篇还是短篇,什么时候交稿。如果你答应了,那你就惨了,何锐老师三天两头会给你打电话"逼迫"你写出东西来。我还不算是有拖延症的作家,要是碰上,何锐老师是专治这类人呢——你的拖延会在何锐老师的逼迫下,立即好转,并且带着羞愧的心情完成何锐老师指定的任务——乖乖按时交出作品来。

实际上，这是何锐老师帮了作家们的大忙。我听到很多作家说起来，说人生有几怕，其中之一就是怕接到何锐的电话，那不是催命，却是催稿胜过催命。而且很多朋友告诉我，说他们也听不懂何锐老师用贵州话在说什么，他唔哩哇唔哩哇说半天，反正就是约稿，只要你听懂他给你的时间期限就可以了。

就这样，在90年代我写短篇小说比较多的时候，每年都要给何锐老师主编的《山花》写稿子。《山花》在推荐青年作家和新锐方面不遗余力。比如我就被四家刊物《山花》《钟山》《作家》《大家》联合举办的《联网四重奏》栏目推荐过。这对我们这些新生代作家很有用。一大批新生代作家在90年代脱颖而出，就是仰赖当时的李敬泽、何锐、宗仁发、程永新、王干等几大名编辑和他们手上刊物的推动。作家和编辑家的互动，实在是那个年代里特别值得记取的事情。

我后来也在《青年文学》《人民文学》当过主编、副主编，我就常常给编辑讲何锐催稿的故事。好作家都很害怕逼稿、催稿，稿子不催是到不了你手上的。每个编辑联系的作者，一定要经常催一催，看看人家写什么了、什么时间交，不交虽然不打屁股，但那更是无形的打脸啊！所以，我们都要向何锐老师学习。

何锐瘦瘦的，戴副眼镜。为了刊物的发展他想了很多办法，杂志也弄了一个企业家联谊会，还开年会，实际上是叫企业出钱。这很自然，90年代文学杂志的生存主要靠自己想办法。何锐就比较有办法。何况贵州还有茅台酒厂，也给了《山花》一些资助。

我非常喜欢《山花》杂志。除了喜欢何锐老师这个人，还因这本杂志办得好。《山花》虽然立足贵州，却是在全国有影响的十多家最有名的文学杂志之一。《山花》不仅属于锐利的先锋实验探索型文学杂志，发表的都是有创造力的、有前倾姿态的作家的作品，栏目设置很新颖；而且在设计装帧上，还有很多当代中国艺术的元素，一度也刊发了很多当代艺术家的作品。

《山花》之所以能取得这么重要的文学地位，除了有何锐主编的功劳，还有前面何士光以及后来担任主编的李寂荡等的功劳。因为办刊物是要一茬一茬人接着办的。李寂荡是一位很好的诗人、散文家。我知道《山花》除了他们还有好几位诗人作家型编辑，像杨打铁、李晁等都是很好的编辑。可以说，《山花》有一支很棒的编辑团队。

何锐老师有一次在浙江开文学的会，好像是颁发茅盾文学奖或是鲁迅文学奖，作为嘉宾参加活动，结果他不小心在酒店门口的台阶上一脚踩空，掉下去了，脑外伤很严重，昏迷好久。这让何锐元气大伤。他后来英年早逝，是不是和这次的摔跤有关呢？说不定。

何锐老师去世的消息传到了我的耳朵里，我难过了很久很久。耳边常常回响着他约稿的声音，那很难懂的贵州话，眼泪顿时盈满了眼眶。

人都有退休的时候，何锐老师据说很不愿意退休，他就想办刊物。换了别人巴不得退休了到处转转，闲散一点儿多好啊，可何锐老师就想办刊物。咱们的刊物都是国家的，刊物可以有主编的风格，有主编的设计和巨大心血，但刊物毕竟不是个人的。所以怎么着都要给年轻人接班。他退休了，还在继续编书，常常给我打电话约稿，编了很多套很有创意的文学丛书。

李寂荡接任主编之后，《山花》继续保持了很高的艺术水准。这是李寂荡作为诗人作家的功劳。前面有个何锐了，当编辑很难超过何锐。可是李寂荡能够超越，并把杂志办得稳当，办得风生水起，刊物还越变越厚，说明杂志获得了更多的支持，团结的作家更多了。在栏目设计上，名家、新人很多，稳健性和生长性结合得非常好。《山花》作为我国西南地区的一个文学的精神高地，依旧在熠熠生辉。

最近十多年我写长篇比较多，短篇小说很少写了。每次见到李寂荡，他那含蓄而顽皮的笑总是无声地说，赶紧给我稿子啊！我就很惭愧。我说，我倒是读了你写的诗。我一定给你写稿子！只有给《山花》写稿子，才能证明我还有写作能力。

值此《山花》创刊七十周年之际，我作为作者，要向《山花》所有的编辑致敬，向这本杰出的文学刊物致敬。正因为有了这本刊物，中国当代文学在西南地区才有了这么一个耀眼的高地，同时，在这高地上，才站立着很多耀眼的文学人。祝愿《山花》长命百岁，祝愿我的同行们都更加精彩。

《中华工商时报》的点滴记忆

《中华工商时报》创刊三十年了！时间过得真快呀，感觉只是一瞬间。

我从1993年年底进入时报社，到2004年调走，从二十四岁干到了三十五岁，是我人生中青春年少到壮年过渡的最美好年华。十一年时间，不长也不短，对于我却很关键。

那天，刘忠茂给我发短信，说是10月13日要搞时报人的三十年大聚会，我很兴奋，后来又通知我时间改为10月26日了，不巧的是，26日前后我的日程早早被定下来了，要在粤港澳大湾区参加一系列活动，而且还不是我个人的活动，是机构的活动，没法推辞的。只好一边在旅行中，一边看着时报人群里的欢腾的聚会场面，看到了很多老同事容颜基本未改，生活再上一层楼的状态，十分高兴。王义伟的热心和精心操持，使得聚会十分成功。11月份，收到了忠茂快递来的马甲和衬衫，特别感念和高兴。

生活在继续，时报在前进，而生命之树常青。

每个时报人都有关于时报的只属于自己的独特记忆。我1992年从武汉大学毕业之后，分配到了北京市经委系统的一家单位工作，平时的工作距离我的文学梦却很遥远，于是我很留心报纸上的招聘启事。忘记从哪里，我得到了《中华工商时报》的招聘信息，于是兴冲冲地赶到了金鱼池某条小街里面的时报社招聘考试现场。

我还记得考试题有两道：一道题是把一篇一千字的通讯改成一百字的消息；另外一道是把一篇一百字的消息写成一千字的通讯。这是独特的加法和减法啊！一加一减，很见一个人的文字功力。

我考上了，变成了时报人。一边办调职手续，一边立即进入培训阶段。我记得给我们培训讲课的有陈西林、彭波等时报的各大主任和副总编辑，至今我的听课笔记大纲还在。陈西林主要讲的是他如何在《中国妇女报》成为好记者的故事，比如，如何采访到冰心的女儿吴青的整个过程，讲课的时候，他一点儿都不结巴了。

陈西林是我入职之后的第一任部门主任。他黑红的脸膛，大大的眼睛，一边倒的飘逸的头发，活脱脱一个艺术家啊。果然，看他画的漫画，一个个人物夸张无比，鼻子里喷着气，洋气和幽默无比。他不仅带我们采写新闻，还教我画版。他还有个妹妹陈燕妮，跑到美国写了一本散文集当时很流行。

当时，《中华工商时报》的版面是纸媒里最漂亮的，没有之一。据说这是丁望、黄国华、陈西林等一干人的心血。我走到哪里,就碰到哪里的报人说,你们的版面设计真棒。那的确是纸媒最美好的年代,整个90年代,还没有网络电子媒介的威胁,《中华工商时报》不仅是报林的一支新军,在中国民营经济的报道和推动方面更是一枝独秀。

在中华工商时报社,当时聚集了一批非常有才华的人,各显神通,八面来风。我从他们身上学到了很多长处。我还记得老社长丁望的一头白发,记得新社长富强的潇洒干练和豪气干云,记得总编辑黄文夫的沉稳厚道,以及胡舒立的风风火火,何力的仪表堂堂,王长田的计谋多端,吕平波的胸有成竹,杨大明的挥洒自如,张志勇的人文视野……太多精彩的时报人,几十、几百张面孔在我面前闪现,他们的优点都被我多少学到了一点儿。而照排和办公室两大保障系统的默默工作的小伙子姑娘们,我们在协作中互相支持,使得当时的《中华工商时报》成了中国纸媒的亮点。

很快,我就到《中华工商时报》文化部工作了,部主任是姚振亚,姚老,他的口头禅就是"玩玩",一副洒脱文雅的样子。他曾在集邮杂志社工作过,对收藏、雅玩很懂行,交游甚广。副主任是陈利民,一位秀气、认真、才华内敛的女士,毕业于复旦大学的高材生,还有高春颀、莫扬两位女同事。陈利民的先生似乎在一家军工企业工作,比较神秘;高春颀是回族,后来嫁给了一位建筑师;莫扬的先生在团中央工作,当时在西藏任职援藏。

这就是我们《中华工商时报》文化部的构成。陈利民、高春顾、莫扬三位女士都是带娃高手，一边把版面搞得高大上，一边把娃带得顺风而长。多年以后，让我看到了90年代中国知识女性工作、家庭两不误的杰出风貌。

我觉得在姚振亚、陈利民（后来陈利民是文化部主任）的领导下，《中华工商时报》的文化版在当时的报纸副刊中，办得非常有特色。有一些很重头的栏目，比如《名人茶馆》，邀请的都是当代著名作家撰写文章，在读者中影响很好，成为《中华工商时报》这家经济类报纸的文化特点。几年下来，在全国都有了影响。很多年后，我调到了中国作协工作，在全国各地经常碰到各类作家，他们对《中华工商时报》的文化版都赞不绝口，成了一个时代的独特记忆。

报社也很重视年轻人的成长和实际困难。1996年，富强和黄文夫两位领导给力，给我们一些年轻人，如汤正宇、魏琳琳、冯宗智解决了集体宿舍，我们一起在北京木材厂小区的一套三居室里，生活了两三年。

后来版面调整，文化部本身也打散了。我在周末版的文化读书版当编辑，继续在时报社独特的工商业的文化报道和书评编辑上努力着。

虽然我在时报社一直是一位边缘人，但我的文学写作却悄悄地迅速得到了收获，成为文学界的一个新人。时报社巨大的信息量、良好的平台、众多优秀人才的聚集，都给了我很多难得的教益，使我在面对新生活的时候获得了独特的写作资源。我的副业（文学）渐渐成了我的主业，2004年我就转行到文学界工作了。

仔细想起来，十一年的时报人生涯，我最大的一个体会就是：

《中华工商时报》有着自由发展的空间，有着专业精进的团队，有着思想活跃的氛围，有着顽强拼搏的精神，有着海纳百川的气魄，有着勇立潮头的姿态，有着责任、使命的担当，有着兼容并蓄的气质，有着面向未来的眼光。

这些都是我在后来的工作岗位上不断对比体会到的。

值此《中华工商时报》创刊三十年之际，特别祝愿时报社继续发展，更加祝愿所有的时报人健康快乐。

文学也应有谦虚朴素的科学精神

在历史上,科学和文学一直有着良好的兼容。屈原《天问》,不仅求政问道,同时也在以朴素的心态探问那个当时还被称为混沌的宇宙。数学家张衡精通天文历法,以科学反对东汉谶纬之风,更重要的是,闳侈巨衍的汉大赋从他述志的《归田赋》起,实现了向清新爽丽、情境相生的抒情小赋的转变。物理学家丁西林创作了大量喜剧。他那些情节单纯的喜剧引发的是"会心的微笑"。竺可桢引用大量中国古典诗歌来阐释他的《物候学》,如陆游诗:"平生诗句领流光,绝爱初冬万瓦霜。枫叶欲残看愈好,梅花未动意先香。"在科学家止步于定律、数据和模型的地方,文学和艺术展开了当仁不让的想象。这说明我们文化对于科学和文学的包容性。西方更不必说,他们的自然科学和自然哲学通常是合二为一的。

信息时代,人类智能的衍生物——机器人小冰高调地涉足了诗歌这一被认为独属于人类的精神领域。当然它的计算早已经实践在其他领域并且大获全胜,每次科技革新带来社会的急剧变化，我们对于科技和文学二者关系的讨论一直不绝于耳。从最早的罗兰·巴特提出"作者之死"，到世纪之交米勒提出"文学终结"，我们这些从事审美和创造的文艺工作者，经常感觉到科学的飞速发展严重冒犯了我们的精神和心灵。这自然可以理解，毕竟我们生于"人是万物之灵"的启蒙主义时代。但我们还没有纠正这个错误的认知，即科技的无理性发展和应用，让我们不断精神退行，丢掉文化的堡垒。实际上，20世纪后，技术加速发展，比如移动边界的扩张、空间速度的巨变和人类触角的自由伸缩，都改变了人的感知结构。将精神形态变化归咎于科学的野蛮和粗暴，无助于解决我们自身面对的问题。这几年我意识到，我们对于科学，尤其是近代科学的理解实在浅薄，过去一直批判的唯发展论、唯科技论，其实是打错了靶子。科学不是文学艺术不共戴天的死敌，它与人文不是在零和博弈，而是携手同行。

因此，我要在科学的视域下，反思现在的文学困境："文学是人学"，但是"人学"又是什么？人的感情是唯一的尺度吗？文学作为人类精神产品，特殊性到底在哪里？为什么它和社会生活脱钩了呢？文学中还存在公共性吗？尤其在科幻文学已经极大进入主流阅读世界，科幻这个文类已经撑破了我们过去称作类型文学的事物时，看到里面生存的各种形态，我们还能说现在的阅读关系就绝对值得维持吗？在这个背景下，我们还强调文学的纤尘不染是作茧自缚。信息技术的发达首先带来的是文化自主选择。人类社会的向前发展，本来就应该是破除迷信、破除神秘，邀请更多的人参与和推动的。我们现在说手工技艺最好，所以手造有最高的标价。实际上呢？无论钻木取火，还是火柴点火，或者是电磁微波，都有自己的艺术美感。如果你真的觉得火柴噗一下迸发出光和热，反证的是，古朴感是在科学背景下才能够被感知的。我们现在推崇匠人精神，恰好这个精神自身就诞生于工业社会。所谓的机械发展和智能动力，从来就在参与着我们人类心灵的塑造。所谓的真善美也不会一成不变。美德是可以像知识那样习得的。

我思故我在。启蒙主义和科技发展帮助人认识了自己。科学告诉我们，它的后发优势如此巨大，它会不断自我进化自我更新，人类自身的智力和情感甚至是道德伦理水平，也许都会变得落后于它。所以人需要去寻找自己的突破。那么现在的科技发展是不是也是一个契机，呼唤一种新的文化变革，以不同于启蒙主义和人文复兴时的范式塑造我们新的文学？

再退一步说，科学过去一直都以技术和生产为形态而存在。只不过在近代科学确立起来后，它才以肉眼可见的速度发展着、更新着。古代的经、史、子、集分类里，文学只是一个细小的部分，到现代传播环境确立后的 17 世纪末的西欧，受印刷技术和图书行业发展、市民阅读空间的形成、"人"的发现和"自我"的发明、教研一体的学术制度建立等因素影响，文学才得以独立。因此，"文学"，必然要经历几轮被多种形态取代从而获得新生的过程。

1990 年 2 月 14 日，当旅行者 1 号探测器在六十四亿公里外调转相机,我们得到了一张从此家喻户晓的地球照。卡尔·萨根在《暗淡蓝点》(The pale blue dot)中如此描述它:

> 当你看它,会看到一个小点。那就是地球家园,就是我们。我们物种历史上的所有欢乐和痛苦,千万种言之凿凿的宗教/意识形态和经济思想,所有涉猎者和采集者,所有英雄和懦夫,所有文明的创造者和毁灭者,所有国王和农夫,所有热恋中的年轻人,所有的父母、满怀希望的孩子、发明者和探索者,所有道德导师,所有腐败的政客,所有"超级明星",所有圣徒和罪人(包括你爱的人),——都发生在这颗悬浮在太阳光的尘埃上。

因此人类有一个共同的命运,我们是命运共同体。在漫长的视野里,人的悲欢极为渺小,只能寄托在这么几行文字上。我并非要把科学树立成新的宗教——科学教,但我想,人类的文明之所以发展是因为科学的精神,文学也必须习得这种务实的谦虚态度。

四百年来笑笑生

——《〈金瓶梅〉版本图鉴》出版闲话

北京大学出版社新近出版了我和藏书家张青松先生合著的《〈金瓶梅〉版本图鉴》，第一版问世一个月即加印，显示了我们这本书的文献学价值和版本收集之全面。

兰陵笑笑生所著的《金瓶梅词话》自万历丁巳年（1617年）刊刻问世以来，到如今已经四百零一年了。在世人眼中，它是一部名副其实的"奇书"。一方面，作者直面人生，洞达世情，展现社会的丰富，暴露明代社会的腐败黑暗，同时透析人性的善恶，其深其细其广，在中国古代文学史上罕有其匹。另一方面，作品在涉笔饮食男女之时，多有恣肆铺陈的性行为描写，触犯了中国传统文化中最敏感的神经，因而长期被视为"淫书"名列禁书的黑名单。

《金瓶梅》可以说是中国古代杰出的现实主义文学作品。它在中国古典小说领域有着太多开创性的贡献。比如，它是中国第一部文人独立创作的章回体长篇小说。在此之前，中国的古典小说，能够达到一定规模的，都具有在民间长期流传的特征，经过历代文人的修饰、加工、创作，最后由一位"大名士"统筹定稿，从而得以流传，比如《水浒传》《西游记》《三国演义》《三言二拍》等，也就是说它们都是集体智慧的结晶。而《金瓶梅》却横空出世，前无古人，后无来者。虽然目前还没有定论，它的作者兰陵笑笑生（简称笑笑生）究竟是谁？但是这部鸿篇巨制是由这位"大家"独立创作的，基本没有异议。而且一经问世，就达到如此高度，文笔之酣畅淋漓、内容之博大精深、思想之特立独行，令人感到不可思议。更为难得的是，《金瓶梅》对人性的描写刻画，入木三分，其中性描写也占有相当大的篇幅。

《金瓶梅》的作者笑笑生是一个谜。从古至今，名家论争，提出上百种说法，但莫衷一是，猜谜游戏愈演愈烈。我想作者既然刻意隐瞒身份，以笑笑生之名笑看世间纷扰，还是尊重他的愿望吧。

为纪念这一中国古代小说杰作正式出版、刊刻、印刷、发行四百周年，我们特撰写《〈金瓶梅〉版本图鉴》一书，以表纪念。全书紧紧围绕《金瓶梅》的版本演变史来呈现，是一部以版本演变来印证这本书在四百年的流传、印刷、出版、翻译的过程。

全书以图为主，文字为辅。图鉴以现存的《金瓶梅词话》本、《绣像全本金瓶梅》（崇祯本）和张竹坡评点《第一奇书》本为重点，呈现现存的《金瓶梅》两个版本、三大系统的现存古代线装书的书影。同时，也呈现出现当代海峡两岸暨香港、澳门出版的各时期达几十种线装影印本的书影，尤其是当代出版的线装书，包括刘心武评点本等线装新版本图录。

本图鉴还呈现自1933年至今的海峡两岸暨香港、澳门出版的各类《金瓶梅》的现代排印本，也就是铅字活体字本，以及当代的评点、会评会校本等数十种现当代印刷本，可以看到《金瓶梅》自1911年以来的出版情况。

《金瓶梅》也是较早走出国门、为世界翻译出版的热门作品，受到了国外学者的高度重视。它在海外颇有名声，不是由于色情，而是因为它是"中国第一部伟大的现实主义小说"。自20世纪以来，随着各国学者对《金瓶梅》的社会价值、艺术价值的不断了解，许多汉学家对小说版本、作者、故事本源、语言等的研究不断深入，成果斐然。一个多世纪以来，《金瓶梅》在国外一直是被翻译、改编、研究的经久不衰的热门作品。现代著名学者郑振铎指出："在西方翻译家和学者那里，《金瓶梅》的翻译、研究工作是做得最好的。"日本是翻译《金瓶梅》时间最早、译本最多的国家，1831年至1847年，就出版了由通俗作家曲亭马琴改编的《草双纸新编金瓶梅》。1853年，法国的苏利埃·德·莫朗翻译了节译本《金莲》；德国汉学家弗·库恩德的德文译本名叫《西门及其六妻妾奇情史》；英文译本的书名为《金色的莲花》，直接以小说中最有代表性的人物潘金莲来命名。本书呈现一百多种各类语言的翻译版本图录，殊为不易。

另外，本书还涉及《金瓶梅》在流传过程中的续书、连环画、卡通画、日本漫画、版画等衍生出版物的图录，还有一些是伪书、假书的情况，收录了主要当代研究专家的著名著作的图书图录。

《〈金瓶梅〉版本图鉴》，以图鉴加版本说明的方式，将这一出版刊刻四百年的文学名著的出版、流传、翻译、研究展现出来，是对这部文学名著出版四百年的最好纪念。

世界各国翻译、出版的各种版本的《金瓶梅》有上百种，世界各国读者对它的喜爱，甚至超过了我们最推崇的古典小说《红楼梦》。《红楼梦》在国内家喻户晓，人手一部，但在世界范围的传播与口碑却远低于《金瓶梅》。这是一个不争的事实，墙内开花墙外香。本图鉴还呈现自19世纪开始的各类《金瓶梅》海内外各种语言文字的翻译本的版本图录。《金瓶梅》的各种译本，近二十种文字，本书将满文本作为国内流行的版本收录在内。满文本作为中国历史上一种特殊文本，在清代占有礼仪式的统治地位，收录部分重要的节本。但戏曲、弹词、说唱类的改编作品不在收录范围。所以说，《金瓶梅》的出现，是中国文学史一桩划时代的大事件。对古代小说的创作、发展产生了极其深远的影响。但是因为它内容的"特殊性"，在历代屡遭禁毁，导致它的版本并不像四大名著那么普及而版本众多，但民众的需求又导致了盗版、翻印的横行，改头换面，花样繁多，质量良莠不齐，给学者和读者造成了极大困扰。

需要强调的是，本图录收录的都是图书封面和内页的书影，对涉及淫秽内容的插图和后来日韩等国出版的漫画等，一律不予收录，这是要特别说明的。

　　历史上对《金瓶梅》这部作品多贬低、诋毁，认为是淫词秽语、粗鄙而淫荡、不堪入目。稍有见识的学者也只是说其是一部有争议的作品。虽有秽语，而其佳处自现。未敢、未能充分认知其巨大的文学、社会、历史价值。我们应该从人本性的角度来看待这部书中的性描写。性对于人类来说除了传宗接代，更具有快乐、自然的性质。中国古代以及近现代中国，对待"性"的讳莫如深，极大地摧残了人性。当代社会早就应该摒弃这种陋识，重新认识《金瓶梅》的伟大意义。现在看来，《金瓶梅》的性描写与西方的进步性观念是一致的，是对封建传统的反叛。越来越多的学者、读者已经认知、接受了这一观点。

文学面向的是何种未来？

狄德罗写《宿命论者雅克和他的主人》时这样诘问：他们是从哪里来的？从最近的地方来。到什么地方去？难道我们知道我们去什么地方吗？这个问题在作为"对狄德罗的一种变奏"的《雅克和他的主人》里再次出现。而且昆德拉说："当人们做预言的时候，总是错。然而，再没有比这些错误更真实的了：在人们关于他们的前途的设想中，有着他们眼下的历史状况的存在本质。"

请允许我换一个视角，看看政治学家罗伯特·D·帕特南在《使民主运转起来》一书中的公民文化观察。即便推行着同样的制度，意大利不同地区的发展依然快慢有别，其间奥秘的关键变量竟是地区内合唱团、足球俱乐部以及其他形式之社团的数量。玄乎一点儿说，可依据城区合唱团的数量，快速演算出当地的行政效率。而结社数量和规模的差异要一直向上追溯到 16 世纪。所以说，你此刻的命运，有一部分是掩藏在五百年前的定数里。

临时闪现在脑海里的这两个片段，和我想要说的文学有什么联系呢？

从经、史、子、集中获得知识的士人们，用权力的方式将主导文化确立下来。上千年"学而优则仕"的"正统"路径，导致了我们古代的文化具有强悍的连续性。虽然唐诗、宋词、元杂剧和明清小说这些不同的文学门类在属于自己的时代大放异彩，但背后都有一个稳固的东西作为总体支撑，那就是文章之学。到了当代，文学才完全变成一种艺术客体。如今，难以达成共识的社会现状、审美的多元倾向和当代人的间离意识，让我不得不疑惑：我们今天所秉持的文学精神，在十年或一百年后会发生怎样的变化？

20世纪的中国文学一直在叙述范式转型，到世纪末，文学的体制化秩序逐渐柔和。"新概念"作文竞赛让"80后"小作家大批入场。与此同时，网络文学"元年"降世——当然这都是通过后来的指认，才能看见其发轫之功。有趣的是，那一年阿来成为《科幻世界》杂志主编，而这份杂志深刻地影响了中国科幻文学的进程。现在回顾过去二十年、一百年甚至一千年的文学，我突然产生联想：过去是否与当下、此刻是否与未来有着某些隐秘的关联？如果我们真的可以给未来留下些东西，那么我们依靠的又是什么？出处不明的清华简、马王堆汉墓帛书、莫高窟的敦煌遗书、《四库全书》和《红楼梦》，它们在博物馆、图书馆，也有可能在家庭的书架和床头，共同携带着我们之所以成为今天的神秘密码。那现在我们的文学会被如何保留？我们现在有海量的数据存储技术，这无处不在却无可触摸的云空间，是否也会被未来的技术手段取代？我大为好奇。

著名科幻小说家威廉·吉布森曾说："未来早已到来，只是尚未普及。"刘慈欣则说："未来像盛夏的大雨，在我们还来不及撑开伞时就扑面而来。"这两句话应该怎样理解？若从帕特南教授的研究和雅克宿命论角度入手，也许，五百年后的事情今日已种下因缘。我在敷衍历史小说时，明确感到了戴着镣铐跳舞的沉重美感。比如，长篇小说《长生》的写作过程中，丘处机的诗文、铁木真的命运和元史给了我很大的限制，但我看到一篇同样以成吉思汗为主人公的小说《征服者》，把人的欲望的主场从疆域嫁接到宇宙中，其中多多少少都有我们这个高科技时代太空竞赛的影子。可见，充满了杀戮的历史，自有其内在肌理。无论古今未来，都难以发生根本的变化。文学要面向未来，绝不仅仅是说文学要走在潮流前端，争取更新鲜的思考力。实际上，文学面向的未来，是我们人类命运的共同体。因为它能够在面对"变"的同时气定神闲地书写"常"，这种力量也就能够战胜时间。

希利斯·米勒在世纪之交有关于"文学终结"的断言，他认为"新的电信时代正在通过改变文学存在的前提和共生因素而把它引向终结"，这意味着文学的衰微和"下沉"的精神状况。但如果我们认同本尼迪克特·安德森的所谓"印刷资本主义"促力完成民族的认同，那么近三十年，互联网时代的电子媒介的普及与综合性媒体空间的铺开，必然重新构造我们的生活逻辑和情感体验。让我们看看吧，文艺青年们的"精神角落"豆瓣网，其阅读频道聚集了大量具有深度思考能力的网友，很好地容纳且激活了他们日常生活掩盖下的文艺生产潜能；与此类似的是，骚客文艺、人间（The Livings）这样的平台在定调方面更为贴近潮流和生活，弱化了文学的殿堂性质；诸如"押沙龙"和"读首诗再睡觉"公众号充分施展互动价值；未来事务管理局则是科幻爱好者的培养皿，时尚有趣。从这些在文学课堂和文学期刊之外的空间和集群里，不难看出，他们在逐渐衍生出新的公共领域和新的叙事伦理。我们应该懂得：文学交往的方式和文学生产的逻辑，在被世界上发生的各种新鲜事物潜移默化地重塑着。这个时代需要更多元的描写和解释能力。

文学必然要继续经历洗选和新生的过程，仍旧要以催生新的审美特质与文化内涵为己任。卡尔维诺在《未来千年文学备忘录》中甚至认为，富有未来镜像的文学世界会超脱于现实三维空间，自然科学和社会科学将提供新的想象，且与古老的哲学和神话殊途同归。看吧，文学如何？这个问题一直以来被提出和思考的方式需要刷新，因为它是永不干涸的河流。我们的种种关切应该寄托在这个新问题中：文学面对的究竟是何种未来？

写作者的文体意识

一

先谈谈诗。三十多年里,我从来都没有停止过写诗,截至2019年,我一共出版了六部个人诗集。诗歌对于我来说,就是母语的黄金,必须在写诗和读诗中保持对语言的敏感。诗的文体特点,在于其高度的浓缩性。诗就是人与世界万物相遇的瞬间的语言呈现。

除去中国古代诗歌对我的影响,现代诗对我最早产生影响的是"新边塞诗派"的昌耀、杨牧、周涛等诗人。我当时还在新疆上中学,每天面对天山雪峰的身影读着西部诗人的作品,感觉他们距离我很近。接着,我读到了"朦胧诗",对北岛、杨炼、顾城、舒婷、江河非常喜欢。到武汉大学就读之后,我继续写诗。当时的大学校园诗歌活动非常多,武汉大学也有出诗人的传统,像早年的闻一多、孙大雨、晓雪、韦其麟,一直到后来的王家新、高伐林、洪烛、陈勇、李少君、吴晓、方书华等,都是我关注的对象。我还广泛阅读了胡适、卞之琳、冯至、闻一多、郭沫若、朱湘、李金发、徐志摩、戴望舒、穆旦、王独清、艾青等诗人的作品。在大学里,我开始接触到更多的翻译诗,我最喜欢的还是"超现实主义"诗歌。"诗是不能被翻译的东西"这句话,我觉得是错误的——假如你有一颗敏感的诗心,读翻译诗你可以还原原诗的表达。

近年,我在写一些计划中的专题诗集,我不再像过去那样,感觉到什么就立即拿起笔来写。比如,我写了一本关于石油的诗集《石油史》,还写了一本禅诗集《碰到茶喝茶 遇到饭吃饭》,都是短诗;我正在写一本诗集《飞机》,尝试将诗歌的叙事性结合飞机这种交通工具演绎出诗意。

有人问我,你为什么写起禅诗来了呢?那是因为,多年以来我访过不少禅寺,偶有所见,就记录下来。后来读了不少禅宗的书,如《坛经》《景德传灯录》《祖堂集》《五灯会元》《宗镜录》《碧岩录》《禅宗无门关》等,看到很多禅师故事、禅宗公案,偶有顿悟,就记录下来。心境变化了,安静的时候内心会忽然如泉涌一样蹦出来一些句子。我就这么写下了《碰到茶喝茶 遇到饭吃饭》,这本诗集将由江苏凤凰文艺出版社出版。其实那些禅诗不是我写的,是历代禅师写下来的。只不过我提炼了、会心了、共鸣了、重述了和偶得了。历代禅师有那么多的公案、故事、事迹、行状、踪迹,从我的这些诗里面都可以看到回响。这恰恰就是禅诗的魅力——作者是谁不重要,重要的是,你的心若能和这些禅诗会心,你就能和禅师与禅宗相遇。

我还参与了小说家、诗人蒋一谈发起的截句诗歌活动,出版了一本截句集《闪电》。截句没有题目,只有句子。在诗歌的长河里,短诗的文体和形式感最强。古代中国有五绝、七绝,波斯有鲁拜,日本有俳句。"我梦见黄金在天上舞蹈",这一句诗我拿来作为我写诗的座右铭,表达我冶炼语言黄金的心境。

二

再来说说小说的文体意识。我觉得短篇小说在于它的锋利和短小精悍。我一直喜欢写短篇小说,三十年来,我已经写了一百六十多篇了。

我小时候在业余体校武术队训练了六年。练武术的人常说:"一寸长,一寸强;一寸短,一寸险。"说的是长有长的好处,短有短的优势。短篇小说,因其短,就很"险"。险是惊险、险峻、天险、险峰、险棋、险要、险胜等。短篇小说篇幅有限,但可以做到出奇制胜,做到以短胜长、以险胜出。

我最早的一篇短篇小说《永远的记忆》写于1984年,那年我十四岁,写的是一种感觉和心理状态;上大学之后,写了一些少年记忆的短篇,这个系列的小说每篇大都在六七千字,一般都有一个符号和象征物作为小说的核心,比如,《风车之乡》里一定有个风车,《雪灾之年》里一定有一场大雪,《塔》里也一定会有一座象征神秘性的塔……表达的都是关于青春期成长和窥探世界的那种惶惑、烦恼和神秘感。

每次写短篇小说前,我都把结尾想好了,短篇小说的写作很像是百米冲刺——向着预先设定好的结尾狂奔。语调、语速、故事和人物的纠葛都需要紧密、简单和迅速。我大学毕业后写的短篇小说,有诗意的追寻、城市异态带来的变形,小说故事本身不是写实的,是写意的,写感觉、象征和异样。我写短篇有一个习惯,就是喜欢图谱式的多重、多角度、多次地进行某个主题或者对象的书写。

2000年之后,我写了"社区人"系列短篇,分为《来自生活的威胁》《可供消费的人生》两个集子出版,一共六十个短篇。这个系列的短篇小说将视线放在中产阶层,都有完整的故事和相对多面的人物,少了很多意象、象征、诗意,多了写实、人物、故事、场景等。

近年写了小说集《十一种想象》《十三种情态》。《十三种情态》是十三篇与当代情感、婚姻、家庭、外遇、恋爱有关的短篇小说。这些小说的题目都只有两个字:《降落》《龙袍》《云柜》《墨脱》《入迷》《禅修》等。

对于我来说,如何写短篇小说,一直有一个"多"和"少"的问题。一万五千字的短篇,时间的跨度、人物的命运跌宕,都有很大的空间感。比如,雷蒙德·卡佛的短篇小说,是"少"的胜利。我觉得他的简约和"少",是将一条鱼变成了鱼骨头端了上来,让你在阅读的时候,通过个人的生活体验和想象力,去恢复鱼骨头身上的肉——去自行还原其省略的部分,增添他的作品的"多"。这对读者是一个很大的挑战,因此,显得非常风格化。写短篇小说就应该在其篇幅短的地方做长文章,在"多"和"少"之间多加体悟。

我写短篇不是主题先行,是模糊的,是写的过程中逐渐清晰的。起先是题目先涌出来,然后一点点地,内容出现了,是小说的题目召唤来的故事。

最近,我在写短篇侠客小说系列,以中国历史上若隐若现的刺客和侠客为主角。之前也酝酿了几年,但没有下笔。2016年上海书展期间,我去沪上探望了我上中学时期的语文老师兼武术教练黄家震先生,我从初一到高三,在黄家震担任总教练的地区业余体校武术队里练了六年武术,每天早晚高强度训练四个小时,从蹲马步开始,再到长拳、南拳、通背拳、大成拳、形意拳,刀、枪、剑、戟、斧、钺、钩、叉、短刃、绳、镖,拳击、散打、摔跤等全都练过。黄家震老师又教了我三年高中语文,担任班主任,把我送入大学。在20世纪90年代后期,他调回了老家上海,继续在中学任教。我去看望他的时候,他已经八十岁高龄了。有这么一个文武双全的老师,我也勉强算是文武双全吧。

2016年夏天,我带着上海小说家陈仓一起去看黄老师。黄老师见到我这个徒弟很高兴。他早就穿好了对襟练功服,将珍藏多年的武术器械全部拿出来,摆满了一屋子。长兵器、短兵器、暗器上百件,令我目不暇接,令陈仓兴奋不已。后来,师徒二人来到楼下花园,他一个弓步,将关羽当年耍的那种青龙偃月刀一横，单手将大刀举在头顶呈四十五度——这是很难的，大刀非常重。接下来让我练，我一个弓步，将青龙偃月刀一举，几秒钟后那大刀就咔嚓落了下来，砸到地上了——我这四十多岁的徒弟和八十岁的师父比，还是差了很远。这些都有陈仓拍的照片为证。

所以，我想写一个侠客中短篇小说系列，以纪念我的武术训练时期，也献给我的老师黄家震。我先写了三篇：《听功》取材于《旧唐书》，写的是唐太宗废立太子时期发生在宫内宫外的事情；《剑笈》取材于《古今怪异集成》，背景是乾隆修《四库全书》；《击衣》写的是春秋时期晋国刺客豫让的故事，属于故事新编了。其余的几篇我慢慢写。我的侠客小说的写法，是一种对大历史情景的重新想象和结构。这就是我理解的武侠小说的一种新可能吧。

再说说中篇小说。中篇小说从文体上来说，不长不短。我比较喜欢三四万字的篇幅。最近我在写一个当代题材的中篇系列小说，每一篇都是独立的，但都是华人在海外的故事。

我喜欢看各种地图。每到一处，一定要找到当地的地图，按图索骥，找到我所在的位置，以及要去的地方。然后把地图留存下来。这样就有了很多幅地图。有了地图，就很难迷路。我也爱看地图集。这些年，我收集了不少有关地图的书，比如《泰晤士世界历史地图集》《古代世界历史地图集》《改变世界历史的一百幅地图》《地图之王——追溯世界的原貌》《谁在地球的另一面：从古代海图看世界》《中外古地图中的东海和南海》《失落的疆域——清代边界变迁条约地图》等，有几十种。这些地图能够把我带到很远的地方，带到时间和历史的深处，让我发现、揣摩、想象到一般人很难体会的关于历史、地理时空交错的那种有趣而生动的场景。我还喜欢摆弄地球仪。地球仪有大的，也有小的，有三维的，还有通电后通体发亮的。把玩地球仪有一种"小小寰球，尽在手中"的踏实感，一球在手，世界尽览。地球仪真是个好东西。

　　我常常把玩地球仪，把地球仪使劲一点，它就开始转动起来，我的手指又一戳：停！地球仪停下来了，我看看我指的是哪个地方。我一看，这几个地方，在地球仪上显示的是太平洋、澳大利亚、中亚、古巴、巴西、俄罗斯、中非、法国、冰岛。于是，我就想，我能写写这些地方的中国人的故事吗？在这些地方，我碰见了一些有趣的外籍华人或中国人，他们早就拥有了自己独特的故事。现代世界交通工具的发达，几乎能够让人到达你想去的任何地方，包括那人迹罕至的生物圈之外——大洋之下、冰原之上、沼泽之中、大河之里、江湖之内、雪峰之顶……人都能够抵达。只要你想去，物质条件具备，各类交通手段就能帮助你到达那里。

　　于是，我先写了这本书《唯有大海不悲伤》。写这篇小说也有一些动因。近些年，我也常常听到认识的朋友中间，有些人生活中发生了不幸事件。每个人的生活中，总是有大大小小的缺损。比如，有一个朋友的独子，留学归来正待结婚，却因病忽然去世，黑发人送黑发人，何其悲伤！还有一个朋友的孩子，年仅十岁，不慎溺水夭折。朋友痛失爱子，夫妻俩陷入了困顿和悲伤，婚姻关系也岌岌可危。常常是，突发的生活变故造成的痛苦在一个家庭里难以承受和化解，那么，他们如何承担这悲伤，重新获得生活的勇气和信心呢？如何获得自我救赎，继续生活下去？我常常站在这些朋友的角度，去想象他们面对的境遇，以及内心里要承受的沉重。化解痛苦，这是任何豪言壮语无法起作用的，只能是一个个个体用生命去承受生活中突如其来的变故。

在《唯有大海不悲伤》中，小说的主人公就遭遇了丧子之痛，最后他通过在太平洋几个地点的潜水运动，逐渐获得了救赎和生活下去的力量。

这篇小说发表之后，有朋友问我，你啥时候学会了自由潜水啊？其实，我顶多玩儿过简单的浮潜。我是不会自由潜水的。但我特别爱看关于海洋的纪录片。这些年，中央电视台第九频道播放了多部关于海洋的纪录片，如《海洋》《蓝色星球》《加拉帕戈斯群岛》等，我都看了好几遍，对海洋中各种生物了解了很多，常常是一边看，一边用文学语言去描述我看到的片段。此外，《美国国家地理》和《中国国家地理》中也有很多关于海洋的文章，都成了我写作这篇小说的材料支撑。

我也常常想，作为一个小说家，必须对读者尊重、友好和负责。人家花自己宝贵的时间来阅读你的小说，你能给他们带来什么？因此，我要在小说里增加一些材料，比如潜水和大海的方方面面的知识。这就使得小说本身带有新颖感和知识化的效果。毕竟大部分人都生活在陆地上,很难去太平洋进行孤绝的自由潜水。小说也就变得有趣和好看起来。

而《鳄鱼猎人》的创作念头在很多年以前就萌发了。我曾经去过几次澳大利亚,也接触了一些在澳大利亚生活的华人。他们各有各的精彩故事。华人在澳大利亚的历史和现实的处境,也有很大的变化,比如,前去淘金的近代华人、改革开放之后前往澳大利亚的20世纪80年代的华人,和21世纪去澳洲的新华人的生存景象,都不一样,一代代华人演绎出了各自精彩的故事。这就促使我写成了这篇抓鳄鱼的小说。但对如何在小说里呈现抓捕一条鳄鱼,我自己也颇费思量,没有把握。好在小说家都有想象力,再说了,我也见过鳄鱼。有一次,在广东还喝过养殖的鳄鱼做的汤。那么,如何抓捕一条鳄鱼?我也咨询过一些我认为可能会有见地的友人,但大家都没有干过这种危险的事情。最后说:"你就自己想呗。"

好了,抓捕一条白化鳄鱼,和这篇小说的主人公帮助澳大利亚警方抓获一个强奸并杀害了一个中国姑娘的白人罪犯,有着某种象征和同构的关系。小说中,两个夏天,同时进行两条时间线索的并置,取得了对照的效果。

小说《鹰的阴影》讲述了两个登山爱好者在中亚的雪峰上攀登的故事。我出生在天山脚下,小时候出了家门,往远处一望,就能看见海拔5445米的天山主峰博格达峰,那冰雪覆盖的巍峨的样子。我还跟着父亲的筑路工程队,到过塔什库尔干，在那座石头城里眺望过附近那些高大的群峰，受到很大的震撼。后来坐飞机，飞越了不少雪山。那么登山运动则是一项极限运动。现在，顶级的登山家，要有"14+7+2"的履历才是最完美的。什么是"14+7+2"？那就是，登顶地球上一共十四座海拔8000米以上的高峰，然后，再登顶七大洲的最高峰，最后抵达南极和北极两个地球上的极点。这就是"14+7+2"的意思。中国深圳一个叫张梁的普通人，就完成了这一壮举。关于他的情况，《中国国家地理》2018年第八期有专门的报道。全世界完成"14+7+2"的人只有几十个，可见这一极限运动的难度。我也曾拜访过诗人、登山家黄怒波先生。他是完成了"7+2"的少数登山家之一。在他的办公室的走廊里，我看到了他历次登山过程中保留的各种用具，琳琅满目，蔚为大观。

写这篇小说时，灵感、材料就这么以我曾经取得的知识点、见到的人和事、看到的一则新闻报道为支撑——几年前，有中国登山家在新疆西南部登山过程中，被武装分子绑架袭击死亡的事件——这些构成了我的小说壮丽、丰厚、有趣的架构和内容。

再来说说长篇小说。写长篇小说，从文体上说，就是盖大楼，就是攀登高峻的山峰，就是一次长跑。我先后写了十二部长篇小说。对我影响比较大的，在结构上是巴尔加斯·略萨的结构现实主义小说；在当代都市题材上，是美国作家约翰·厄普代克、菲利普·罗斯和索尔·贝娄；在历史小说题材上，是翁贝托·埃科、尤瑟纳尔和萨尔曼·鲁西迪。长篇小说是时间叙事的艺术，文体上要有鲜明的结构意识。没有结构，房子就搭不起来。

我的长篇小说分为当代题材和历史题材。当代题材大都以北京为背景，有《夜晚的诺言》《白昼的喘息》《正午的供词》《花儿与黎明》《教授的黄昏》五部。这五部小说都属于我的"与生命共时空"的写作，是我对当代社会的书写。

那么我写的历史小说，是在寻找一种他者的眼光和内心的声音，描绘出小说主人公的声音的肖像，使他们活起来。比如我的长篇小说《贾奈达之城》《单筒望远镜》《骑飞鱼的人》《时间的囚徒》，就是以近现代史上外国人在中国的生活经历结构的。我让这几部小说的外国人在中国近代史上像镶嵌画一样展现在中国的屏风上，与中国发生了难忘的爱恨情仇。我试图找到更高的坐标系，在全球化语境中，展示文明和文化间的冲突与交融。而从西方人的心理来体验东方世界，从西方人的角度反观中国，我这几部小说冲破了视野狭窄的樊篱，在历史的惊鸿一瞥中，看到世界的真实裂缝。

三

再说说"非虚构"这种文体。

"非虚构"这个词在汉语里由两个词构成，一个是"非"，一个是"虚构"。国外的书店里，关于文学类的，我们会看到两种书，一种是虚构类作品，一种是非虚构类作品。非虚构类作品的书架上摆放着传记、日记、游记、调查报告，以及一些难以归类的东西。非虚构写作在西方文学里非常广泛。非虚构写作和非虚构文学写作，这之间有一些不同。比如，非虚构写作的作品有一部分不完全是非虚构文学的写作。非虚构写作包含了非虚构文学写作。因为非虚构文学写作，要求有很强的文学性和文学技巧，同时还需要作家有行动能力。行动能力和写作能力缺一不可。

20世纪60年代，美国有一批杰出作家，他们每人都写了几部非虚构文学的代表作，于是美国大学里研究这种文学现象的教授取了一个名字叫作"非虚构文学作品"。比如，有一个作家叫杜鲁门·卡波蒂，他是一个同性恋作家，他的书在我们国内翻译出版了不少，我受到他的影响很大。他有一部中篇小说，写的是一个从美国中西部城市来到纽约生活的姑娘，寻找和实现自我价值的过程。但这个杜鲁门·卡波蒂的非虚构文学代表作是《冷血》，我手里有三四个译本，译本的名字都不一样，分别叫作《残杀》《蓄谋》《冷血》，这部作品写的是美国中部肯塔基州一个家庭，全家被流窜的凶手杀害了，这是一部二十多万字的长篇作品，我印象深刻。作品一开始大意是这样的：在美国中部一个平原，当风吹来的时候，齐腰深的草慢慢地倒伏下去，这个时候，有座房子就像岛屿一样从草地中间浮现出来，那是约翰家，有一天，有一个人路过这个地方，进入房子，把他们全家都给杀了。前面一大段都是景色描写，然后一下子告诉你，这一家人被杀害了。世界上每天都在发生各种各样的暴力事件，但是杜鲁门·卡波蒂通过《冷血》这一部书，把美国社会中某种本质给提炼、概括了出来。由此我会谈到中国的非虚构写作应该有哪些可能性，很多社会事件、案件都可以拿来作为写作的素材。

杜鲁门·卡波蒂为了写这本书，一共采访了六年多时间，一直等到杀人的罪犯被处以绞刑才把这本书出版。所以有的时候，写一部作品需要很长的时间，需要一个积累的过程。前年有一部电影叫《杜鲁门·卡波蒂》，详细记录了杜鲁门·卡波蒂写《冷血》的整个过程，以及他的生活习性。他非常喜欢酗酒，喜欢跟名流打交道，喜欢跟纽约的时尚阶层来往。他跟玛莉莲·梦露的关系也是不错的。他曾经写过一篇短篇小说，是写跟玛莉莲·梦露的一个对话，写得非常精彩。《冷血》这部作品从20世纪60年代出版到现在，仍是非虚构文学写作中的一部经典作品。

还有一个美国犹太作家叫诺曼·梅勒，他写过很多小说，一共出版了三十多部长篇作品，他有好几部作品都是非虚构文学写作，而且他的题材都非常大。比如，他有一部专门写美国中央情报局历史的非虚构作品。他还写了一部非虚构作品，叫《夜幕下的大军》，记录了从1967年到1968年，美国人进行的一次反越战的大规模示威游行，当时，聚集了几十万人，从纽约出发，直奔首都华盛顿。那些人走了几十公里夜路，所以叫《夜幕下的大军》，这部作品是诺曼·梅勒非虚构写作里最有名的代表作。我们可以看到,美国作家在处理非虚构题材的时候,有大有小,像杜鲁门·卡波蒂写的《冷血》这本书,这个题材就不大,就只是一个凶杀案,却透露了社会的一些本质。

诺曼·梅勒还有一个长篇小说两部曲,也是根据凶杀案写的,叫《刽子手之歌》,写的是美国杀人犯加里的故事,我估计大家都看过。另外,汤姆·沃尔夫的非虚构名作《名利场大火》写的是美国上层社交界的事情。还有美国当代作家多克托罗,他写的《大进军》也很不错。因此,非虚构文学写作这个文体在20世纪60年代的美国,是强有力的一种文体,也影响了世界文学的格局。

新闻结束的地方,就是文学出发的地方。这是非虚构文学的一个很重要的出发点。另外,非虚构文学和散文的区别在哪里?我觉得,非虚构重在写事件,而散文重在写体验。

非虚构文学中是否可以有适度的虚构?我觉得,事件是不能虚构的,事实本身是刚性存在的。但写作技巧是需要你调动多种文体功能的。非虚构文学写作,一定要借助虚构文学写作的各种手段,比如对话、潜对话、心理活动等,才能写好非虚构文学。

鲁院记忆的五光十色
——《鲁院启思录》代序

2018年,我们在鲁院八里庄校区建起了一间"百草书屋",是将过去的一间餐厅改成了自助式的读书室。在"百草书屋"里沿墙排列得整整齐齐的书柜上方的墙上,还有一些空地儿,就挂了一些美术作品。这些绘画、书法、摄影和手稿作品,大都是鲁迅文学院学员的作品,但其中有一幅,是鲁院青年教师李蔚超画的油画。画面上,一位年轻的母亲带着自己的女儿,站在有栏杆的海边步道上。她关注着孩子,孩子在挥舞着小胳膊,似乎想挣脱母亲的手跑开。而远处的大海上,旭日东升,波光潋滟,霞光闪烁,一种温暖和宽阔、宁静和沸腾的气息在洋溢着。这幅画,有印象派的风格,有莫奈和凡·高的画风。很多人看到这幅画之后,听说是李蔚超画的她和孩子的自画像,都说,李蔚超老师真有才啊!你们鲁院的好多老师,都有多方面的才华!

我也有同感。2015年我从《人民文学》杂志社调到鲁迅文学院工作,一晃四年过去了。2004年我曾在鲁院的第三期中青年作家高研班学习过。没想到，作为曾经的学员，我后来变成了这所中国文学的"黄埔军校"的副院长。我来的这四年多时间里，鲁院马不停蹄地举办的多种类型的作家培训班超过了六十个，培训的作家超过了三千五百名，还开创性地举办了国际作家写作计划、与北京师范大学联办作家研究生班等，使得鲁院的作家培训形式更丰富有效。而之所以鲁院人能有这么大的干劲儿，和鲁院的老师们的才华、专业精神和敬业精神都有很大关系。

在鲁院工作，我常常感叹，女士多男士少，一大半的同事都是孩子母亲，平日里她们既要把日常工作做好，还要回家带好孩子，打理好家庭，做到工作、家庭两不误，这是十分不容易的。在这样的情况下，我也常常鼓励和提醒大家，尤其是教研部和培训部的老师们，在繁重的工作之外和繁忙的家务事之余，别忘记我们是鲁迅文学院——中国最高文学殿堂的老师，我们自身也都是文学人，有着文学梦，应该在文学研究和创作上不断精进。搞研究的，应该出成果；写东西的，应该有作品。我也常常拿自己举例子，说我是多么多么忙，可我用"碎片连缀法"的方式，把零碎时间连缀起来，把创作计划化整为零，每年都能完成一些创作计划，不断出书，始终不忘自己在作家协会工作，是个作家。因此，这几年，鲁院的同事们也都抓紧时间，忙里偷闲，在文学研究和文学创作上取得了很多成果，不断发表作品、出版新著。这让我很高兴，而能在文学研究、批评和创作上出成果的同事中，李蔚超是很突出的一个。

李蔚超在2010年，由北京大学硕士毕业后就来到了鲁院工作。她是大连人，形象靓丽，性格开朗，在鲁院的教学工作上很努力，当过多个高研班的班主任。每个班结束之后，她就和很多作家成了好朋友。鲁院是一个亦师亦友亦兄弟姐妹的地方，和一般的大学是不一样的。大家在一起学习培训，年龄相仿，更多的都是同道关系。李蔚超把工作和生活的关系处理得很好，结婚之后家和万事兴，有了孩子，孩子也带得好。业余继续从事文学研究和批评。作为一个当代青年评论家，她已经获得了广泛的瞩目，与文坛上的"80后"批评家们形成了很强的阵容。她对当代文学现场的观察和当代作家的研究，也很有见地，并能结合鲁院的教学研究来进行。前两年，她还考上了北大中文系主任陈晓明教授的博士生，眼下正在为博士论文而鏖战。能够不断进取，且能够在进取中获得一种难得的平衡，李蔚超做到了，并且很突出。

平时聊天，我知道她志在做文学研究，搞文学批评，那么，这本《鲁院启思录》，就是她在文学研究，特别是鲁院研究方面的最新成果。以鲁迅文学院作为研究对象，她应该说有相当独特的条件。就像她在这本书的后记里说的那样，这本书的完成，和我的鼓励是分不开的。这点儿功劳，我也就当仁不让了。当初，我看到她在《江南》杂志上发表的对鲁院结业作家的问卷调查之后，非常感兴趣，就对她说，为什么不继续扩大内容成一本书呢？为什么不多设计几个问卷，从各个方面调查鲁院结业作家的状况呢？等到她有了更多的想法，比如撰写鲁院创立时期研究的论文，我也是十分赞许。可是我知道，一个人在很好的想法和完成想法之间，往往有着一段距离和难度的。必须要加以催逼。不然，很可能就只是一个想法罢了。我当了二十多年的编辑。当编辑，一要有抓稿子的狠劲儿，必须紧盯作者，隔三岔五地询问稿件进展，不能丢掉作者；二要有催稿子的黏糊劲儿，告诉对方这稿子必须给我，你给别人不行，我会翻脸。所以，我就对蔚超说，你赶紧写，夏天交给我，咱们有个鲁院后续教育项目，能够资助出书的。可到了夏天，她没有完成。我也知道，她现在面临着工作、家庭、孩子和攻读博士，几个方面都要协调，不催促，这本书是出不来的。就这么又过了几个月，我是连催促带威胁、连鼓励带激将，使她终于排除万难，完成了这本书稿。

在台灯下翻阅书稿，我很惊喜。到 2020 年，就是鲁迅文学院建院七十周年了。七十年的时间里，除掉 1958 年到 1978 年那二十年时间鲁院停摆了，其余五十年里，鲁迅文学院培训了一拨拨儿的中国作家。这些作家在不同的阶段，都受到了鲁迅文学院的滋养，都对中国文学做出了贡献。因此，将鲁迅文学院的历史作为文学研究的对象，本身就是非常有意思、有价值的题目，也是一个不小的挑战。而对当代文学的生产机制的研究，是一件复杂的事情，每个研究者应该选取自己的角度。那么，李蔚超的这本论文和问卷著作，就是选取了鲁院历史中的几个时间节点作为切片，进行一种对鲁院的节点性观察和散点性访谈分析的。如开篇第一章，就是一篇关于鲁院成立过程的研究论文。在这篇论文里，我们看到了鲁院成立时前前后后的情况。李蔚超下了很大功夫，通过对档案材料的详细解读，让我们看到了中华人民共和国成立那一时刻，那些有着理想主义热情的文学大家、前辈们为鲁院的前身中国文学研究所、讲习所付出的巨大努力。第二篇是对作家邓刚的访谈，则一下子就跳到了20世纪80年代，是对80年代鲁院的培训和如何由文学讲习所改成了"鲁迅文学院"这一过程的最好回顾。而第三、四、五篇，文体上变成了多点访谈，是李蔚超对新世纪作家，尤其是21世纪的当下在创作上最为活跃的中青年作家的访谈问卷，既是对鲁院作家培训效果的跟踪调查，也是作家们的百花齐放，内容极其丰富。看着这些作家独具个性的表达，实在是接地气、极生动。因此，这本书就这么组合起来，前后几篇，论文、访谈、问卷，提纲挈领地将鲁院的历史以断面的深究、散点的折射的方式呈现了出来，使我们看到了鲜活的鲁院记忆。这些作家五光十色的问答和回忆，最终构成了李蔚超本人调色盘里的颜料，就像她受到了印象派画家的影响画的油画那样，这本打捞作家记忆里的鲁院的五光十色的问答，这本集合了研究论文、访谈、调查问卷、作家档案的《鲁院启思录》，就成了一本关于鲁院历史研究的相册式的独特著作。

  李蔚超完成了这本书，我十分高兴，在阅读书稿的时候，我自己也获益良多。希望读到这本书的朋友们,能够看到当代中国作家的成长和鲁院之间如此密切的关系,自然,鲁院也将因为还会有更多作家的加入,而不断创造崭新的历史。

第三辑

文学窄门与宽阔人生

文学窄门与宽阔人生

人生之路，的确是有时候需要从一道窄门进去，然后才能看到宽阔的天地。但这道窄门，却是你最难逾越的地方。而通过窄门的时候，机遇、意志和才能都是缺一不可的。想起我自己，假如当年没有在千军万马之中跨过了上大学这道窄门，文学之路能走多远还很难说。很多人小的时候，就表现出今后发展的某种潜能。像我，十多岁就喜爱文学了，在语文报社办的《中学生文学》杂志上发表了短篇小说，我后面的道路，实际上在我十多岁拿起笔来的时候，就已经注定了。

在跨越窄门的时候，遇到关键性贵人——老师的帮助，十分重要。回想我的中学时代，有几位语文老师对我的影响很大。我的高中是在新疆昌吉州二中就读的。那是 1985 年，我的语文老师容理德经常在课堂上念我的作文鼓励我，而且还把我的名字"邱华东"念作"邱华栋"，这一字之改，使我有了强烈的信心——要当中华之栋梁。我和同学成立了"蓝星文学社"，油印文学小报，阅读各类文学作品，展开讨论。高中毕业那年,已累计发表三十万字的作品。四川少年儿童出版社王吉亭把我的作品纳入该社出版的"小作家丛书"中,为我出版了中短篇小说集《别了,十七岁》。由于我的这些文学成绩,我被武汉大学中文系免试破格录取,跨越了一道人生的关键窄门,然后来到了一个宽阔的地带。

在 20 世纪 80 年代到 90 年代的大部分时间里,大学教育都是精英教育,是少数人通过高考的窄门才能进入的园地,而我的幸运就在于因为文学特长而被免试破格录取。不像现在,高等教育进入大众普及状态,仅 2018 年入学的大学生就有八百万人。1988 年开始,我在武汉大学读书的四年期间,延续着"珞珈诗社"的诗歌活动。我接手"浪淘石文学社",担任社长,写作、搞校园文学活动,按书架读完了几乎所有汉译本的外国作品。加之武汉大学人文传统悠久,从闻一多起,就有出作家的传统,因此,成为这个链条上的一环是一些学生的梦想,于我们更是近水楼台,逐渐走到了更为宽阔的地带。

生命是最宝贵的,人的生命只有一次。人是通过母亲的子宫孕育并通过一道生育的窄门,来到这个世界上的。人一生下来便向着死亡进军。这是我十几岁的时候就意识到的问题。唯有死才是人无法超越且必然面对的。即使是很多历史人物,他们死后,事迹传递百年、千年,也早已变形了,在后世的传说、演绎和书写中面目全非了。今天的恺撒、莎士比亚、莫扎特、凡·高和秦始皇、李白,还是当年那个他吗?没有人可以超越死亡。在死亡面前,人人平等。

所以，面对死亡的无比宽阔的寂静，我们的生命，实际上是一道狭窄的光亮。那么，生可以超越死吗？是可能的。人类在不断地死亡，又在不断地降生和繁衍。上帝给了人类一条出路：一个个的个体在死亡，但一个个的个体又在出生，这使得人类不断繁衍，并通向永生之路。在出生与死亡的狭窄链条上，两端之外是宽阔的虚无，两端之内，是人的生命过程。待长大了一点儿，我便意识到死不是生的对立面，而是和生共生在一起的，即所谓生生不息。

我在十多岁的时候，曾经住院开刀。那是一家小医院，只有三层楼高。在此之前，我的一个女同学忽然被汽车撞死了。她一定不知道，自己就这样突然被死神夺走了生命。我突然感受到了人作为大地上的短暂生灵的含义。那是一种对生命的悲哀情绪。就是那段时间，我被医生诊断为肿瘤患者，它存在于我的左边小腹中，平时，我是可以感到它像个阴险的家伙在我的小腹中时隐时现的。虽然大夫说纤维瘤有很多是良性的，但我仍然想到了死，它可能就在我身边，就像我的女同学，谁会知道死神一直就在她身边呢？手术之前，我被一种死之恐怖所笼罩。手术之后，大夫告诉我，我的肿瘤是良性的，我又有救了。知道了这一点我非常高兴，感到了由衷的欢欣。几天后，我便可以在傍晚，拖着沉重的身体，忍住腹部没有拆线的刀口疼痛，在安静的走廊中走动了。

窗外正在落雪，我这才意识到已是大年三十了。我三天后才能出院，也就是说，我得在医院里过年了。有一种淡淡的哀愁袭上心头。我看见外面的世界已是皑皑一片。走廊里昏暗的灯光变亮了，夜幕正变得深沉。我依旧坐在那里。忽然，楼梯响起了杂沓的脚步声，很多人正抬着一位生命垂危的女人，进了急救室。那是一个表情凄清苍白的年轻女人。十分钟后，急救室里传出了号啕大哭声。我知道，那个年轻女人死了。我走过去问医生，他告诉我，那个年轻女人的丈夫犯了强奸罪，她受不了打击，喝毒药自杀，没抢救过来。她留下了一个三岁的女儿。

在大年三十的晚上，昏暗寂静的走廊里长久地回响着哭号声，十七岁的我十分悲哀。人的生命真的像是一阵风吗？我拖着病体沿着走廊缓缓行走。我转过了回廊，找了把椅子坐了下来。在这一瞬间，我听见了一声婴儿的啼哭响了起来，声音倔强、尖厉，接着，又有许多婴儿啼哭了起来，奶声奶气的哭声汇成了一条河流。是妇产科育婴室的孩子在哭。他们都刚生下来不久，是崭新的生命。在那个夜晚，我听到了丧失生命的哀号和新生命嘹亮的哭声，生与死的对立之门一齐向我敞开，那一瞬间，我好像明白了很多。我知道了这个世界就是人人要通过一道道窄门、过一个个坎儿，然后才能来到更加宽阔的地带。世界，永远都充满了新生的希望，虽然同样存在着寂灭的悲哀。那一年我十七岁，我决心好好活着，即使马上要面临高考的窄门，我也要走好自己的路。

"死之悲哀，孕育着生之希望。它们不是对立的，而是共生的。"我想说的是，最窄的地方，总是有最宽的生机。要想有所作为，就要从小立志，并用一生去努力实现，无论如何，你终将得到丰厚的回报。你将从狭窄的地方,到达宽阔的地带。窄和宽，看似相反，实则也是共生的。

一百年与二十年

一百年前，中国新文学诞生了。在中国新文学的发展历程中，1917年是一个值得铭记的年份。这年1月出版的《新青年》上刊载了胡适的《文学改良刍议》，紧接着，在2月刊载了陈独秀的《文学革命论》。这两篇向旧文学发难的文章，在当时引起了热烈的讨论，有些学者也因此将1917年定为新文学的发轫之年。新文学的推动者们相信文学能够影响人心、教化社会、再造国家。

在《文学改良刍议》这篇开风气之先的文章中，胡适提出，要从以下八件事对文学进行改良：一曰，须言之有物；二曰，不模仿古人；三曰，须讲求文法；四曰，不作无病之呻吟；五曰，务去滥调套语；六曰，不用典；七曰，不讲对仗；八曰，不避俗字俗语。

陈独秀对文学革命也有自己的思考。为响应胡适的文章，陈独秀撰写了《文学革命论》。他推出了文学革命的三大主义：推倒雕琢的阿谀的贵族文学，建设平易的抒情的国民文学；推倒陈腐的铺张的古典文学，建设新鲜的立诚的写实文学；推倒迂晦的艰涩的山林文学，建设明了的通俗的社会文学。他抨击旧文学装饰的意义大于实用的价值，而在内容上专写帝王权贵、神仙鬼怪、鸳鸯蝴蝶，对宇宙、人生与社会全无关怀。《文学革命论》充满了战斗精神，对《新青年》的读者而言，无疑更能使其热血沸腾。

胡适与陈独秀的文章发表后，迅速引起了人们的热烈讨论，从普通读者到大学教授，纷纷通过不同平台各抒己见。在1917年到1922年的新文学的早期推动者中，我们还可以见到鲁迅、闻一多、刘半农、钱玄同、周作人、李大钊、郭沫若等熟悉的名字。

李大钊是中国共产党的重要创建者。1919年，他写下了《什么是新文学》，则被认为"揭开了马克思主义文艺理论的中国化序幕"。在这篇短文中，李大钊认为只是用白话文写文章，算不得是新文学，新文学应当是"为社会写实的文学，不是为个人造名的文学"，他批判时下的新文学字里行间映照出"刻薄、狂傲、狭隘、夸躁"种种恶劣的心理，长此以往，势将损害新文学的发展。他认为："宏深的思想、学理，坚信的主义，优美的文艺，博爱的精神，就是新文学新运动的土壤、根基。"他所说的"坚信的主义"，对李大钊而言，就是马克思主义。这条以马克思主义指导文艺发展的路径，随着时代车轮的前进，它的重要性日益凸显，并最终成为一个时代的旗帜。

现在看来，新文学的宗旨，就是强调一种为人生的文学、为大众的文学、为现实的文学、为社会的文学。新文学之新，就体现在这里。

二十年前的1998年，中国的网络文学诞生，其标志就是痞子蔡的《第一次亲密接触》在BBS上连载，次年出版书籍。那一年，我在报纸副刊邀请很多作家写了一篇连载《网上跑过斑点狗》。1999年，我的一部长篇小说《正午的供词》没有在杂志上发表，而是选择了博库网进行连载。那还是网络文学的早期阶段。如今，网络文学发展迅猛，成为一种世界瞩目的蓬勃的写作现象，有一支庞大的写作队伍。据统计，现在网络文学的写作者人数有几百万。

那么，网络文学是新文学吗？不见得。很多"五四"时期被新文学反击的旧文学，如帝王将相、鬼神传奇、历史戏说、情色仙侠等旧文学借尸还魂，在一定程度上形成了一种新媒体（网络电子媒介、影视）旧文学的现象，和所谓的传统文学的旧媒体（以纸媒为主）新文学成为对比。目前，这一现象不同程度继续存在。

这是网络文学自身一定要警惕的。好在近些年，无论是网络作家、读者还是网络管理者都意识到了这一问题，网络作家的写作越来越专业化，有艺术、有深度、有责任、有担当了，现实题材也在不断增加。我祝福网络文学发展得更好！

我想，关于小说传播的电子化、网络化肯定是一个趋势。同时我也觉得，纸媒和电子媒介将长期共存。在如今这个多媒体时代，小说的传播手段可以更多。作家可以尝试更多的文学传播的手段，比如杂志刊登、出版纸书、网络发布、报纸连载、改编影视、舞蹈话剧、游戏软件、音频联播、视频播讲、数据出版，所以，对文学来讲，众多媒体的互动和撒播，是一个非常有利的生存条件。

文学会死吗？答案是否定的。因为,我们还在使用着语言，而文学就是语言的艺术。我们用语言讲故事，保持一个国家和民族的特性、心灵世界、生活景观和想象力，语言不死，文学就会永存。

废墟之上的想象

上中学的时候,我就去过距离我的出生地不远的新疆吉木萨尔县的北庭都护府旧址,在那些残垣断壁和土堆子里流连,看着夕阳斜下,看着成群的野鸽子腾空而起,看着我拉长的影子引来了附近大戈壁的苍茫。脚下是芨芨草,是骆驼刺,蓬勃生长的红柳丛在暮色的降临中,仿佛逐渐变成了唐代军士的帐篷,心里就有了面对废墟的强烈的沧桑感。

后来,在不同的时间,我又分别造访了新疆的那些古城废墟,诸如高昌故城、交河故城、龟兹、尼雅、于阗、精绝、米兰、楼兰废墟等。在新疆的大地上,天山南北,沙漠戈壁边,这些城池废墟带给我的是人去楼空,却能引发无穷的想象。

特别是2014年我和作家祝勇、王刚一起,在库尔勒市、若羌县的朋友的协助下,到达了楼兰废墟一探究竟,留下了难以磨灭的印象。楼兰很早就没有人烟了,可如今人们反而对楼兰更感兴趣了。

我们又在若羌博物馆里,看到了罗布泊地区出土的文物和干尸。楼兰美女的干尸就有好几具,让我惊叹于这里的历史积累的丰富性。

多年来,我积累了几百册关于西域历史、地理、文化、宗教、民族方面的书籍。闲了,就翻一翻。久而久之,这样的阅读积淀在我的心里,那些发生在西域新疆的人和事,就在时空之中连缀成了千百年穿梭往返的想象世界。读千卷书,走万里路,在我的心里,书里的记载和我实地看到的场景交错起来,开始幻化和演绎为故事。于是就有了要写几篇关于这些古城废墟的小说的念头。我起了一个名字,叫《空城纪》。《楼兰五叠》是我的系列中篇小说《空城纪》中的一篇。

这篇小说最开始我写了三段,叫《楼兰三叠》,其名来源于《阳关三叠》。大家知道《阳关三叠》是一首很有名的古琴曲,是根据唐代大诗人王维的《送元二使安西》的七言绝句谱写而成的。分为三大段,迭唱三次,所以叫"三迭",后来演化为《阳关三叠》,"叠"字通"迭"字,是叠加的意思。当代歌唱家蒋大为也唱过这首诗歌。后来我又加写了两段,变成了现在的《楼兰五叠》。

我的这部小说《楼兰五叠》,也是这个意思。在楼兰废墟之上,叠加了时间长河里的五重故事。小说分为五段,也可以是五叠,空间没有变,但时间却演进了三千年。

人是大地上的短暂过客,是浩渺星空中的孤独的存在。因此,在短暂的生命旅程中,人才会对历史和记忆、时间和空间产生敬畏感。面对西域古城的废墟,就更有了沧桑惊变和岁月如梭，有了奇诡想象。

《楼兰五叠》中间的五段故事，第一段写的是在楼兰地域的原始人的状态。那个时候，楼兰是一片水泽，芦苇丛生、胡杨成林，还有黄羊、野驴、罗布虎穿梭在树林里。同时，"泽中有火"，石油会从地底下冒出来，被天火点燃，成为大自然"野火烧不尽，春风吹又生"的奇特景观。在这样的环境里，罗布泊地区古人的生活应该是怎样的？这部小说的第一段，就是对此的想象。贯穿整部小说的一个标志物，在这第一段里就出现了，那就是，一支牛角号。

第二段的故事就到了汉代，这一段写的是傅介子刺杀楼兰王的故事。这段著名的故事在《史记》和《汉书》里都有记载。在汉代，汉武帝开疆拓土，从此西域逐渐纳入汉朝的版图。我曾在如今库车克孜尔尕哈可能建于汉宣帝时期的烽燧前久久徘徊，写下了一首诗：

汉代烽燧
他就在那里，就在那里
已经在戈壁滩上站立了两千年
像一个没了头颅的汉代士兵
依旧坚守着阵地

他就在那里，就在那里
从未移动，也从来不怕暴风雨

夜晚，大风，洪水，太阳，马匹和鸟群
抗击着时间与黑暗的侵袭

在这一段里，那支牛角号又出现了，是傅介子带在身边的饰物。这件饰物源自他喜欢的一个长安女子的馈赠。那个女子的父亲，当年在西域丝绸之路上被刺杀身亡。在这段小说中，这支牛角号也见证了傅介子刺杀在匈奴人和汉朝人之间首鼠两端、最后成为汉朝敌人的楼兰王安归的过程。

小说的第三段写的是楼兰王比龙与楼兰一起毁灭的最后时刻。那一幕发生在 5 世纪中叶。根据史书如《魏书》的记载，楼兰古国大致是在这一时期完全消失在茫茫历史视野里的。楼兰作为一个古代丝绸之路上的小城邦，它的灭亡随着政治局势的演进和大自然的惩罚一起到来。最后，楼兰城和楼兰王一起消失在了一场黑沙暴里。

在这一段，我并没有完全按照史书的记载，而是稍微有所变更，比如，沮渠蒙逊、沮渠无讳等人的实际历史作用、楼兰王比龙的最后结局，也有多种说法。在这里，我想象了楼兰王的结局——吹响了那个牛角号，然后，他在黑沙暴的侵袭中，和楼兰城一起毁灭。

第四段写的是斯文·赫定发现楼兰的故事。作为杰出的探险家，瑞典人斯文·赫定及其助手奥尔德克发现了楼兰古城，也发现了那个牛角号。斯文·赫定使得这座古城重新回到了人们的视野，但他把那个牛角号又重新埋到了楼兰废墟的沙土里。这一段也是第一人称叙事,叙述者是斯文·赫定本人,由他写给恋人的信件构成。斯文·赫定终生未婚,因为他爱的女人嫁给了别人。

第五段写到了2014年,主人公"我"前往楼兰古城探访,在沙土里发现了一个牛角号。晚上回到若羌县城,在宾馆里,夜幕降临,那个牛角号忽然开始闪闪发亮,指引"我"走出宾馆,鬼使神差地走向若羌博物馆,然后,"我"在月光下看见了从博物馆里款款走出来一个楼兰美女——她经历了三千年的沉睡,现在苏醒了,在牛角号的指引下,在诡异的月光照耀下,正在向"我"走来……

于是,在这部《楼兰五叠》中,三千年时空中的人和故事,被一个牛角号贯穿和牵引,演绎出了一个个叠加起来的沧桑故事,和一场场高潮起伏的生死爱情。

这就是我所写的《楼兰五叠》里的故事。估计说到这里,你就想赶紧看小说了,对吧?

构建东亚文学地理学的新景观
——第四届中日韩三国文学论坛的发言

一

以乌拉尔山脉到大高加索山脉一线为东部边界，西抵罗卡角，再由诺尔辰角南跨至马罗基角，这就是伟大的欧罗巴大陆。最近二三十年，欧洲致力于为自己构造全方位的一体化机制，以形成更强大的欧洲共同体。虽然有薄薄的一层世界主义思想，却很少有人认为他们真的是流动的、没有国家的欧洲人。在地理上，地球是接近圆球形的，以西半球和东半球作为一种简易区分，但现代性的全球形象则几乎是被"the West and the Rest"（斯图亚特·霍尔）所界定的。"欧洲和亚洲"正是这一二元对立结构的具体变形。现在我们相聚在这里，就是为了谈论亚洲以及我们共同的东亚。

亚洲广袤分散，而东亚紧凑，中、日、韩自古以来就是一衣带水的邻居。地理意义上的东亚，除了上述三国，还包含朝鲜与蒙古。也有人认为越南曾内在于儒教文化圈，因此也属于广义上的东亚。但是中、日、韩的组合自有其道理,这个道理就是"现代化"。"东盟+3"的框架正体现了把中、日、韩视为一个可整合的现代化区域共同体的逻辑,而东亚文学的地理学,也由此显露出轮廓。

事实上,近代之前不存在所谓的东亚意识,古代的区域关系建立在朝贡体系之上。所谓的东亚观念以近代民族国家(Nation-State)为前提。何况,作为概念的东亚是西方力量介入远东地区的次生物。但是,我们当然在文化和思想方面对东亚这个概念有绝对的使用权和定义权。

二

那么,我们如何在思想和文学层面来谈论东亚呢?思想方面,我们共存于儒教文化圈,汉字在东亚这个广大的区域内被不同国家的人共同使用,使这个区域具有某种"同文同种"的亲缘性。因为相似的精神资源和思想底色,当代中、日、韩三国的公民也较容易相互理解。今年,平昌冬奥会开幕式上的四大神兽甫一出场,中国观众无须听解说便知道那是我们古代的星宿信仰:青龙、白虎、朱雀、玄武。文化方面,早熟的印刷文明促成了东亚之间的文学交往,频繁的使节互访和民间贸易也加深了沟通。陶渊明、李白、苏东坡等人的诗词以及《三国演义》《红楼梦》等小说从中国传入朝鲜,再传入日本。瞿佑的《剪灯新话》,对金时习的《金鳌新话》和浅井了意的

《伽婢子》构成了巨大的影响。金万重的《九云梦》以《太平广记》为蓝本,却成就了毫不逊色的文学经典。《源氏物语》不仅开启了日本文学的"物哀"传统,而且我们也逐渐懂得了那种"凌晨四点钟,海棠花未眠"(川端康成)的情结。《春香传》里,成春香的故事在中国几乎是家喻户晓,以十几种地方戏曲及现代歌舞剧的形式被搬演到舞台上。日本学者柄谷行人曾说:"所谓先验的山水画式的场乃是中国哲人彻悟的理想境界。"看一看《松林图》,日本的传统水墨画何尝不是如此。

我国著名的历史学家顾颉刚认为,古代的历史是层累创造的,一层一层地创造累积。时代越往后,历史创造就越多,我们也就越容易发掘出证据。其实,日本的文明型构与层累说颇有相似之处。美术史学家冈仓天心有一篇 The Ideals of the East(东洋的理想),他认为"亚洲是一体的"。尽管有喜马拉雅山作为巨大的物理阻隔,但是亚洲内在牢固结合。而日本扮演的角色呢,正是亚洲文明的博物馆,保存其他地区创造出来的文明。所以,研究汉文化的,研究朝鲜文化的,都可以在日本的文化里发现许多过往历史的有力的材料或者旁证。而且,时间越往后,日本就越具有自主的创造。在它所保有的文明里,有着比历史本身更丰富的历史,尤其是"明治维新"开始之后。必须承认的是,近代以来,中、韩两国从日本的现代化进程中受启发颇多。

日本思想家福泽谕吉在其《文明论概略》一书中,竭力倡导实用性功利主义,这带给了整个东亚关于"文明的发展"与"历史的行程"的巨大震荡。东亚文明的现代性由此展开。东亚传统中,一向信奉"盖文章者,经国之大业,不朽之盛事"。坪内逍遥的《小说神髓》也以此种"载道"的写实主义确立了近现代小说的标准。鲁迅、周作人兄弟从日本得到的馈赠,不仅包括现代日语小说和通过日语转译的小说,还有诸如厨川白村"苦闷的象征"这样的现代文学理论。如上种种,为中国的现代文学埋下了深深的两条相互扭缠的线索。而韩国作为我们的邻居,也走过相似的现代文学历程,都是经由新剧运动、歌咏运动和新小说,实现了从古典文学向现代文学的过渡,从古典之臣民向现代之"人"的"进化"。

如果暂时抛开我们三国文化相互的激发和扶持关系,现在,我们要面对一个冰冷的事实。在西方文明论面前,20世纪的中、日、韩作为一个整体的东亚,其实是与自身一直处在欧美霸权威胁下的具体状况有关。我们一直在追逐着"发展"这个至高无上的词汇,希望实现政治和经济的现代化。文化现代化是被这个进程拽着走的,并且希望现代的文化为现代化国家提供反哺,文学就是其中最重要的智力支持和思想保障。

三

在意识形态上,欧洲的近代原理是理性、科学和进步史观,这甚至为曾经处在惊慌里的中、日、韩三国都灌输了"落后就要挨打"的竞争和征服逻辑。20世纪之后,西方思想文化界一直在推动多元化的思考,而且也试图推翻抽象的普遍性,但这种方式好像从未逃脱解构性、破坏性的怪圈。看一看有多少流行的思想都是以"Post"和"De"开头就知道,我们"破旧立新"的工作远未能进入下半场。

如今,人类掌握了AI技术和致命的战争武器,牵一发而动全身的国际金融体系又浑然不觉地把每一个普通人都拴在了一起。如果我们可以达成共识:今日的国际关系格局前所未有的复杂使得东亚在现代化潮流中的"冲击—反应"论这种单边的历史解释框架失效了。东亚的文化,无论是19世纪之前的古典形态,还是其后的现代形态,其实都是单极的。现在,应该把单极化的价值判断体系多极化,去创造一个作为复数的东亚。那么,东亚文学就应该寻找一个"现代"方案之外的新出路。

终于来到了文学创作的话题——文学代表了最具多元特色的精神。东亚文学历史上曾有过的融合、分歧,其实都是一条过岸的竹筏,它最终要抵达今天,把文学所应当承载的价值摆渡到我们面前。某种普遍适用于大多数人类社会的知识和世界观,才是我们今天坐在一起交谈的前提。

钱锺书曾以一句"东海西海,心理攸同",道破人类文化的普遍性。我们从不同民族和国家的文学中不难找出许多共享的原型和母题,这正是普遍价值的表现。人类共同珍视的事物,比如和平、丰裕、自由、正义,这对任何社会来说都是正面价值。文学能够以多样的形态来展现这些价值,乃至丰富这些价值的维度。十年前的中国四川省"5·12"汶川大地震,我国一家媒体刊发了一篇特稿,叫《回家》,是这样一个故事:一个瘦小的父亲背着被倒塌的房屋压死的儿子,一路步行往家走。几十里地的雨后泥泞、不断被余震震落的山石、崎岖的乡村小道、道旁湍急的江水,还有儿子僵硬沉重的身体,什么都无法阻止他。这就是我们的普遍情感。我相信,这篇报道对于大部分中国人而言,不是新闻(《费加罗报》创始人维尔梅桑曾说:"对我的读者来说,拉丁区阁楼里生个火比在马德里爆发一场革命更重要。"以此概括新闻报道的肤浅且不值一听的特性),而是文学。全世界的人都会有这种体验。虽然我们有不同的语法,但是简单的叙述里却蕴含着共同的语言。我们处在约翰·密尔所说的"同情的社会"(Society of Sympathy),内心对于爱意和善良的渴望,永远都是作为人的基本法则,同情就是我们共同的文学语言。

我们有一句话喊了很多年:"越是民族的,越是世界的。"以为坚持民族独一无二特质的写作,自然具有世界性意义。其实,这不还是以世界意义为优先项嘛,尤其是"世界意义"的定义权与你我无关,而只在一小部分人手里时。当我们把民族理解成欠发达的地方特色以后,写作中就出现偏离了人性价值的"怪力乱神",这种理解往往满足了具有后现代主义情结的人的猎奇心理,相当于主动放弃了书写的普适性标准。其实,世界性的普遍主义诉求与区域内的文化传统认同之间并无真正的矛盾。

文学是个人的声音,但也一定是全人类的语言。正如那个佝偻着背弓着腰的父亲,他的丧子之痛是个人的,但对永失我爱的感伤是普遍的心灵语言。每种文明都有传播和扩张自己的愿望,但任何文明都会在一个父亲的眼泪面前驻足和静默。此刻,我想起的是鲁迅的那句话:"无穷的远方,无尽的人们,都和我有关。"

四

"阮氏王朝的官员,水户藩的武士,还有宁波港的商人们,肯定分别知道自己是嘉隆皇帝、德川大将军和清朝皇帝的子民……"但他们不知道世界的整体风貌,更不知道自己是东亚人。如今,全世界都有我们的面孔,中、日、韩三国国民的足迹,早已踏遍地球。我们的生活变得越来越相似,工作日在办公室与材料鏖战,假日去咖啡馆吹凉,你我之间,顶多有十二个小时的时差。麦克卢汉半个多世纪前提出的地球村式的交往已经实现。世界各地的文化,好像被压缩软件一打包,就能顺利传输走,而且传输过程中不丢失一个像素。可是,这真的可能吗?

全球化表现为各种不同的文明体系在生产方式、生活方式和价值观念上的某种趋同。例如,市场经济体制正在成为全球经济通则,民主政治日益成为世界各国共同的追求。但全球主义（Globalism）则是一种思想主张和意识形态。举一个例子，过去，旅行后常常产生游记；而现在，在消费产业链条里，旅行反过来成了"旅游攻略"（Tourism Strategy）的实践，而不是相反。比如，在土耳其一定要乘坐热气球，去澳洲就要和袋鼠合影，这是硬性规定的时尚。一种潮流如果打上普遍主义色彩的"全球主义"意识形态，就可能沦为某种霸权的陷阱。

当大历史在合力前行时，还有一些灵魂也许走着不寻常的路。这些渺小而脆弱的肉身，成为我们作家的观察对象。文学就是这样微观的一种存在，它不会忘记关注那些慢腾腾的脚步和颤巍巍的嗫嚅。胡塞尔认为，即便吉卜赛人（其实吉卜赛也是一种蔑称，正确的叫法是罗姆人）生活于"领土上的欧洲"，也并不属于欧洲。在历史上，这些来路不正的异教徒，只配拥有颠沛流离的命运。好在，梅里美的卡门和雨果的爱斯梅拉达都是如此的光彩照人。我们感激有这样的文学财富，它不是心不在焉、浮光掠影地错过每一张脸上的独特表情。在网络取代纸张的时代，文学因为这一易得且廉价的特征成了全球消费文化横扫不到的光明角落。文学是对抗冷漠的同质化、强权和消费主义的有效工具。

大江健三郎曾带着一种"黯然的内省"，以"知识良心"行走于冲绳。他反思的是"日本人是什么"。冲绳的一位诗人川满信一写过《琉球共和社会宪法》，这是一个以宪法的形式写作的文本。抛开具体的诉求，这些文字的主旨是反对傲慢的强权。和那篇报道《回家》一样，我将其理解为一份乌托邦纲领，或者说是文学——Literature。他认为，关键在于是否克服社会中的倨傲心理，否则，赢来的独立不过是开始复制另一种自大的循环。

保持对他者尊严的肃穆，并且不断拓宽思想视域的文学，能够克服全球化时代以新的形态出现的各种名号的中心主义。通过这一过程，我们具备在"自我"与"他者"关系中准确把握自我坐标的智慧。这就是东亚文学多元共存的本质。

在上一届三国论坛上，崔元植的发言《文字共和国之梦》，强调了我们三国文学的聚首活动，象征着"三生万物"，蕴含了无穷的希望。中国正好也有句老话，叫作"一个和尚挑水吃，两个和尚抬水吃，三个和尚没水吃"。意思就是，参与的人一多，杂念就多，反而无法奋力推进同一项伟业。我们的文学事业，说起来是细水长流的，要考验平凡生活里的非凡耐心和非凡信心。一直被认为怒发冲冠的鲁迅也说了："其实，战士的日常生活，是并不全部可歌可泣的，然而又无不和可歌可泣之部相关联，这才是实际上的战士。"

大江健三郎曾说："我的母国的年轻作家们，当然，也包括我在内，从内心里渴望实现前辈们每能创造出的世界文学之一环的亚洲文学。这是我最崇高的梦想，期望在21世纪上半叶能够用日本语实现的梦想……正因为如此，今天我才仍然像青年时代刚刚开始步入文坛时那样，对世界文学之一环的亚洲文学总是抱有新奇和强烈的梦想。"

的确，像大江健三郎、莫言等作家的写作，不仅继承了古代和现代文学传统，还从英语、法语和拉丁美洲西班牙语文学中汲取了大量养分，描绘出属于东亚的文化地图。由此，作为作家，我们将奋力前行，共同创造出东亚文学地理学意义上的新景象。

晴天霹雳,雷达远去……

3月31日,星期六下午三点多钟的时候,在家里的我莫名其妙地感到了胸闷和烦躁,心情忽然很焦虑,不知道发生了什么事。总之,就是一种很焦躁的感觉。

四点多,我出门乘坐地铁前往东四十条,因为今晚应约要和几位作协的领导和同事商议上周我们去陕西调研的材料如何写。刚进入地铁站里,就接到了一位同事的电话,说她收到消息,雷达老师突然去世了,作协的几位负责人,正在分头赶往垂杨柳医院去探望家属,可能要晚一点儿碰面了。

我大吃一惊,在地铁里,这才明白一个多小时前我的心情焦躁的原因了。我手把扶手,内心流动着悲伤的液体。

出了朝阳门地铁,我低头走路,一抬头,碰到了一个人民文学出版社的编辑。他拉着一个小行李箱正往地铁里面走。他要出差去外地。看到了我便问,听说雷达老师刚去世,是真的吗?

我回答他,应该是真的,就在两小时前——我们互相拥抱,彼此安慰地拍了拍肩膀，然后默默地分开了。

我步行到了预约的地点坐下来喝茶，等待几位同事，然后开始回想我和雷达老师的一些交往。他的音容笑貌清晰地在我眼前浮现出来。

回想起来，作为晚辈，我和雷达老师的直接交往并不多，大多数时候我都是在文学活动中见到他的。我对他的了解，大都是阅读他的文章形成的。

早在1987年，我十八岁，还在上中学的时候，就在新华书店买到了一本雷达老师的评论集《蜕变与新潮》，这本书至今还在我的书柜里珍藏。我当时首先为"雷达"这个笔名所吸引，心想，这个人的名字太好了，像雷达一样，能够敏锐地观察天下讯息。那么，他写的这本书又是什么内容呢？买回家一看，果然很棒。这本书带给了我很多当代文坛的新作家、新作品的信息。那年我上高三，正是对文学萌发巨大兴趣的时候。雷达老师的这本书，有力地校正了我对当代文学的理解，以他的巨大能量和开阔的胸襟，将我拉回到了当代文学的正轨之中。

后来，我大学毕业，到北京工作。很多年以来，在文学活动中，特别是在各类的文学研讨会中，我常能见到雷达老师。他总是很亲切地笑着和我打招呼，有时候还开几句玩笑，每次都说我好像又胖了。其实我胖的速度从总体上来说，还在可控的范围之内。

七八年前，我应邀前往阿拉善盟采风，同行的有雷达老师。那一次我和雷达老师近距离相处了好几天。我记得,同行的还有徐兆寿、张晓琴夫妇和他们的女儿,加上阿拉善盟文联主席张继炼,我们几个人在几天的时间里,在辽阔的阿拉善盟画了一个圈,行程几千里,穿越了沙漠、戈壁,见到了胡杨林和卫星发射场,来到了中蒙边界,去了黑水城,拜访了居延海。

阿拉善盟之行十分壮阔,我们在一起说说笑笑,十分开心。那是一次永远的记忆。徐兆寿和张晓琴是雷达老师的得意门生,这一对学者夫妻非常好,对雷达老师尊敬有加。一路上我们都复归于少年,大口吃烤肉,大杯喝白酒,大声唱民谣,大声说笑话,真是开心。后来碰到雷达老师,他告诉我,那一次的阿拉善盟之行,也是他非常愉快、轻松的一次采风,他难得有这么放松的一次旅行。

对我来说,他是一位温厚的长者,一位善良的前辈,一位杰出的文学评论家,一个性格开朗、直率的人。每次开作家的研讨会,他都会精心地准备发言稿,对这个作家的作品进行细读式的解读,从故事、人物、结构,慢慢地谈到主题、立意和思想,将一部作品分析得头头是道,极其认真。这一点堪称楷模。而我有时候参加一些作家的研讨会,就没有来得及写文章,凭借印象去品论作家作品。我反思自己,和雷达老师认真的态度相比,差了很远。

这一点,雷达老师是长期坚持的。他就像是一部军事"雷达",在文学发展、发生的现场,敏锐地跟踪、研判和推举正在出现的新人新作，对正在发生的各类文学现象，不断地总结、提炼，以当代最杰出文学研究家和批评家的眼光作出犀利的判断。每一个作家的研讨会，他从不懈怠、从不马虎，认认真真地对待每个作家的心血之作，白天读、晚上看，熬夜也要把第二天开会发言的书读完。

因为他德高望重，大部分时候都是他第一个发言。他谈到这些作品的时候，如数家珍一般进行条分缕析，将作品中犄角旮旯的细节、人物的特点都讲得很具体，看得出都是认真准备过的。我不由得暗自感叹，雷达老师真是强大啊！几十年如一日，起码这二十多年来我每次见到他开会发言，都是如此认认真真准备的。我就告诫自己，假如没有读一个作家同行的作品，千万不能去参加他的作品研讨会，否则就是不尊重这个同行。而我的榜样就是雷达老师。

我在鲁迅文学院担任副院长的这些年，雷达老师只要能抽出时间，都会来给学员讲课。我知道自2002年鲁迅文学院举办中青年作家高级研讨班以来，十六年的时间里，三十多届学员，可以说几乎每一届高研班学员的导师，他都位列其中。

我也听说，他对待学员非常认真，细心地读他们的作品，认真地帮助他们看稿子，推荐发稿子、出书。但从2016年开始，他上课的频次减少了，我猜想可能是因为身体状况在转差，却也没有听到他有什么病。我只是听说他肺部有点儿纤维化，有几次见他呼吸有点儿喘，总觉得无大碍啊……

去年下半年，我们继续请他担任高研班学员的导师，他推辞了，说要养养身体，就不担任导师了。未承想，转过年，到了今年3月底，就忽然传来了晴天霹雳……

写到这里，我心情大恸。雷达老师远去了，我想念他！

长白山的精灵

听到胡冬林突然去世的消息，我感到很惊愕，好好的一个人，怎么说没就没了呢？看着还挺好、挺硬朗的一个人从此就再也看不见他了……我很悲伤，很难过，觉得死亡有时候那么强横，那么没有道理，把冬林这么早就带走了，我和他聊过，他还雄心勃勃地要再写十多本书，还有很多计划没有完成……

我最早是从周晓枫嘴里听到胡冬林这个名字的。那还是我们都在《人民文学》杂志社工作的时候。当时，我和周晓枫在一个办公室里待了两年，我是副主编，她是编辑部主任。她对散文家很熟悉。她和我一样，当了二十多年编辑，对作家同行非常熟悉，又对同行保有不带偏见的浓厚兴趣。"知道胡东林这人不？"她有一天问我。我说，我不知道，这是一个什么人呀？是个好作家？

肯定是非常好的一个作家，而且他还是一个特别有意思的人，晓枫说。于是，在她的描述中，作家胡冬林简直就是长白山的精灵，像是一棵松树成了精一样神奇——他能够在长白山中根据各种别人看不到的细节说出动物的踪迹、状态和植物的形态及生长周期。然后，晓枫就拿出了胡冬林刚刚给她发过来的一篇稿子。

我拿过来看，是胡冬林写的一篇非虚构文学，稿子还被晓枫认真编辑过，写的是长白山里的大自然的故事。我一读就放不下了，他能把长白山里的动物、植物、时间和空间写得这么有趣，唤起了我当年读一些北美洲作家写的生态文学的阅读快感来。

后来，《人民文学》杂志社在长白山开会，我就见到了胡冬林。他穿着一件几乎褪色的军绿色外套，似乎是迷彩服，有些旧了。他走路也不快，脸上有些岁月留下的沟沟坎坎，五十多岁的样子，不老也不年轻了，口音自然是东北人，手里老是拿着根烟，笑呵呵地和我聊了起来。

我才知道，他也上过鲁院的中青年作家高级研讨班，而且，他还是一个满族作家。他有不同的称呼，有人叫他生态文学作家、自然文学作家、儿童文学作家、长白山地域文化作家等。他曾自称是野生动物作家。他是吉林人，说起长白山的动物、植物、气候、离奇传说来，都是如数家珍，非常会讲故事。他说起话来也是滔滔不绝。他最动人的举动，是一个人在长白山的林场小镇上住了五年多，跟各种林场工人、偷猎者、挖参人打交道，经历非常丰富，也历尽千辛万苦。

因此，他就是长白山的一个守望者。他爱着这片山林，也对破坏山林的偷猎者十分愤恨。前些年，他创作出了《野猪王》《青羊消息》《约会星鸦》《蘑菇课》《狐狸的微笑》等多部很有影响的生态文学作品,引起了很大的关注。

不过,冬林对自然文学和生态文学有着不同的理解,他说:"自然文学多为歌颂自然、讴歌花鸟树木的文学,而生态文学,则带有更多的批评和批判意味。生态作家必须站在野生动物的立场上写作,虽说文学是人学,但是文学也有责任为生态说话。生态文学为野生动植物发言,呼吁更多的人关注生态问题,对生态的科学发展起到推动和助力的作用。而生态作家更要以身作则,一方面是作家,一方面是战士,不仅依靠文字,也要身体力行去守护一方水土,守护生态环境。在长白山的这五年多是我人生的大转折,也是我创作的大转折,这段时光是我的创作高峰,同时也是我人生的高峰。这段时间将写作和我的生命融合在一起。去长白山之前,我准备了很多故事和题材,但是到了长白山之后,生活气息扑面而来,我后来写的散文都是来自我在山上鲜活的体验,之前带来的故事一个都没有用。生态文学写作是我人生的支撑,它让我的生活充实、有分量。只要我活着,我就会一直写下去。"

那年在长白山,我们在一起的几天时间里,他跟我聊了很多关于长白山的故事——关于熊的、马鹿的、野猪的故事,关于偷猎者、盗伐者的故事,关于植物的故事,等等。我就从文学写作的角度,逐一分析这些题材如何写以及读者对象等,对他启发很大。我鼓励他多写,尽快地写,因为,我听周晓枫说,他就是写得慢。确实,他告诉我,他每天只能写几百字。

我说，你为什么不写快一点儿？既然你的脑子里、肚子里有这么多宝贝故事，有这么多的神奇经历，你就应该加紧写。听了我的鼓劲儿，他立即摩拳擦掌，说要大干一场。我还告诉他，有的题材写成系列的儿童文学作品，比如动物小说。现在儿童文学、少年文学的市场非常大，你很快就会成为富翁的。胡冬林听了，有点儿小振奋，但我感觉他似乎对挣钱也不是太热衷，他说，他从来都不攒钱。前些年，有点儿小钱了，就揣在兜里进长白山待上一阵子。不过，稿费多了也是好事。

我记得在长白山宾馆里听他讲故事，有一个瑞士女作家也听得入迷了，希望第二天胡冬林能带着她进入长白山的原始森林里走一走。几个编辑欢呼起来也要去，他说行啊，可要起早点儿，明天早晨五点，天蒙蒙亮就得出发。果然，第二天我七点起来，听说他带了几个人早就出去了。等到下午天擦黑的时候，他才带着三个人回来。胡冬林还是穿着军绿色的迷彩服，看不出走了很长的路，一点儿都不疲倦。他乐呵呵地说收获很大，因为原始森林里秘密有很多，都被他们发现了。

我问其中的曹雪萍编辑，你都在原始森林里看见啥了？有熊吗？看到野猪了吗？有没有狐狸冲你微笑？

曹雪萍笑得乐不可支，说胡冬林带着我们主要是研究在森林里发现的各类动物的粪便，他是粪便专家！通过粪便，可以了解是什么动物拉的，它的饮食健康情况、生活习惯规律和它的去向……反正一个动物也没见着。

我也哈哈大笑。不过，我看到他们采到了一些蘑菇。胡冬林就给我们讲解长白山的蘑菇，拿出手机，给我们看他拍摄的长白山的各种蘑菇。

原来，早在2008年的秋天，胡冬林就跟随长白山林业科学研究所的专家王柏进入长白山的深山老林，专门研究、搜寻、考察当地的野生蘑菇。那是胡冬林在长白山里专门上的一堂蘑菇课，现场教学、实地勘查，样品都是真的，现发现，现研究，现指认，现熟悉。那一次，胡冬林认识了一百多种长白山里的蘑菇。他还认识了长白山里的一百八十多种鸟，收获巨大。

那天，他拿出了手机，跟我们说："你们看，这是一种叫'鬼笔'的蘑菇。我一连三天等在一棵老朽的倒木旁边，最后终于等来了'鬼笔'戴着盔形帽的菌柄，从土豆似的'卵'里面像电影《异形》里的怪物那样慢慢拱出，结果，就像一个美女穿着一袭白纱般的裙子，有着菌网裙的蘑菇羞怯地、颤颤巍巍地展开，这么精致娇美的蘑菇，的确令人惊叹吧。"

我们都围过去看，果然，手机里那"鬼笔"蘑菇照片实在奇特，十分漂亮。我指着一种很可怕的蘑菇问他："这蘑菇像死人的指头，是啥蘑菇啊？"

冬林笑了："你还真说对了，这种蘑菇就叫'死人指'，学名叫作多形炭角菌。你们看，这种蘑菇的长相的确很可怕，它们一般是一簇簇从地下腐根中钻出来，那样子就像是死人的手指从地底伸出来，竭力去抓住地面的一根枯枝一样。有的死人指蘑菇成长的时候是紧贴在腐朽的榆树根上,就像是死人的手指活了,在单独向上攀爬,一丛丛黑手指从腐叶和苔藓中伸出来,像是要抓取什么东西,呈现出握拳、伸手的样子。活灵活现却又僵死不动的人手的形态,谁见了都会尖叫。这种蘑菇在长白山里很常见。"

曹雪萍指着他手机里的一张图片问:"这种蘑菇我们在山里见到了,它叫啥?"

冬林说:"它叫榆黄蘑。榆黄蘑的色泽和形态十分独特,看过一眼的人都不会忘记。菇伞的颜色是黄色的。这种黄色类似柠檬黄和柚子黄,但又都不太像。那种奇怪的黄颜色,有点儿鸭蛋黄,却要淡一点儿,比蒲公英的黄花又浓一点儿,是一种十分恬静亮眼的淡金黄色。"说起蘑菇的颜色来,冬林也是头头是道。接着,他又给我们说起了隆纹黑蛋巢菌:"这种菌,它比黄豆粒还小一圈,我发现它就趴在地上屏息观看它,这种菌虽然体态娇小,却异常精美。"

我看到这蘑菇的颜色,是那种深褐色的咖啡般的颜色。

"你们看,这蘑菇,它的形状酷似一种长白山里独有的羽衣娇艳的长尾粉红雀鸟,这种鸟的特点,是两只配偶小鸟会营造一个巢穴,巢穴是杯子的形状,十分精美的那种杯形巢。粉红雀十分勤劳,它们营造杯型巢,一般会用柳叶绣线菊的细枝、小榆树的皮、线麻的长条纤维、茜草和莎草的茎与叶编织而成。在巢底还要铺上细丝般纤柔的草秆。"

我说:"你这堂蘑菇课很有意思。"

他笑了，说："你们看，多像小鸟巢的菌类。在这种蛋巢菌的底部有数粒洁白扁圆的蛋蛋，这就是蛋巢菌的孢子。当一滴雨点滴落在娇小的菌杯上，那么，高举起来的孢子就会随着水花的爆破而散落在周围的苔藓或者腐殖土上，形成一片连一片的蛋巢菌群落，十分美丽壮观。"

他最后又给我们看了一种叫美味侧耳的蘑菇照片："这种蘑菇，别名紫孢侧耳，又叫青蘑，它的菌肉厚，呈现白色，十分吸水，能食用，味道鲜美。一般是丛生在阔叶树腐木上。这美味侧耳菌所含的水分极大。即使你采回来在通风处晾三天，依然水分充盈。还散发一种水香呢。"

我诧异地问："蘑菇还有水的香气啊？"

冬林说："是啊，不少蘑菇所含的水都有香气。比如一种绣球蕈蘑，也有水香味儿。但绣球蕈的水香气，有一种淡淡的榛树柔荑的气味。绣球蕈生长在海拔较高的森林中，喜欢贴着松树生长，长相很像花椰菜，小的如拳头，大的有篮球那么大，非常香。长白山由于海拔高，这里所产的绣球蕈菌质地结实，吃起来口感脆爽，颜色也素雅一些。"天黑了，冬林给我们上的蘑菇课也就结束了，我们该去吃饭了，晚餐肯定有很多蘑菇吃。

冬林去世之后，我拿出他已经出版的书翻着看。一边读，一边想起他给我讲的他和盗猎者、盗伐者做斗争的故事。那些故事极其精彩，只有他能写出来，他实际上已经写出来了一部分，还有些正打算写呢。比如，他就给我讲过"大窝集"的情况。"大窝集"在满语里就是"黑森林"的意思,是对长白山里一片片的森林区域的形容。据冬林说,清代最大的一个"大窝集"有五千平方公里那么大。在清代,这种大林场的别称"大窝集"有大小四十八个,主要在东北地区。后来,《中俄北京条约》和《中俄续订条约》中被俄罗斯划走了十七个。中华人民共和国成立以后毁林开荒、大炼钢铁,又被我们自己砍了八十多亿立方米。现在,只剩了小兴安岭和长白山这两个自然保护区。长白山因此成了胡冬林的某种精神家园和皈依之地。

胡冬林算是"文二代",他的父亲是著名诗人胡昭,所以他的文学才华有遗传的因素。因为他敏感、正直、热情,相信文学的力量,相信心灵世界的广大和精神生活的纯美。胡冬林对我说,他非常能走山路,能穿树林子。这是他的绝活儿,每进山一趟,他都要走十公里以上,而且一点儿也不累,路上到处都是发现,他就拿出相机、手机拍摄。

诗人邰筐告诉我,胡冬林每一回上长白山,"都要套上一身旧迷彩,背一个帆布兜子,兜子里装有必带的几样东西:帐篷和高瓦数的手提矿灯是必需的,因为碰上大雨天或者黑夜回不去,随时可能要在野外安营扎寨。相机是必需的,每次出去,他都能拍到一些没见过的植物、蘑菇以及昆虫的图片,七八年下来,他已积攒了几万张。望远镜也是必需的。笔和本同样是必需的。随身带的还有一个不锈钢杯,用来装山泉水喝。当然还会带适量的咖啡、干粮、水果、香肠以随时充饥和补充体力。枪和刀，胡冬林是绝不会带的，他不仅是一个环保主义者，而且一直把森林里的所有动物、把大自然的一草一木都当成朋友看待，绝不会去伤害它们。唯一的一件武器老胡是万万不敢忘的，那就是警用防暴催泪喷射器，里面装的是美国进口的喷熊剂。那是用来对付棕熊和黑熊的。万一在原始森林里和它们狭路相逢，对准它们头部猛喷一下，可以对它们造成十几分钟的麻醉，又不至于真的对它们造成伤害。可就是这短短的十几分钟，就足够你迅速逃命了"。

邰筐的这些说法十分的形象、具体、生动，对我们了解胡冬林很有帮助。

前些年，长白山的几家酒店把熊掌这道菜做成带包装的成品，供食客带走送礼用。熊掌作为贵重的礼品，成为新的腐败方式。于是，在金钱的驱使下，长白山的熊遭殃了。除了熊，还有野猪、狍子、鸮和林蛙都成了让某些人暴殄天物的山林珍品。这些年尽管政府打击力度很大，但总有人想办法去偷猎这些山林里的真正主人，然后拿去换钱。

胡冬林曾搬到长白山二道白河镇自然保护区住过好几年。他长期追踪和保护黑熊、马鹿等野生动物。他曾亲口告诉我，目前长白山北坡仅存黑熊三十头左右。即使这样，也曾有人偷猎黑熊。前些年，胡冬林曾在微博实名举报五头熊被盗猎者毒杀事件，有盗猎分子放风威胁说，要花十万元办了他，起码把他打残。后来，长白山公安局局长向胡冬林致敬，并承诺保护他的安全。公安局还给他发了全套警用防护装备，这样他既可以用来防野生动物，也可以用来防坏人。

长白山是胡冬林的心灵之家。他说，在长白山里的一条潺潺流动的河边，有一棵直径一米多的圆盘形的树根，就像一张天然的桌子那样等待着他坐下来写作。他又找了一个原木轱辘当凳子，每次进山，他就来到这里，以天为屋顶大地为客厅，在这个天然的圆形写字桌上，挥笔写下了很多作品。有一阵子他几乎每天都要走四十分钟山路，来这里写作。他在这里静静写作的时候，鸟鸣、山岚雾气、阳光，还有高山鼠兔、棕黑锦蛇、鸳鸯、麝鼠、花尾榛鸡和狍子，会不时地从他身边经过，好奇地看着这个陌生的访客，而他也真的变成了这里的主人。

他对诗人邰筐和我说，多年以来他写下的很多森林笔记，将是留给后人的最珍贵的财富。他多年来保存的各种剪报和随手记在纸片上的各种资料和笔记，已经装满了两个大皮箱，这些笔记本还有待整理。他有很多笔记本，并曾拿出一本让我翻看，里面似乎没什么章法，但是却像一片森林的生态系统那样，生机盎然。另外，胡冬林还有别的宝贝——三十多年来，他收藏的长白山一带的自然生态以及东北民俗、地方志等地域文化、地理历史类书籍有两千多册，希望能够继续发挥作用。

冬林，你已经魂归山林，你是长白山的精灵，已经与山同在。而我们通过你留下来的文字，仍然能感受到你的体温和热情的话语，还有你的音容笑貌。你未竟的事业，也会有人继续去完成。

丰子恺和我

能够获得丰子恺散文奖,对我来说完全是一个意外的惊喜,因为此前我获得的所有文学奖都是小说奖和诗歌奖,获得散文奖还是第一次。因此,感谢《美文》杂志和桐乡市政府设立此奖,感谢评委们的美意。

我在想,丰子恺和我有没有关系?我得说,很有关系。

这首先体现在,我现在每天喝茶用的一套茶具,一把茶壶和几个茶杯上面,绘制的都是丰子恺先生的画。也就是说,我每天喝茶的时候,都在和丰子恺先生相遇。我有好几套茶具,可为什么最近一些年,我一直在使用这一套有丰子恺先生绘画的茶具呢?

这肯定和我的生命状态有关。这说明,我正在和丰子恺先生的艺术世界靠近。

很多年以前,我就读过丰子恺先生的七卷本文集,读过他的《缘缘堂随笔》和《护生画集》,深深地为丰子恺先生的洒脱、平和、朴实、自然、热情、童真的艺术魅力所打动。

丰子恺先生是一个全才，在中国现代文学史和艺术史、教育史上都占有重要地位。他在文学、美术、音乐、书法、翻译方面的造诣很深，在音乐和美术教育上也独辟蹊径，贡献巨大。他一生著述有一百八十多本，可谓著作超过了身高，影响泽被后世。

每一次阅读他的著作，我都能感觉到，他总是以温柔、悲悯的心来看待人间的万事万物，任何他看到的、听到的、想到的东西，呈现在他的文笔、画笔下，就成了他别样的艺术世界。

丰子恺先生曾说："艺术的主要原则之一，是用感觉领受。感觉中最纯正的无过于眼与耳。诉于眼的艺术中，最纯正的无过于书法；诉于耳的艺术中，最纯正的无过于音乐。故书法与音乐，在一切艺术中占有最高的地位。"

在谈到美术和建筑的时候，他说："用人工巧妙地配合形状、色彩的，叫作美术。配合在平面上的是绘画，配合在立体上的是雕塑，配合在实用上的是建筑。因为是用人工巧妙地配合的，故其支配人心的力更大。形状和色彩有一种奇妙的力，能在默默之中支配大众的心。例如春花的美能使人心兴奋，秋月的美能使人心沉静；人在晴天格外高兴，在阴天大家就懒洋洋的。山乡的居民大都忠厚，水乡的居民大都活泼，也是因为常见山或水，其心暗中受其力的支配，便养成了特殊的性情。"

他又说："建筑与人生的关系最切，故凡建筑隆盛的时代，其国民文化必然繁荣。希腊黄金时代有极精美的神殿建筑，意大利文艺复兴时代有极伟大的寺院建筑，便是其例。现代欧美热衷于都市建筑，也可说是现代人文化的表象。"

此刻，丰子恺散文奖的颁发，我觉得丰子恺先生和我很近。也使我更加清晰地看到，我们是多么需要丰子恺先生的世界照耀我们，让我们的个体生命在精神世界和艺术世界的遨游当中，找到抵达天空的唯一出口和返回大地的一切归路。

再次感谢与这个奖有关的人们，谢谢大家。

以维克拉姆·赛思为例

很高兴参加中国·南亚五国文学论坛。我想以印度裔英语作家维克拉姆·赛思为例,来说说在全球化语境里,如何讲述民族故事和个人经验。

20世纪80年代之后,萨尔曼·鲁西迪的小说那喧哗、复杂、绚烂到极致的叙事,开创出一种独特的英语新小说。在他之后,受到他影响的一批用英语写作的年轻作家中,维克拉姆·赛思最引人注目,也是我最喜欢的一位印度裔作家。维克拉姆·赛思复活了狄更斯宏大的叙事传统,并嫁接了现代小说的复杂叙事技巧,同时保存了印度独特的社会现实和个性化的表达,引领了一条小说的新道路。

印度的英语小说写作一直非常繁盛。自这个国家在1947年获得独立之后,过去很多用英语写作的作家比如纳拉扬、拉迦·拉奥等就不说了,单是最近三十年,印度裔作家写的英语小说就一直在西方世界大放异彩。1971年,奈保尔以长篇小说《游击队》获得了英国的布克小说奖。这是印度裔作家第一次荣获这个英语文学的最高奖。到了1981年，萨尔曼·拉什迪凭借长篇小说《午夜的孩子》再度成为该奖的印度裔作家获奖者，标志着印度裔作家创作的英语小说达到了一个巅峰，备受世界瞩目。此后，1993年，维克拉姆·赛思的长篇巨著《如意郎君》出版，成为整个英语文坛的一件大事。接着，居住在加拿大的罗辛顿·米斯垂以长篇小说《完美的平衡》获得了1995年的吉勒奖。到1998年，印度女作家阿鲁德蒂·罗伊以自己的长篇小说处女作《卑微者的上帝》获得了布克小说奖；八年之后，三十五岁的印度裔女作家基兰·德赛的《失落》获得了2006年的布克小说奖，2008年，最新的布克奖得主依旧是一个印度作家——三十三岁的阿拉德温·阿迪加，他凭借长篇小说《白虎》拔得了头筹，从而将印度裔英语文学又推上了一个新高度。

　　维克拉姆·赛思1952年出生在印度的加尔各答。他出身于一个中产阶级上层家庭，家族属于印度种姓制度中的上流婆罗门阶层。他母亲是印度高等法院历史上的第一位女性大法官，中学毕业后，他远赴英国，在牛津大学学习文学，获得了学士学位。接着，他又到美国名校斯坦福大学攻读了经济学硕士学位。后来他还是决定改行学习文学，这一次是来到了中国，在南京大学中文系攻读中国古典诗词专业，于1982年获得了中国古典文学的博士学位，对中国的唐诗宋词颇有研究。可以说，维克拉姆·赛思的文化背景相当复杂，既有母国印度文化的滋养，又受到了欧美文化的深刻影响。最后，他还受到了中国古典文学和文化的滋养。这样一个横跨世界上的几大文明和文化、在三个大陆之间自由行走并游刃有余的作家，的确十分罕见。

在维克拉姆·赛思的早期写作阶段中，他不遗余力地尝试抒情诗、散文、评论、文学翻译、叙事长诗和游记等多种文体的写作，训练了自己的文学技巧，初步将自身的多元文化特征展现了出来。维克拉姆·赛思说过："如今的世界，英语早就被那些母语并非英语的人们所接受、喜欢和使用了。"

1993年，经历了长达七年的写作，他抛出了自己的"重磅炸弹"——长篇小说《如意郎君》。这部小说的英文版有一千四百七十四页，这部鸿篇巨制受到了英语世界读者的热烈欢迎，在很长时间里都是书店中的畅销书，还获得了当年的英语布克小说奖提名，遗憾的是最终没有夺得桂冠。但是，随着岁月的推移，《如意郎君》的重要性开始日益显现。如今，十多年过去了，很多人都认为这部作品是20世纪最重要的英语长篇小说之一。自问世之后，在英国就销售了两百万本。

《如意郎君》篇幅巨大，翻译成中文在一百五十万字左右，可以说是18世纪以来最长的单本英语小说之一。1947年，摆脱了英国殖民统治的印度和巴基斯坦同时宣布独立。此后，这两个国家的发展道路完全不一样，文化的分裂和敌对、政治的博弈和战争的威胁总是横亘在两国之间。维克拉姆·赛思将小说的叙述视点放到了他出生的前一年，也就是1951年，由此展开了对印度社会的观察，虚构了一个位于恒河之滨的城市，叫布拉姆普尔。显然，这个城市是以他的出生地加尔各答作为原型的。在这座城市中，有一个中产阶级家庭，女主人叫梅拉，她的丈夫是印度铁路公司的高级管理人员，但是已经去世了。她有两个儿子和两个女儿，大女儿已经结婚了，二女儿拉塔还在当地的大学读书，没有交男朋友。拉塔个性独立，聪明、反叛，因此让她母亲梅拉非常担心。梅拉决定，一定要给拉塔物色一个无论在社会地位、经济收入，还是宗教信仰、种姓阶层上，都要和她家相配的女婿，一个金龟婿。梅拉寻找"如意郎君"的大戏就此拉开幕布。小说以此缘由开始，以穿针引线的方式，将梅拉找女婿的过程作为主线，牵连出四个家庭的人物，由这四个印度家庭又引出了很多印度其他社会阶层的人物，场景广阔、情节生动复杂，从而将印度20世纪50年代初期的社会风貌以全景视角展现了出来。

小说一开始，信奉印度教的寡妇梅拉的大女儿已经和印度普尔瓦普拉迪什邦的税务部长卡普尔的儿子订婚了，之后，梅拉就对二女儿拉塔的婚事格外操心。她开始物色"如意郎君"。可是，对"如意郎君"的寻找注定是艰难的。拉塔很优秀，她自己也很希望能够有一位好丈夫，能够过上幸福的生活。她有三个追求者，分别是穆斯林教徒卡比尔，拉塔嫂子的弟弟阿米特——他是从英国牛津大学毕业归来的带有西方人做派的诗人，第三个追求者是一个依靠自身才能不断奋斗的青年企业家哈雷西。于是，在这三个追求者之间拉塔颇为踌躇，不知如何选择，故事不断向前推进。小说的叙事语言是现实主义的，是非常清晰和具体的,尤其在场景的转换和刻画上自然生动。小说的核心问题在一开始就和盘托出了。而贯穿小说的语调、语速和开头这几段都一样,大量类似电视连续剧的场景接连出现,使读者觉得饶有趣味。

维克拉姆·赛思将几条线索交织在一起,编织了一面巨大的叙述的花毯。他把卷起来的花毯逐渐打开,绚丽的色彩、曲折的故事、缤纷的场景和个性突出的人物纷纷涌现,成就了一部包罗万象的小说巨作。不过,小说的结尾似乎有点儿保守了——拉塔挑来选去,还是服从了家庭和世俗的标准,和哈雷西这个成功的有钱人在一起了,让人觉得有些说不上来的失望和无趣。也许,这就是婚姻的实质——过日子,物质的保障是非常重要的——东方的那种世俗观念占了上风。小说的风俗画气息非常浓厚,这也是《如意郎君》最可贵的地方。本来,这部小说想讲的是一个富裕的寡妇为她的二女儿挑选夫婿的故事,但由于维克拉姆·赛思在故事的背后藏了深意,结果小说却成了对印度社会在那个特殊时期的政治、宗教、文化、经济、种姓、城市、农村、革命、暴力、民族等各种矛盾和特征的总写照。小说中人物活动的场景也相当丰富,维克拉姆·赛思以生花的妙笔,将莫卧尔王朝的宫殿建筑、中产阶级的家庭环境、富人的桥牌俱乐部、男人喜欢的妓院、印度贵族上层居住的古堡塔楼、伊斯兰教的清真寺、印度教神庙、恒河边的大众浴场、古城里喧嚷的市民集市、安静的小巷、衰败发臭的皮革厂和穷人居住的贫民窟等,一一呈现,统统做了小说中各色人物活动的场景,以这些场景,将印度各个社会阶层的人物都牵引出来,把他们之间的关系匪夷所思地联系起来,人物像走马灯一样你来我往,人物形象十分丰富和有个性,寥寥几笔就把一个人物的特性给刻画了出来,令人惊异。因此,《如意郎君》的长度在这个时候发挥出了优势,它可以展开广阔、深入的历史画面,能够全景展现印度刚刚独立那几年的社会生活,最终成就了一部小说杰作。

《如意郎君》一共十九章,每一章又分大小不等的二十节左右的场景片段,以生动、诙谐、幽默的对话和简约、准确的人物和场景的描绘为主要写作手法。可以说,在结构和写法上,《如意郎君》都相当中规中矩。但是,就是这种扎实的风格,以它巨大的感染力和讲故事的能力,把因为一些现代主义、后现代主义小说的晦涩而远离小说的读者又拉了回来。我读《如意郎君》,感觉它每章的二三十个小节就仿佛是电视连续剧的一个个连续场景,非常生动有趣。我要说的是,维克拉姆·赛思这部小说又绝对不等同于一部电视剧的脚本,而是一部不折不扣的小说,它的对话、场景、白描和心理描写等技法,运用得十分精到。

因此我认为《如意郎君》在英语国家的成功,可以看作20世纪末小说发展的一个风向标,它意味着小说讲故事的传统依然具有蓬勃的生命力,它是现实主义文学风格的一次有力的回归,也是全球化语境之下个性化、民族化的绝佳表达。

我们正处于一个由中国深度参与和引领的新全球化时代,

"一带一路"倡议的提出，也和作家有关。作家必须放眼全球，因为中国人每天都在世界各个地方创造着新的故事，这一全新的景象，是我们的作家过去没有面对和经历的。因此，书写和讲述中国人新的传奇、新的故事，是作家神圣的使命和责任。关键看作家自身有没有这个文化自觉和宽阔的视野了。

贴近生活与挤进生活

我们常说或者耳熟能详的一句话是"艺术来源于生活,又高于生活"。文学不是无源之水、无本之木,必须有一个来源,这个来源,就是生活。

生活是什么?生活就是人所创造的,也是人所要面对的万事万物,就是人在时间和空间里创造的一切。

生活也分物质生活和精神生活,它与物质有关,也与精神有关。文学艺术是生活的反映——有什么样的生活,就有什么样的文学。但文学不单纯是镜子,文学作品是作家内心处理过的、具有一定审美形式的东西。作家既是生活的奴隶,又是生活的主人。作为生活的奴隶,是因为作家无法摆脱生活对他的影响和制约,人始终置身于具体的生活中;作为生活的主人,是因为作家追求的是艺术的真实,他必然创造出一种生活之外的独特的文艺作品。

文学和生活之间有一条不可逾越的鸿沟。生活一般是靠自己的力量生成的,是人所创造的。文学作品不是,也不可能是对生活的简单模仿。歌德认为，作家写出的作品不是生活的自然的摹本，而是"第二生活"，是吸收了许多生活的表象，从生活中摄取了"意义重大，有典型意义的、引人入胜的东西，甚至给它注入更高的价值"。

因此，文学作品就成为一个完整的独立存在，作家通过这个整体与世界对话，而这个整体在生活中是找不到的，它是艺术家自己的精神产物。既然作家无法脱离他所处的时代，因而要想取得成就，就必须与时代融为一体。比如，莎士比亚笔下的罗马人，实际上就是和莎士比亚一样的英国人。

作家和生活可以从观察、体验、想象三个方向来发生密切的联系。这是作家应该具备的三种才能。当然，这三种才能，一般每个作家只要有一种突出，就能够得心应手地写作了。比如，有的作家善于观察生活。我还记得，我曾经读过一则关于俄罗斯作家的小故事，说是几个俄罗斯作家在咖啡馆里打赌，看谁的观察最仔细，他们对一个刚进入咖啡馆的人进行观察之后，说出对这个人的印象。最后，每个作家描述了他们的观察。在这几个俄罗斯作家中，契诃夫胜出了。

契诃夫不仅观察到了这个男人鞋子上的泥巴，推断出他刚才走了多远的路，从哪里来，根据穿着，说出了这个人是什么职业，他的家庭构成，他的表情呈现了他现在因何烦恼，他的身体有没有疾病，他还要去哪里，他未来的生活中还可能发生什么，等等，让作家同行大为折服。契诃夫是观察能力特别强的作家。他能通过一些细节，判断出一个人生活的各种情况和可能性。唯有在生活中成长、在生活中磨砺，对人和事物有着极大的好奇心和探究心，才能保持观察力的敏锐。

有的作家，善于体验生活。体验，指的是用内心去体会和把握所经历的事、所面对的人。

我还记得作家铁凝在一次作协年终总结会上谈到一个如何体验他人生活的例子。她说的是英国电影《单身汉》的男主演，为了体验一个真正的单身汉的生活，几次拜访一个单身汉，结果都不被接受，甚至遭到了辱骂。但这个男演员继续上门，一次又一次坚持不懈地接近那个单身汉。一次，趁着那个单身汉打开门缝，硬是挤了进去，最后，那个单身汉接纳了这个男演员，和男演员抱头痛哭，对他敞开了心扉，这个男演员最后成功演绎了电影里单身汉的绝佳状态。所以，铁凝主席说，体验他人、别处的生活，就要有一种"挤进去"的精神。体验生活，不是走马观花，不是浮皮潦草去走过场，而是要"挤进去"。体验生活，不走进陌生的、不熟悉的人物内心和场所的内部，你是体验不到真正的生活的，这需要作家有体验生活的强大行动能力。

有的作家，善于想象。这也很好，对生活的万花筒展开无尽的想象，是作家才华的表现。想象力是文学作品赖以起飞的翅膀。没有想象力，文学作品就失去了飞起来的能力，也失去了真实和美结合的魅力。

比如，有的作家在写历史小说的时候，假如没有想象力，怎么可能写出历史和时间深处的精彩人物和故事？对他者的想象，永远都是一个作家的基本功。作家莫言和苏童描绘旧时代生活，曾分别写出了小说《檀香刑》和《妻妾成群》，笔下的生活和历史场景，都是他们没有经历过的，都需要动用想象力去进行再度构造。失去了想象力，文学将不是文学，就失去了飞翔的翅膀。所以，文学和生活的关系紧密无比，又有所区分。

作家要有创造性书写生活的勇气和担当。歌德曾告诫青年作家们："要牢牢抓住不断前进的生活不放，一有机会就要检查自己，因为只有这样才能表明，我们现在是有生命力的；也只有这样，在日后的考察中，才能表明我们曾经是有生命力的。只有了解了生活，认识了生活，才能塑造出各种力量运动的碰撞，紧紧依靠生活和现实是文学的基础，超越生活，就是文学作品成为作品的根本条件。"

我想拿土耳其作家奥罕·帕慕克的一部小说来谈。他是2006年获得诺贝尔文学奖的一位作家。奥罕·帕慕克出生于1952年，他是土耳其第一位诺贝尔文学奖得主，就像莫言是我们中国本土培养的、中国籍的第一位诺贝尔文学奖得主一样，非常不容易。获得国际文学大奖的，还有2015年山西一个科幻作家刘慈欣，获得了美国科幻作家协会颁发的雨果奖，这个也不容易，美国是科幻电影、科幻文学的重镇，刘慈欣是山西娘子关发电厂的副总工程师，他业余写科幻小说，获得了美国科幻协会投票选出来的雨果奖，也是第一位获此奖的中国作家。不久以前，中国儿童文学作家曹文轩教授，同时还是北大中文系的教授，获得了国际安徒生文学奖，从2012年到现在的这几年时间，中国当代作家给中国带来了荣誉，这三位获得了国际上很有影响的三个大奖，确实很了不起。所以，现在谁要是说中国当代文学不行，那是说不过去的。

中国当代文学之所以能够不断取得这样的成就，跟我们与世界文学的交流也有密切的关系，当代文学的发展不是说把门关起来，莫言就出现了，任何一个作家一定要接续一个传统，他是一棵传统大树上的一个枝杈，莫言绝对不是空穴来风。一方面，莫言既受到了中国本土的文学、文化的滋养，尤其是山东大地的文学、文化对他的滋养；另一方面，他跟世界文学形成了一种对话关系。现在是一个全球化的时代，在全球化的时代里，各个国家、民族创造的优秀文化之间，都会互相激荡和影响。

奥罕·帕慕克的长篇小说《我脑袋里的怪东西》，是出版于2014年的一部长篇小说，这本书中译本出版于2016年1月，短短四五个月，这部书在中国已经加印了两次，接近十万册，这是很了不起的。这本书我读了以后特别吃惊，吃惊于奥罕·帕慕克作为诺贝尔文学奖的得主还能继续超越自我，诺贝尔文学奖号称"死亡之吻"，就是得了之后一个作家一般很难再超越自我，基本上是一个终身成就奖，获奖作家大部分都是六七十岁的老作家，八十岁以上的也有一些。所以，获得诺贝尔文学奖后好多人都写不出更好的作品了，而奥罕·帕慕克在2006年获得诺贝尔文学奖的时候只有五十四岁，他获奖之后能不断地写出超越自我的作品，这是我觉得特别了不起的地方。因为我们知道，人超越自我很难，因为你只有超越自己，才能超越别人。在 2015 年的年底他又在土耳其出版了他的第十部长篇小说《红发女人》，在出版这部小说的发布会上奥罕·帕慕克说："我今年已经六十三岁了，我不仅写了十本小说，以后我还想再写十本小说。"这样一个大师级的作家，他获诺贝尔文学奖后，还能够不断地突破自我，真的很了不起。

《我脑袋里的怪东西》写的是一个生活在土耳其街头的小贩的大半生。这个伊斯坦布尔街头小贩的名字叫麦夫鲁特，他在街头卖酸奶———一种叫"钵扎"的土耳其传统饮料。我第一个吃惊是他超越了自我，第二个吃惊在于奥罕·帕慕克作为一个出身于中产阶级上层家庭的人，写一个街头小贩能够写得那么真切、生动、具体，因为奥罕·帕慕克的家族很有钱，他在《伊斯坦布尔》这本书里详细回忆了自己成长的经历，他的家是一栋六层楼，他妈妈这个房间里放鞋子，那个房间里放衣服，整栋楼都是他家的。他出生于这样一个家庭，他还能够写下层社会卖酸奶的人的日常生活，写得这么好，让我非常吃惊。

《我脑袋里的怪东西》的第一章写的是 1982 年的某一天，卖酸奶的麦夫鲁特跟着他的堂弟苏莱曼跑到农村去跟他喜欢的一个女孩子私奔，小说是从这儿起笔的。为什么要私奔呢？那是因为他作为一个在城市街头卖酸奶的小贩在伊斯坦布尔娶不到老婆。麦夫鲁特娶不到老婆怎么办？他的堂弟苏莱曼就说，给你安排一场私奔，跟一年以前你见过的一个姑娘私奔，把生米煮成熟饭。当时，麦夫鲁特在伊斯坦布尔的一个婚礼上看到了一个女孩子，眼睛长得很大，互相只看了一眼，麦夫鲁特就对人家一见钟情了，回到家，每天都想她。然后，苏莱曼当时就告诉他说："那姑娘就是我们村里的啊，她们姐妹三个，她姐姐嫁给了我哥，你给她写信，我给你送。"苏莱曼就不断地开着皮卡送麦夫鲁特写的情书，就这样写了一年，最后，苏莱曼说，她父亲肯定不同意你这样一个卖酸奶的人娶他女儿，你只能采取私奔的方式，经过沟通，那姑娘也同意私奔，然后就约好了在1982年这一天，苏莱曼开着皮卡车走五百公里到了老家的村子，就是麦夫鲁特家旁边另外一个村子，然后私奔。这一私奔的过程写得非常惊心动魄，最后，他们私奔成功了。

后来，到了早晨，回到伊斯坦布尔的时候，天亮了，那姑娘累了，就靠在他身上睡着了，麦夫鲁特觉得很幸福，就觉得终于有老婆了，这一章的结尾，此时天亮了，一阵风吹来，忽然把那姑娘的头巾给吹开了，麦夫鲁特回头一看，却立即发现，这姑娘根本就不是他一年前喜欢上的那姑娘！搞错人了。

这就是艺术大师，这就是一个大作家给我们带来的惊喜，第一章就带来了悬念。因为任何一部长篇小说都是叙述时间的艺术。奥罕·帕慕克的《我脑袋里的怪东西》第一章就直接切到了1982年，在这一年里，三十多岁的麦夫鲁特进行了一场私奔，等到这章的结尾也就是一万字的地方，他一回头，私奔的姑娘根本就不是他看上的那个大眼睛的姑娘，而是一个相貌平平的姑娘，他一下心就凉了。

好了，这就抓住了读者的心。接下来的第二章标题为"1994年某月某日"，麦夫鲁特还扛着卖酸奶的坛子，走在伊斯坦布尔的街头，在卖着一种叫"钵扎"的饮料，十二年过去了，他和私奔的那个姑娘结婚了，而且还生了孩子，但是他继续过着小贩的生活，在伊斯坦布尔走街串巷。这一章重点写的是他为什么要坚持卖酸奶。当整个时代都发生巨大变化的时候，他依然选择一种非常传统的生存方式，这是为什么呢？是因为他觉得"钵扎"这个东西对土耳其人来讲非常重要。他心中有一个理想，就是你们都不卖这个东西了，就我一个人卖，我也要坚持下去。这一章里讲到了很多他卖"钵扎"的辛酸体验，在这一章里面，很奇怪的是结尾写到他走在小巷里的时候，发现这一天跟往常不一样，往常连狗都不看他，但今天有一只野狗冲他龇牙，冲他狂吠，他觉得很奇怪，然后过了一会儿他到了大楼下面，楼上的人打开窗户说你上来吧，我们买点儿"钵扎"，他就上了楼，过去他们不叫他上楼。在这章的结尾，忽然，街上出现了两个黑影，是一对父子，这父子俩也是从外地来伊斯坦布尔打工的，黑暗中在一个拐角突然出现了，然后，先喝了"钵扎"，接着抢劫了他。他们拦住他，说，卖"钵扎"的过来，先要了两杯，喝完了也不给钱，接着那两个家伙把刀拿出来了，然后抢劫了他。这时候麦夫鲁特非常伤心，觉得在伊斯坦布尔这么多年了，竟然还有人抢劫小贩，这世道怎么了？这一章的结尾，麦夫鲁特心里想再也不卖"钵扎"了。

这就是小说叙事的魅力。第一章讲1982年私奔的过程,第二章讲1994年他作为一个小贩,竟然被抢劫了。那么,接下来,他还怎么生活,怎么坚持生活下去的信念呢?这是我们读者的疑问。这部小说写到这儿,你内心会有很多疑问,第一个是他私奔之后十二年里发生了什么事?第二个是私奔之前他又是怎么过的?然后,这部小说进入第三章,这一章的标题也是时间尺度,标题是"1968—1982年"。于是,就展开了更加详细的描述。

读这样好的作品的时候,我们还要注意他在叙事结构上的讲究。一般很笨的作家,一上来就会从1968年麦夫鲁特来到伊斯坦布尔写起。其实,这部小说写的就是伊斯坦布尔的大变化,大时代里的巨大变革对小人物的影响,伊斯坦布尔是如何从1968年的一百万人,变成了2012年的一千七百万人的,土耳其当代生活的变化在这部小说里,由麦夫鲁特这样一个小贩的生活和他的家庭的各种各样的变故,一路写下来,让你看到了伊斯坦布尔的巨大变化。同时,作为中国人我们觉得很亲切,因为,他写的城市变化的历史,也是中国这些年经过的事。我们自改革开放以来,每一座城市都发生了巨大的变化。

第三章写的是麦夫鲁特一家和他堂弟一家,这两家人来到了伊斯坦布尔郊区的山头上,圈一块地盖个房子,叫"一夜屋",在那里扎根,然后麦夫鲁特就开始卖酸奶,就在1968年到1982年,他们两个家庭各带了几个儿子离开老家来到了大城市混生活，并且顽强地生活下来，就靠卖这些传统酸奶。看到这儿，我就特别钦佩奥罕·帕慕克这样一个出身中产阶级上层的作家，那么了解伊斯坦布尔普通人是怎么做"钵扎"的，怎么样装到罐子里，怎么样再开着车分配给小贩，小贩怎么样担着担子，在几个小时之内把"钵扎"送到各个地方。喝"钵扎"的每个客人都不一样，有胖的、有瘦的、有挑剔的、有不给钱的、有欠账的，什么样的人都有。他这部小说写得极其精彩。就是因为奥罕·帕慕克写了这部小说之后，土耳其现在很多人继续在喝"钵扎"，"钵扎"又复活了。这一章有七八万字。

第四章是讲 1982 年到 1994 年，也有十万字左右，分十八个小节，写的是麦夫鲁特的结婚、生子，日子就这样过上了，讲的是 1982 年私奔到结婚之后再到 1994 年他被一对父子抢劫的生活，继续描绘土耳其社会各种各样的变化和麦夫鲁特本人作为一个小贩的艰难生存。小说中，麦夫鲁特在街上被城管追打，城管没收他的酸奶车，然后，他又去找人，堂兄是一个建筑包工头，混半个黑社会，关系多，堂兄就帮忙找人。去了城管所，他发现很多酸奶车都被砸了，找来找去，也没有找到自己那一辆。城管说你就随便挑一辆，你那辆车，早就找不着了，可是麦夫鲁特说，他就要自己那一辆。其他的车都装饰得非常豪华、漂亮，都比他的车新、比他的车好，但最终他没有去挑别人的车，他说都不是他的车，他只想要他那辆车，城管就说，滚蛋！他就空手而归了。

小说写到这里，我们发现，麦夫鲁特逐渐变成了生活中的一个圣人，这里面有大量细节，使你看到一个普通人生活在那么一个喧哗、热闹的大城市里，对人性美的追求、对善的坚守。这是人性的美与力。

小说的第五章，叙述的速度又加快了。小说叙述的速度，一般会时快时慢、松松紧紧，我在阅读帕慕克的时候发现，他非常了解读者的心理，他知道写小说要有悬念，所以小说第一章设计了一场私奔，第二章设计了一场主人公被抢劫，让主人公麦夫鲁特对生活几乎丧失了信心，让你作为读者对这个故事也产生了疑问，接下来再讲述主人公人生中一段段的成长故事，伴随着伊斯坦布尔这样一个城市由一百万人变成了一千七百万人。这部小说后面速度又开始加快了，第五章很短，约有一万字，写的是1998年的事，第六章写的是2002年的事，第七章也很短，写的是2009年的事，第八章写到了2012年大结局。

我就简单讲一下小说后面的故事情节。麦夫鲁特跟这个私奔的姑娘结婚生子，她叫拉伊哈，是姐妹仨中的老二，老大嫁给了大伯的大儿子，老二嫁给了他，他当年看上的那个大眼睛姑娘其实是三姐妹中的老三萨米哈。他的堂弟苏莱曼耍了个花招，想把老三留给自己，然后就把麦夫鲁特写的信都送给了老二拉伊哈。但是很有意思的地方就在这儿，麦夫鲁特娶了拉伊哈，生了几个孩子，结果后来拉伊哈得病，难产去世了。她去世以后，又过了几年到小说的结尾，麦夫鲁特又把老三萨米哈娶了，老三萨米哈中间也有过一次失败的私奔，这就是人生的各种各样奇妙的命运。我们每个人都有命运，命和运是无法分开的，命是我们无法改变的东西，运是可以改变的机遇，刚好有个机遇到了你身边，你抓住了，改变了你的命，这叫运，运是可以不断出现的，甚至是你可以主动寻求的，这就是我们对命运的理解。

所以，在这部小说里我们看到了人活在世界上命的部分和运的部分是怎样运转的。小说的结尾也很有意思，是麦夫鲁特终于和老三萨米哈结婚了，小说的结尾，麦夫鲁特在街上继续卖着"钵扎"，最后有一天晚上，他们夫妻俩吵架了，他出去了，站在大街上望着星空，他叹气说，他最想对世界说一句话，他发现他最爱的还是死去的拉伊哈！

麦夫鲁特这句话震撼了我们。这就给我们带来了对生活的全新认识和理解。到小说的结尾，麦夫鲁特已经六十多岁了。所以这部小说，写的就是一个当代土耳其人非常普通的、看似平常的爱情、婚姻、命运，但却波澜壮阔。至于小说的题目《我脑袋里的怪东西》是什么东西，作者一直没有告诉我们，实际上他也告诉我们了，就是麦夫鲁特在卖"钵扎"的过程中，每天走街串巷时的东想西想。《我脑袋里的怪东西》塑造了一个非常有爱心、善良的普通穆斯林，让大家不要害怕他们，他们有这样充满了善和爱的穆斯林。

这部作品我们中国读者读起来会觉得很亲切。我们会觉得麦夫鲁特也是我们身边的一个普通人。所以，什么是名著？名著就是能够让我们普遍感受到一种对人世间的再认识，它会让你从内心焕发出一种人之为人的普遍情感。而帕慕克也是因为不仅贴近了生活，而且挤进了游走在伊斯坦布尔街头的小贩的生活，才写出了《我脑袋里的怪东西》这样的杰作。

我们正处于一个由中国深度参与和引领的新全球化时代，"一带一路"倡议的提出，也和作家有关。作家必须放眼全球，因为中国人每天都在世界各个地方创造着新的故事，这一全新的景象，是我们的作家过去没有面对和经历的，因此，书写和讲述中国人新的传奇、新的故事，是作家神圣的使命和责任。关键看作家自身有没有这个文化自觉和宽阔的视野了。

禅诗集《碰到茶喝茶　遇到饭吃饭》后记

我为什么写起禅诗来了呢？一是，多年以来，我走过不少禅寺，东西南北乃至日本的寺庙，都看过不少，偶有所见，就记录下来；二是，断断续续读了不少禅宗的书，如《坛经》《景德传灯录》《祖堂集》《五灯会元》《宗镜录》《碧岩录》《禅宗无门关》等，还有欧、美、日研究禅宗的一些书，看到很多禅师故事、禅宗公案，偶有所想便记录下来；三是，到了四十多岁，心境变化了，安静的时候，内心会忽然如同泉涌一样迸出来一些句子，就立即记录下来。我就这么写下了这些"禅诗"。

仔细看，这些禅诗其实不是我写的，是那些历代禅师写下来的。只不过，我提炼了、会心了、共鸣了、重述了和偶得了。那些历代禅师有那么多的公案、故事、事迹、行状、踪迹，你从我的这些诗里面都可以看到回响。

这恰恰就是禅诗的魅力——作者是谁不重要，重要的是，你若能和这些禅诗会心，你便能和禅师、禅宗相遇。

境况与呈现：一种新历史小说的想法

一、酿造历史的想象之蜜

我平时喜欢读闲书，乱翻书，读了不少历史书，因为，当初进入武汉大学中文系学习的时候，老师就告诉我们，武汉大学中文系的学生要把文、史、哲都打通才行。所以，虽然念了中文系，但读的书，文、史、哲都有。这已经成了一种长久习惯。

我在二三十岁的时候，心态比较躁动，写了不少都市题材的小说。随着年龄的增长，慢慢静下来了，读书也更加杂乱。在阅读历史著作的时候，我时常会萌发写新历史小说的念头。十多年来，我陆续写了一些中短篇历史小说，后来收在《十一种想象》这本集子里，上海文艺出版社 2016 年出版了。这本书就是这样一种拓展写作空间的心态下的产物。我不喜欢重复自己，或者说，每次写小说，总要稍微有些变化——或者题材，或者结构，或者叙述语调，等等。

可以说，我现在是左手写当代都市题材的小说，右手写历史小说。这十多年下来，我写的历史题材有几部长篇小说，比如"中国屏风"系列四部，以近代史上来到中国的外国人为主角。现在的这本《十一种想象》则是十一篇中短篇小说，其中《长生》《安克赫森阿蒙》《楼兰三叠》三部是中篇小说，其余八篇是短篇小说。从题材上看，中外都有，不同历史时期都有，都是依据一些史实展开的想象，面对历史去酿造时间之蜜。

收在这里的《长生》，是这篇小说的"中篇版"，我后来还扩充成一部十五万字的长篇小说。小说写的是13世纪初期，丘处机道长应正在成为人间新霸主的成吉思汗的召请，不远万里前往如今的阿富汗兴都库什山下与成吉思汗会面的故事。

我在武汉上大学的时候，读了丘处机的一些诗作，非常喜欢，就对这个人物产生了兴趣。何况他又是中国道教的著名人物，因此，就有了《长生》的中篇版和长篇版。其实，我想继续扩充，假如今后有状态，我还想再把《长生》的小长篇扩展成大一点的长篇，类似吴承恩的《西游记》那样，再加一条线，写丘处机带着十八个弟子，在西行路上与各种妖魔鬼怪斗法的故事，这样是不是更有趣呢？

《安克赫森阿蒙》是一篇关于埃及法老图坦卡蒙的小说。图坦卡蒙的死因到现在都没有定论，十分神秘。我某年出国，在异乡的宾馆里看电视的时候，看到了一部纪录片，讲的就是考古学家对图坦卡蒙的金字塔进行发掘的情况。后来我又读了几本关于埃及法老的书,有一天兴之所至,就写了这篇小说。

《楼兰三叠》写的是关于楼兰的故事。小说分成三个部分,其中,第一部分是对楼兰毁灭的想象,第二部分是斯文·赫定发现楼兰的情况,第三部分是我本人在去年去楼兰的所见所闻。这篇小说是由历史到现在、由远及近、由想象到现实的一个时间的过渡,前后穿越了一千多年。

还有几个短篇小说,如《一个西班牙水手在新西班牙的纪闻》《李渔与花豹》《鱼玄机》这三篇,是2000年之前写的,这一次收入这里,我又做了详细的修订和改写。这几篇小说的主人公分别是16世纪的西班牙水手、明末清初的大文人李渔、唐代中期的著名女诗人鱼玄机。后面几篇是我新近写的。《瘸子帖木儿死前看到的中国》,讲述了瘸子帖木儿险些对明朝发动战争的故事。据历史学家说,帖木儿若不是碰巧死了的话,明朝将面临最大的一场危机。

《玄奘给唐太宗讲的四个故事》取材于《大唐西域记》,我挑选了几个对唐太宗应该有所触动的故事,由玄奘亲口讲给了唐太宗听。

我一直很喜欢《韩熙载夜宴图》这幅画,最终,完成了《三幅关于韩熙载的画》的写作。我想象了历史上失传的、关于韩熙载的另外两幅画的情况,以及韩熙载和李煜之间的关系。

《色诺芬的动员演说》取材自色诺芬本人的著作《长征记》。色诺芬是古希腊很有名的作家,他的多部作品被翻译成了中文。我一直对古希腊、古罗马时期的历史著作感兴趣,这篇小说不过是随手一写。因为,我曾经做过一个梦,梦见我在一座古城里醒来,而一个古代的人在我的耳边说:"这是亚历山大大帝所征服和建造的城市,它是亚历山大城!"众所周知,亚历山大很年轻就去世了,死之前他已经建立了很多亚历山大城,他的远征路线一直到了印度。我不知道我今后会不会写一部关于亚历山大大帝的长篇小说。我觉得是可能的,因为,我对他的生平特别感兴趣。

《利玛窦的一封长信》是我有一天去北京市委党校,看到利玛窦的墓地之后,产生了写一篇小说的想法。这部作品取材于他的《中国札记》和史景迁的研究著作《利玛窦的记忆之宫》。读了这篇小说,你一定会对利玛窦有一个基本的了解。

一切历史小说也都是当代小说,正如克罗齐说的:"一切历史都是当代史。"我在写这些小说的时候,有意地尽量去寻找一种历史的声音感和现场感,去绘制一些历史人物的声音和行动的肖像。这可能是我自己的历史小说的观念。

这十一篇历史小说,于我是一种题材的拓展和大脑的转换,假如能给读者带来一点儿对历史人物的兴趣和会心的微笑,我觉得就很好了。

二、呈现历史的复杂境遇

那么,我是怎么把《长生》的中篇小说版扩写成长篇小说的呢？和中篇小说相比，有什么变化？前面我说了，促使我写这部小说的机缘，要追溯到我上大学的时候。我偶然接触到了丘处机的诗，就开始给他的诗做一些笺注。这使我对丘处机这个人产生了浓厚的兴趣。十多年前，我又读到了李志常道人撰写的《长春真人西游记》，里面详细记载了丘处机不远万里，前往现今阿富汗的兴都库什山下，和成吉思汗见面讲道的过程。这本书使我萌发了一个想法——依据它写一本小说。之所以后来一直没有动笔，可能是我还没有找到语感和切入的角度吧。但我时常会翻阅这本书，到了耳熟能详的地步。

前些年，我也曾涉足丘处机当年走过的地方：山东栖霞、昆嵛山，北京白云观，陕西终南山，新疆伊犁、阿尔泰山，以及他当年走过的河北、内蒙古和新疆的其他一些地方。近八百年前，丘处机穿越阿尔泰山，还来到过我的出生地新疆昌吉市，那个时候，蒙古语称那里是昌八剌。

在北京生活了多年，我常去白云观，那里有一个邱氏宗祠。也去过延庆县寻找过他当年的足迹。前年，在山东的昆嵛山上，我仔细地寻找过丘处机的行迹。昆嵛山是一座非常有灵气的大山，我在山中的雨雾中仿佛看见了全真七子修炼的身影，简直有些流连忘返。昆嵛山上的神清观如今已经重建了，仙气弥漫，当年全真教几位开创者修炼的地方，如今都还在，仿佛昨天他们才离开一样。我当时就想，要根据他的弟子李志常的回忆录，写一本关于丘处机西行的历史小说。

丘处机所处的时代，是中华民族文化大融合的时代。辽、宋、夏、金、元，还有西辽、吐蕃、大理这些地方政权互相替代、融合与交战，形成了一派多民族文化融合交流的局面。那样一个风云际会的时代，自然会有传奇产生。丘处机以七十岁高龄，不远万里前往阿富汗，给新崛起的人间霸主成吉思汗讲道，这就构成了传奇。从各个方面来说，这一历史事件都是具有积极意义的。

我常常想，写历史小说一定要进入历史人物的内心，书写出历史的声音肖像。在这方面，我最喜欢的作家是法国作家尤瑟纳尔。她所写的《哈德良回忆录》《熔炼》对我影响很深。我一直不大喜欢当代中国的一些历史小说，我觉得，那些小说无论是语言还是写法上，都过于陈旧，大都在人物和历史事件的外面打转，没有进入历史的复杂境遇和人物的内心世界，也无法逼近历史的现场，没有创造出历史小说的新境界。

等到我自己开始写这部小说的时候，我才发现，这对我来说，也是一个很大的难题。由于丘处机是历史人物和道教宗师，我的书写必须依据基本的史实来展开，这样我写小说的时候，想象力就无法展开，就会拘泥于历史的事实，无法越雷池一步了。好在这样的写作也是有趣的。于是，最后就写成了这个样子。可以说，这部小说是一部行走的书，是关于大地和心灵的书，也是关于一个时代的印象。

我写《长生》这本书，也参考了一些重要的历史著作，比如法国历史学家格拉塞的《草原帝国》《成吉思汗》，以及多桑的《多桑蒙古史》、方毫先生的《中西交通史》、许地山的《道教史》等著作。这些著作成为我展开叙述的支撑。

这些年，我每写完一部当下现实题材的小说之后，就会写一部历史小说。这样的交替写作，使我获得了审美上的休息和题材反差的快乐。对于我，更多的时候，写作纯粹是一种爱好——我是一个持之以恒的文学爱好者，像一个玩泥巴的孩子那样自得其乐。

三、描绘历史的声音肖像

有一段时间，我居住在北京郊区一个空气清新的地方。被青藤覆盖的红色砖房的女房东把房子卖给了我。她丈夫是一个德国人，这个德国人很喜欢收集中国各式古旧家具。在这套复式的房子里，全是这些玩意儿。

很长时间里，我就和这些旧家具生活在一起。这些家具大多是清代末期的，还有很少一些是明式家具。其中，有四扇高大的柴木屏风高高地挂在客厅里，打开来，可以把餐厅隔开，颜色是深褐色的，非常凝重，上面还雕刻有不少花鸟人物。那个德国人一定非常喜欢中国文化，否则他不会收集一屋子古旧家具，包括这四扇屏风。他在屋顶安装了滑轮，屏风打开来，就会把客厅隔成餐厅和起居室，合起来的话，四扇屏风会紧紧贴在一起，靠墙而立。我有时候就经常打开这几扇屏风，发现屏风上面雕刻了很多人物，他们栩栩如生，在屏风上活动。这些人物都是古代中国人，来自古代文化传说。他们演绎了一些道德劝诫的故事。我就按照记载一一核对这些故事的来源。

也是在那段时间里，我的阅读兴趣转到了一些来华的外国人写的游记、日记、探险记等著作上。在明、清两代，来过中国的外国人，有旅行家、作家、传教士、外交官、军人等，都写了书，这些年也翻译了不少，我很喜欢读。以他者的眼光来打量中国，必是一个有趣的视角。读了几十本，我忽然萌发了写几本历史小说的想法。读着读着，我坐在沙发上，打开这屏风，凝视着上面雕刻的那些穿越了时间的人物故事雕塑，感受着一些神秘的东西。于是，某一天，这屏风带给了我写作的灵感，我决定写作"中国屏风"系列小说了。

长篇小说《贾奈达之城》是此系列的其中一部。在对都市生活的多年关注和写作之后，我把目光投向了遥远的历史，投向了一百多年来的中国近现代史，以及旅居中国的一些外国人的活动。

从更加宏大的历史维度上看，中国加入全球化的进程，其实已经开始一百多年了。《贾奈达之城》这部小说取材于真实的历史人物，书中的女主人公戴安娜·西普顿是实有其人的。1946年到1948年，她和丈夫、英国驻印当局派往新疆喀什噶尔的最后一任总领事艾瑞克·西普顿，一起翻越了中亚巍峨的群山，抵达了中国新疆，在那里生活了两年时间。他们夫妇还是登山家，攀登过喀什噶尔附近和帕米尔高原上很多高峻的山峰。

在新疆，戴安娜度过了她一生中十分值得留恋的岁月，对新疆，尤其是中国少数民族，比如柯尔克孜族和维吾尔族，都充满了欣赏和感情。戴安娜是偶然和中国古老的土地发生联系的一个西方女性，所以，她的感受是很有意思的。她后来把这段生活写成了回忆录《古老的土地》，1950年在伦敦出版。1997年，新疆人民出版社出版的一套"西域探险考察大系"中收录了这本书的中译本，叫作《外交官夫人的回忆》，和另一位外交官夫人凯瑟琳·马戛尔尼的回忆录两本合一出版了。我的这部小说就是根据她的回忆录为主要线索，然后经过艺术加工和想象，创作出来的一部已完全不同于她的那本回忆录的独立作品。后来，我进一步修订了这部小说，找到了更多的历史复调的线索——凯瑟琳·马戛尔尼的丈夫、第一任英印当局派驻喀什的总领事，中文名字叫马继业，他的爸爸娶了太平天国一个王的女儿。他是一个中英混血儿。更有意思的是，1793年英国派往中国的特使马戛尔尼，也是他的遥远的家族先辈。这家人和中国的关系这么源远流长，因缘际会，使得我在修订的时候，增加了小说多层次的时间感。

当时，外部世界相当混乱和激荡：印度在甘地的带领下，正在进行着印度的独立运动，英国和苏联在中亚紧张对峙，而中国大陆也处在两党军队的最后决战当中。所以，在这个时刻，一个外交官夫人的内心深处有着什么样的感想，是我着重要探寻的。我用想象虚构了这位令人尊敬的英国女性的生活和世界。我想和当下的阅读趣味适当拉开距离，独辟蹊径，去寻找和创造一个遥远复杂的世界。

在我的这部小说中，中亚的高山是广阔的背景，印度人、英国人和柯尔克孜族人是活跃在那片土地上的精灵。我想我的这一次书写，对我自己、对读者来说，都是一次很新鲜的体验。

我出生在新疆，幼年和少年时代，随着父亲几乎走遍了新疆，所以，当我读到戴安娜关于新疆的回忆录的时候，很多我自己的记忆又复活了。新疆阳光的气味、空气的感觉、大地的风貌都重新涌现，而这些感觉，戴安娜——一个我陌生的英国女性笔下有不少感性的描绘。这促使我开始寻找她的回忆录文字背后的东西。

四、捕捉历史深处的镜像

我的长篇小说《单筒望远镜》也是系列小说"中国屏风"之一。这个系列都是独立成篇的，主人公所处的历史时期都不一样，但是，联系它们之间的纽带，是小说的主人公都是外国人，他们像镶嵌画一样出现在中国近现代史的画卷上。

《单筒望远镜》的写作因由要追溯到很久以前了。1992年，我从武汉大学毕业之后来到北京工作。一开始我在北京市经委下属单位工作，经常在市政府所在的正义路和东交民巷附近出没。我在中学课本上就知道了1900年的北京发生了义和团运动，地点就在我经常出没的东交民巷附近。我按照民国时期出版的一份地图，按图索骥地寻找过去那些外国使馆的具体位置，发现岁月的沧桑巨变，已经使历史上的建筑完全更换了面貌和主人，几乎找不到当年的踪迹了。

一晃十多年过去了，我自己也经历了这个城市旧貌换新颜的过程，老北京在一点点消失。某一天，我参加了由北京一家电脑公司召开的一个建筑文化讨论活动。这家叫水晶石的电脑公司在建筑学家张永和先生（他当时是清华大学建筑系教授，后来到美国麻省理工学院建筑系任系主任）的协助下，把北京城的旧城门现状的照片和用电脑复原的过去城门原貌进行了巧妙的叠加，并且进行了有趣的对比。那天，现场来了很多建筑学家和文学评论家，大家以讨论和观摩的方式表达了对已经消失并且永不会再来的北京旧城的缅怀。其间，还放映了一部很短的三维动画片。在那个片子里，展现的是北京巍峨的城墙和城门楼子，一队清朝的士兵正在一个骑马将军的带领下出城巡察，一只老鹰飞过城墙所卫护的城市，它看见了灰色基调的美丽的老北京城……我忽然十分感动，都有些要流泪了，为已经消失的东西——这个伟大城市的那些消失的城墙和城门，以及她的人民的生活方式。这以后，我又看到了张先得先生画的一系列关于北京城门的水彩画，以及他编著的《明清城垣和城门》。这成为我想象1900年北京的图像资料。我又从李敬泽那里借得了英国人普特南·威尔所著的《庚子使馆被围记》和《瓦德西拳乱笔记》，成为我写作本书的重要参考资料。

这部小说在结构上分为三个部分，由三种文体构成，分别是书简、话剧剧本和回忆录，暗示此小说的作者和我本人有一种疏离关系，也使小说本身具有了间隔效果。小说叙述的时间上在这三种文体内是延续向前的。之所以采取这样的文体和结构，是因为我深受最近一百年来西方现代主义、后现代主义和眼下的"无国界"作家的影响，已经无法用十分传统的手法来写作了。因此，我会在结构上变化每一部作品，使之具有某种新鲜的东西，也使我自己保持写作的热情和兴趣。

我还参阅了多种重要的、由海内外学者所写的关于义和团运动的学术资料，比如费正清教授主持的《剑桥中国晚清史》中的有关部分，美国学者柯文的《历史三调：作为事件、经历和神话的义和团》、周锡瑞的《义和团运动的起源》、法国作家绿蒂的《北京的陷落》以及中国作家王树增的《1901年》等相关著作。

小说初稿完成之后，在《十月》杂志2005年10月号刊登了大部分章节，2007年由人民文学出版社出版。出版之前，由校友孙荣欣女士仔细校勘，改正了错漏，在此向她表示感谢。当然，也要感谢出版这本书的人民文学出版社。

对于我来说，每一次的长篇小说写作，都意味着新的出发和新的困难。我不再视写作为一种享受了，而是一种艰难的挑战。不管成功与否，我的足迹是留在这里了。

五、定格历史空间里的人

《骑飞鱼的人》这本书，是我的系列长篇小说"中国屏风"中的一部，这个系列小说彼此独立，把它们联系起来的唯一一点是，小说的主人公都是在不同时期来到中国的西方人，他们像镶嵌进中国历史的巨大屏风中的画面人物那样，经历了中国近代和现代史的风云变幻。

《骑飞鱼的人》的情节主干取材于一个真实人物的经历。他叫 A.F.LindLey，可以翻译成林德利。他曾经参加过英国海军，1859 年来到香港。辞掉了海军职务后，来到了上海。后又于 1860 年进入太平天国控制区。他认识了当时太平军的重要军事领袖、忠王李秀成，得到了忠王的委任，成了太平军的一个战友和志愿军成员。他和自己的未婚妻、几个朋友一起参加了忠王组织和领导的多次战斗，而且相继失去了他们。1864 年上半年，在太平天国运动覆灭的前夕，他离开了中国，回到了英国。回国之后，他写了同情太平天国运动，并向欧洲读者介绍太平天国运动的《太平天国革命亲历记》一书，1866 年由伦敦一家出版社出版，翻译成中文大概有五十万字。这本书于 1962 年在王维周和王元化父子翻译后由中华书局上海编辑部出版，1986 年再版，1997 年 12 月上海人民出版社新版。根据研究太平天国运动的著名历史学家罗尔纲的考证，本书作者林德利的确参加了忠王的很多作战行动，因为有忠王给他颁发的委任状的影印件为证。

不过，由于他写作这本亲历记是为了向普通的英国读者介绍太平天国运动，作者在描写自己的经历时，运用了虚构的手法，把一些自己没有经历过的事情进行了惊险小说般的夸大，目的是吸引更多的英国读者，使英国读者理解太平天国运动。里面有一些和历史事实有出入的地方，罗尔纲先生进行了很多考证和说明。

而我则根据王元化翻译的这个版本，取材了其中林德利记述的自己的主要经历，加工创作了这部已不同于那本回忆录的小说。《太平天国革命亲历记》在20世纪60年代初期出版的时候，夏衍先生曾建议别人根据这本书撰写一个电影剧本，想把这个林德利的故事拍摄成电影。而冯雪峰先生也曾告诉当时年轻的译者王元化，说自己想根据本书和忠王作战的实际线路进行踏勘，写作一部长篇小说。而今，我终于把这个工作完成了。我想，王元化老先生也会很高兴的吧。毕竟，小说在艺术想象和虚构之下，已经变成了飞翔的一个东西，和作者的回忆录大不一样了。我写的仍旧是一部小说，一部历史上实有其人的新历史小说。一些地方通过我的想象，加入了很多情节和元素，使这本书构成了我有趣的写作经验。

我在写本部小说的时候，参阅了简又文先生多卷本的关于太平天国运动的著作，以及罗尔纲先生的多卷本关于太平天国的历史研究。他们是研究太平天国运动最为重要的历史学家。我还参阅了中华书局1976年版的《洪秀全选集》，1914年出版、2006年上海社科出版社新版的《清朝全史》(作者是日本人稻叶君山)，美国费正清教授主持的《剑桥中国晚清史》中关于太平天国部分的内容，以及史景迁的《"天国之子"和他的世俗王朝》，还有唐德刚教授的部分著作。这些书对我这部小说的完成都起到了作用。

历史小说也都是当代小说，正如尤瑟纳尔在《历史小说中的语调与语言》里面说的那样，恢复历史现场的话语，是小说家想象力才能展现的最佳场所。

六、回望历史深处的风景

《时间的囚徒》这部长篇小说，是我的系列小说"中国屏风"的最后一部，2016年由江苏凤凰文艺出版社出版。"中国屏风"系列的四部长篇小说，彼此独立，又有着一定的联系，分别为《单筒望远镜》《贾奈达之城》《骑飞鱼的人》《时间的囚徒》。小说的主人公，都是近现代以来来到中国的外国人。他们参与了太平天国运动、义和团运动、庚子事变、解放战争时期的新疆斗争、反右运动、法国的"红五月"等，前三部小说于2007年由人民文学出版社出版。

《时间的囚徒》这部小说，我前后断断续续写了五年，现在，我终于完成了它。我这个"中国系列"算是有了"四扇屏风"了。我此前的写作，大部分都是"与生命共时空"的文字，写的都是当下的城市生活和内心体验，与个体生命的当代感受有关。

　　为了拓展写作资源，我把写作题材进行了调整。《单筒望远镜》《贾奈达之城》《骑飞鱼的人》《时间的囚徒》这四部小说，都以历史上真实出现的人物写下的来华传记或见闻录为依据，比如英国人林德利写的《太平天国亲历记》、英国人普特南·威尔写的《庚子使馆被围记》、英国人戴安娜·安普顿写的《外交官夫人回忆录》等，这四部小说的主要人物，分别是几个法国人和英国人，他们也都是欧洲人，在19世纪到20世纪这百年间，在不同时期，以各种方式来到了中国。他们个人的命运都与中国发生了密切的联系。这一历史时期，也是中国作为东方大国和西方（主要是欧洲国家）交往、碰撞最为密切的时期。清朝晚期的衰落与西方国家在工业革命之后的蓬勃发展、意气风发与昂扬进取形成了鲜明的对照，由此也展开了中华民族在20世纪百年里的艰难求索、寻找自我发展道路的曲折奋斗。

　　所以，我写这个系列小说，也是为了探讨中西方国家之间的关系，在那些年里，是如何以个人的命运与中国命运发生了碰撞、了解、纠缠和互相打量。

　　《时间的囚徒》这本书，前后写了五年多时间。早在2010年，我就写了第一稿。在那一稿中，只有两条线：中法混血儿右派的线索和1968年法国"红五月"的线索，两条线索交织叙事。我依据的材料，有一些是关于法国"红五月"的史料和评论、亲历记等。2013年春夏，我在写第二稿的时候，将中法混血儿右派这条线索进行了重新梳理，采取了亡灵视角的方法，将鲍若望的回忆录进行了大幅裁剪、取舍，保留了我最感兴趣的一部分，也是与主人公命运最贴近的一些素材。2015年春夏写第三稿时，我加进了第一代法国人的故事，他作为八国联军来到中国的奇特经历，使得这部小说具有了三个历史层次。

《时间的囚徒》里的三代法国人，他们分别经历了庚子事变、右派八年和法国巴黎"红五月"等重大历史事件。这本书有两种读法，因为是三代人、三条线，你可以按照我现在的章节顺序阅读，可以感觉到不同时间和时代的差异，感受到历史变换的复杂。还有一种读法，就是将三代人的故事跳着读：读第一代人的故事，按照一、四、七、十、十三……的节奏来阅读；读第二代人的故事，就按照二、五、八、十一……的顺序读下去。可能会有不同的感受。

为了写这部小说，我曾借出访的机会，寻找法国"红五月"的踪迹，将"红五月"时期巴黎的一些学生运动发生的主场，比如大学校园、大街、剧院和工厂，都实地看了看，也阅读了几十本关于法国"红五月"的书。这些实地勘查和阅读经验，都化进了这部作品。而中法混血儿右派这一条线，我也实地去钟鼓楼片区、草岚子胡同、陶然亭第一监狱、良乡监狱旧址实地查看，感受历史的风云变幻。前些年，我有一次跟随中国现代文学馆的研究员傅光明拍摄老作家从维熙的资料纪录片。我们一起去了从维熙老师劳改过的天津清河农场，一些印象都用上了。

写这样的小说，要消化历史材料，要使用别人的材料，还要实地查看，并编织成一个虚构小说的架构，来铺陈人物在时间和历史中的命运。

人，是时间的囚徒、历史的负载者，也是历史的创造者。对作家来说，将那些时间深处的过客的影子捕捉到，可能是一件非常有趣的事。

如何面对和翻译当代中国小说

翻译是将一种语言文学转换为另外一种语言文学的过程。这一过程极具创造力，几乎是再造了一部作品，因此，好的翻译家就是一种类型的作家。这是具有创造性的工作。我们绝不可忽视翻译家的功劳。

小说还能存在下去的最大魅力就在于想象力，而想象力则是基于现实的无尽的遐想、想象、幻想、梦想，乃至东想西想、前思后想、胡思乱想和无边空想。想象力是文学存在的根本理由。翻译家首先要翻译的，就是确认一个作家的想象力的边界。

比如，从但丁、李白、塞万提斯到曹雪芹、卡夫卡、卡尔维诺、博尔赫斯、莫言，都以一己之想象创造了伟大的、为人类所能共享的文学世界，从这种意义上说，非虚构文体（我以为包括纪实文学、报告文学、深度报道、传记、日记、历史研究、调查报告、新闻特写等各类文体）是替代不了伟大作家的想象力文学的。也就是说，虚构，插上了想象力的翅膀，永远都比非虚构飞得高、飞得漂亮。这不是等量齐观的事情,而是有个高下的分别。

当然了,这不过是我的一家之言。实际上,人类生活的丰富性和快捷、多变和纷扰,使得非虚构文学还会不断发展,也会蔚为大观。翻译家喜不喜欢翻译非虚构文学?我觉得可能是不喜欢的。因为虚构文学更有想象力。

一个翻译家朋友问我,现在的中国当代小说,到底是一个什么样的情况?是不是也很边缘化了?现在,有网络媒体,有博客、微博、微信,谁还看小说啊?即使是一些搞影视的,直接买具有 IP 价值的网络文学去了,谁看纯文学啊?似乎纯粹的文学越来越虚弱无力了是不是?翻译家应该翻译什么样的文学作品?另外,小说凭借纸张来传播,这种纸媒的命运是不是越来越不妙了?代之出现的,会不会是小说传播的电子化?

我想,关于小说传播的电子化网络化问题,这肯定是一个趋势。不过,我觉得,纸媒介将和电子与网络文本长期共存下去。

很简单,这两种媒体怕水,怕火,电子媒体还需要电源,也就更脆弱,虽然容量大。但我们有时候需要的不仅仅是容量。

而关于当代中国小说的状态,我的回答是,现在,就中国当代文学的整体来说,它回到了它应该在的地方。当代中国文学不仅没有虚弱无力,相反呈现了接近真正繁荣的时期。今天的当代文学,呈现了非常丰富的多元景观,各种各样的美学圈相交、相切乃至相离,这都是文学本来就应该具有的面貌。而且,我们的一些作家,通过自己这三十年的写作探索,已经和几个大的语种的文学,比如法语、西班牙语、英语、德语文学的水平拉近了距离,中国当代一些优秀的作家,即使是在全世界范围来看的话,其创作的水平,也丝毫不亚于同年龄的其他国家的作家。

由于出版的商业化,畅销书作家、发行量很大的文学作品每年都有,而读者也并没有减少,所以,何谈文学的虚弱?

现在的中国作家也很分化和多元,有少量作协系统的专业作家(专业作家据说不到一百个),也有自由撰稿人,有为影视剧写作的写手,也有靠写随笔、策划案、专栏为生的作家,大家都在一个环境中生存。但是,这只是文学的外部景观。真正的文学首先都是指向心灵的,是一个时代的心灵景象的描绘。一个杰出的作家,在他所处的时代,大众对他的接受总是要慢一些。商业化也不见得会伤害一个作家。我还了解到,狄更斯当年写小说,为了赚钱,可以同时写三四部作品给不同的报纸连载,他的作品不照样成了经典?有时候,是读者造就作家。所以,翻译家还是要有所选择。

我觉得,从鲁迅到莫言这百年的现当代汉语文学的发展,这些优秀的作家,写作的背景都是农村和农业社会,而未来能够成为汉语文学增长点的,毫无疑问是以城市为背景的文学。下一个可以代表中国文学发展阶段和水平的,必将是以城市为背景的,写出当代中国人的精神处境的作家,就像美国作家索尔·贝娄或者约翰·厄普代克那样的作家。比我们年轻的作家有望获得更大的成功。因此，希望翻译家多多注意更年轻的中国作家。

今天复杂的社会生活已经包围了我们，而且，中国的社会呈现出一种前农业社会、农业社会、工业社会和后现代社会并置的局面，也给作家提供了丰富的写作资源。所以，作家还是大有可为的。翻译家应该感觉到中国文学作品的多层次和多角度。

我觉得在现在这个多媒体时代，小说的传播手段可以更多。今后的作家，会尝试更多的文学传播手段，比如杂志刊登、出版纸介书籍、网络发表、报纸连载、改编为影视、电子出版，甚至可以制作、衍生成游戏软件，这样，一部文学作品的流通范围就会更大了。所以，对小说来讲，今天多媒体的互动和播撒，是一个非常有利的生存条件。

小说会死吗？答案是否定的。因为我们还在使用着语言，而文学就是语言的艺术。语言讲述各个国家和民族各种各样的原型故事，保持一个民族的特性、心灵世界、生活景观和想象力。除非语言死了，小说的末日也就到了。那样，一个种族也就灭亡了。对翻译家来说，中国当代文学呈现的，正是一个巨大变化的时代里的景象。现在正是翻译家关注、介入和持续进行中国当代文学翻译的好时候。

诗歌是语言中的黄金

读着这本《富春江》的诗歌专辑，我很兴奋，想起来我从十四五岁是如何开始写诗的。

三十多年里，我没有停止过写诗，一共出版了六部诗集。除去唐诗宋词对我的早期影响，现代汉语诗对我最早产生影响的，应该是"新边塞诗派"的昌耀、杨牧、周涛等人。我当时还在新疆上中学，能够读到《绿风》诗刊。这家诗刊出版了一册《西部诗人十六家》，是我翻烂的书。每天，我面对遥远的天山雪峰的身影，读着西部诗人的作品，感觉他们距离我很近，比唐诗宋词近，我就开始写一些新边塞诗。

接着我读到了"朦胧诗群"诗人们的作品，对北岛、杨炼、顾城、舒婷、江河非常喜欢。上了大学之后，当时武汉的校园诗歌活动非常热闹，武汉大学就有出诗人的传统，像王家新、高伐林、林白、华姿、洪烛、李少君、吴晓、方书华等，都是很好的诗人。我还广泛阅读了现代汉语白话诗人们的作品，对胡适、卞之琳、冯至、闻一多、郭沫若、朱湘、李金发、徐志摩、戴望舒、穆旦、王独清、艾青等诗人都有研读，因为大学开的课程，就有关于他们的研究。

在大学里，我开始接触到更多的翻译诗，读来读去，最喜欢的诗歌流派还是"超现实主义"诗歌。"超现实主义"诗歌从法国发端，后来在世界各国都有杰出诗人出现。受到这一流派影响的诗人数不胜数，几乎每个诗人，我都喜欢，不再列举那些群星灿烂的名字了，太多了。我还收集了很多翻译诗集。翻译过来的诗当然也是诗，"诗是不能被翻译的东西"这句话，我觉得是错误的。假如你有诗心，读翻译过来的诗，你甚至还可以还原到原诗的表达中。这是我自己的体会。

大学毕业之后我当了很多年的编辑，对与我共时空的当代汉语诗歌的写作，随时都在关注。我觉得，今天是一个能够写出好诗的年代，因为，每个人的参照系都非常丰富，从古到今、从中到外，那些开放的诗歌体系，你都是可以学习的，也都是可以激发出自己的状态的，所以，诗人不要埋怨别人，写不出来好诗，就怪你自己。

就像我，为什么还在写诗呢？首先在于，写诗、读诗能够使我保持对语言的敏感。人在牙牙学语的时候就感觉到了语言的魔力。诗就是这样，我开始接触文学就是从诗歌开始的，因为，诗歌是语言中的黄金。诗的特殊性在于浓缩，浓缩到了无法稀释时就是诗。

我收藏了两千多部汉语诗集和翻译诗集，装满了三个书柜。我总是在早晨起床后和晚上睡觉前读诗，以保持我对语言的警觉。我希望我的小说有诗歌语言的精微、锋利、雄浑和穿透力。诗歌和小说的关系是这样的:伟大的诗篇和伟大的小说,只要都足够好,最终会在一个高点上相遇。

每个人都会有自己的诗歌世界。因此,《富春江》这本专辑,有三十多位本土诗人所呈现的多元面貌,展现出了富春江一带诗人写作的丰富和复杂,变化如光谱那样,形成了色调的扇面转移和反差。诗意就在我们身边,关键看你是否能够发现。

"我梦见黄金在天上舞蹈",这么好的一句诗,我拿来作为对《富春江》诗歌专辑中的诗人们的祝福。

"给点颜色看看"：描绘内心和世界的万象
——鲁28高研班学员书画摄影作品展序言

很多作家都是多才多艺之人。鲁28高研班的同学们更是如此。因此，这次展览的策划可以说从开学时就开始了。

大家来自不同地域，干过不同职业，角色各不相同，对山川风物、人间万象，有自己的观察角度和体验程度。我早就知道，除了写作之外，别的艺术形式，诸如书法、国画、油画、摄影、剪纸、拼贴等，鲁28的作家们也各有涉猎。俗话讲，"触类旁通"，艺术都是相通的。作家，假如精力充沛，完全也可以同时是画家、书法家、摄影家等，同样能够以别的艺术形式表达生命感受，并取得相关成就。

我常常感叹，很多大画家，如吴冠中、林风眠、陈丹青等人的散文写得那么好，那么，从道理上讲，一定也有作家的绘画、书法和摄影，能够和相关专业的艺术家一拼高下。比如，雨果的绘画、胡安·鲁尔福的摄影作品就是大家风范。这一点，在这次"给点颜色看看"的作品展览中，可以说是显露无遗。

大家揽镜自照，由此有了更大的信心。

我觉得，这些作品最大的特点，就是在文字之外的其他艺术形式的探索，也显示了鲁28学员作家们的精神世界的广阔性和丰富性。鲁28的作家们在艺术形式上和艺术表达上能出能入、物我两忘、挥洒自如，给人留下了深刻印象。

因此，这次展览不光是一次作家写作之外才艺比拼的大展示，是回望鲁院学习岁月的念念留影，也是给鲁院最好的馈赠。我们终将老去，但我们留下的丹青墨笔和观察世界的目光，却是永恒的定格。